I0642507

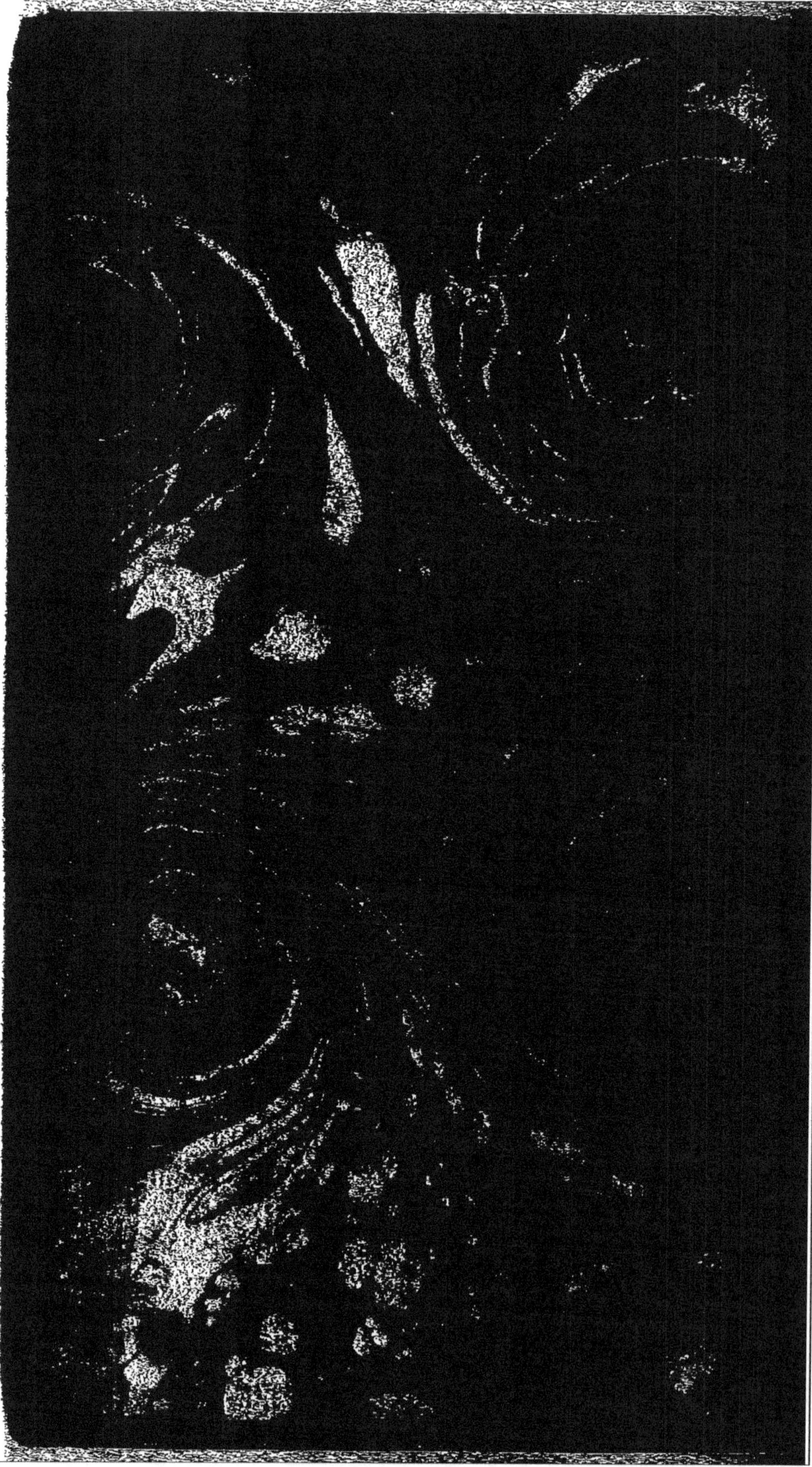

Jurispr. n° 1185. A.

S208

CHOIX
DE NOUVELLES
CAUSES CÉLEBRES,
AVEC LES JUGEMENS
QUI LES ONT DÉCIDÉES.

CHOIX
DE NOUVELLES
CAUSES CÉLEBRES,
AVEC LES JUGEMENS
QUI LES ONT DÉCIDÉES,

Extraites du Journal des Causes célebres, depuis son origine jusques & compris l'année 1782.

PAR M. DES ESSARTS,
Avocat, Membre de plusieurs Académies.

TOME PREMIER.

A PARIS,
Chez MOUTARD, Imprimeur-Libraire de la REINE, de MADAME, & de Madame Comtesse d'ARTOIS, rue des Mathurins, Hôtel de Cluni.

M. DCC. LXXXV.
Avec Approbation, & Privilége du Roi.

8° J 5345 1

AVERTISSEMENT

DU LIBRAIRE.

Les Collections du Journal des Causes célebres étant épuisées, les Volumes de ce Choix les remplaceront. Au lieu de faire une réimpression dispendieuse, on a préféré de donner un extrait : ainsi, en joignant à ce Recueil les années qui ont paru depuis 1782, & qu'on trouvera au Bureau du Journal des Causes célebres, on aura l'avantage de réunir ce qu'il y a de plus intéressant dans les cent douze Volumes qui ont été publiés avant cette époque, avec la suite de cet Ouvrage périodique.

DISCOURS

PRÉLIMINAIRE.

ON lit avec avidité les Romans ; il eſt même un âge où l'on a une eſpece de paſſion pour cette lecture. Que reſte-t-il de cette occupation frivole ? des idées fauſſes, & ſouvent des vices. Le but moral de cette branche de Littérature, eſt ſans doute d'inſpirer le goût des choſes honnêtes ; mais malheureuſement les peintures du vice flattent plus les ſens que celles de la vertu. Auſſi tel homme qui, dans l'âge mûr, auroit eu des qualités précieuſes à la Société, s'il eût exercé ſa raiſon par des lectures utiles, eſt ſouvent devenu un être nul & même quelquefois dangereux, parce qu'il a nourri ſon imagination de fictions qui l'ont corrompue.

Ces réflexions, fondées ſur l'expérience, ſuffiſent pour faire appercevoir le péril auquel la Jeuneſſe s'expoſe en liſant des Romans.

Mais comment, dira-t-on, parvenir à attacher le cœur & l'eſprit des jeunes gens, ſi on eſt aſſez ſévere pour leur interdire cette lecture ? Il faut, ſans doute, la remplacer par une autre qui ait le même attrait pour eux. Un choix de Cauſes célebres, qui préſentera l'Hiſtoire des mœurs de la Génération actuelle, nous a paru réunir réellement tous les avantages qu'on chercheroit en vain dans les Romans. En effet, ſouvent une Cauſe célebre eſt auſſi attachante par ſes détails, que la fiction la plus intéreſſante. On y trouve d'ailleurs un aliment pour la curioſité, qui ne ſe rencontre point dans les Ouvrages d'imagination, l'attrait irréſiſtible de la vérité. Si elle ne plaît pas ſans ornemens, les circonſtances qui l'accompagnent dans les Cauſes célebres, ſont, pour le moins, auſſi piquantes que les détails chimériques qu'une tête exaltée peut produire dans un Roman.

Quant au but moral d'un *Choix de Cauſes célebres*, il frappe au premier aſpect. Cette lecture familiariſe, s'il eſt permis de s'exprimer ainſi, toutes les claſſes de la Société avec les Loix, & leur apprend ce qu'ils doivent éviter de faire, pour ne pas s'expoſer aux peines qu'elles prononcent, ou aux dangers de ſe plonger dans un abîme de maux qui précipitent ſouvent l'opulence dans la plus affreuſe adverſité, & font de la vie de l'homme un cercle de tourmens.

Cet Ouvrage n'étant point deſtiné aux perſonnes inſtruites dans la Science des Loix, ni à celles qui veulent y acquérir des connoiſſances, nous le dégagerons de toutes les diſſertations qu'on trouve dans les autres Recueils de Cauſes célebres, & nous nous bornerons à faire une narration rapide des faits, qui ſera ſuivie d'une indication ſommaire des moyens. Notre travail n'aura rien de commun avec les Ouvrages connus; il s'écartera également du développement néceſſaire dans les Recueils, & de l'abrégé trop reſſerré qui a pour titre : *Faits des Cauſes célebres*.

Ce Recueil aura ſon mérite particulier, ſans affoiblir en rien celui des autres, puiſqu'ils renfermeront des parties importantes qui sont étrangeres au but du dernier. Celui-ci ne sera, pour ainsi dire, que des élémens de Morale mise en action, tirés des scenes les plus intéressantes qui se passent au Barreau; tandis que les autres présentent l'Histoire détaillée de ces événemens qui piquent avec tant de force la curiosité publique. Nous espérons qu'on nous saura gré d'avoir formé une entreprise aussi utile, & nous donnerons les plus grands soins à son exécution. Heureux si nous pouvons parvenir à substituer dans les mains de la Jeunesse, une lecture précieuse, qui la mette à l'abri des dangers de celle des Romans ! Ce vœu, cher à notre cœur, sera, s'il est rempli, la récompense la plus flatteuse de notre travail.

CHOIX

CHOIX DE CAUSES CÉLEBRES.

TESTAMENT fait par un homme dont la folie consistoit à passer pour femme, attaqué & cassé.

ON a vu souvent des femmes se déguiser sous les vêtemens des hommes ; mais on a vu rarement des hommes se métamorphoser en femmes. Notre Siecle a vu un exemple fameux de la premiere métamorphose. L'héroïne qui l'a donné, a excité la curiosité de l'Europe entiere. L'amour de la gloire est une trop belle passion, pour qu'elle n'ennoblisse pas toutes les actions dont elle eſt le principe. Auſſi cette femme jouit-elle d'une réputation qu'elle doit plus à l'énergie de ſon ame, qu'à la bizarrerie des circonſtances qui ont produit les événemens de ſa vie.

Pluſieurs années avant que cette femme étonnante abdiquât, pour ainſi dire, ſon ſexe, un particulier avoit donné, aux environs de Toulouſe, l'exemple d'une autre ſingularité qui a eu peu de modeles & peu d'imitateurs. Cet homme, qui s'appeloit *Dumouret*, croyoit, dit-on, que la Nature, en lui donnant les ſignes caractériſtiques du ſexe maſculin, s'étoit trompée; il penſoit de bonne foi qu'il étoit femme. En conſéquence il refuſoit de prendre les habits conſacrés aux hommes, & faiſoit uſage de ceux deſtinés aux femmes. Non ſeulement il ſe montroit chez lui & dans les ſociétés en habit de fille, il alloit même dans les égliſes dans ce coſtume, & l'on aſſure que pluſieurs fois il s'eſt préſenté en cet état pour recevoir les Sacremens.

Lorſqu'on l'appeloit *M. Dumouret*, il entroit en fureur; il montroit ſa robe, ſa coiffe, & ſa taille, qu'il avoit arrondie avec ſoin, pour tromper les yeux.

Quand on vouloit lui faire grand plaisir, on le traitoit comme une femme. Il faisoit sur-tout éclater sa joie, lorsqu'on l'appeloit *Mademoiselle Rosette*.

Ce fou d'une maniere étrange étoit riche. Comme il habitoit un pays où le droit de dépouiller ses héritiers, en s'en créant, passe pour la prérogative la plus précieuse dont un homme puisse jouir, on ne doit pas être surpris si l'on trouva, après son décès, un testament qui privoit ses héritiers de sa succession. On assure que *Mademoiselle Rosette* ayant l'ame très-compatissante, on en profita pour la déterminer à instituer pour ses héritiers les pauvres de la ville où elle demeuroit.

Le motif qui animoit le testateur, étoit très-louable; mais il n'en étoit pas moins cruel pour ceux que la Nature & les Loix appeloient à recueillir sa succession, de s'en voir dépouillés. Ils eurent recours aux Tribunaux, & ils prétendirent que le testament de leur parent étant l'ouvrage d'un homme attaqué d'une folie habituelle, devoit être cassé: c'est ce qui fut jugé par Arrêt rendu en la grand'Chambre du Parlement de Toulouse, au mois de . . . . 1729.

BATARD adultérin, que ſon père veut forcer de quitter ſon nom, ſes armes & ſa livrée.

UN jeune homme, nommé *Jacques Hardouin*, fils naturel du ſieur Manſard, Comte de Sagonne, avoit à ſe reprocher des folies de jeuneſſe. Ce fut ſans doute là la premiere cauſe des plaintes continuelles du pere contre ſon fils, & de l'éloignement du fils de la maiſon paternelle.

Cependant le jeune homme ayant fait un retour ſur lui-même, ſongea à s'occuper ſérieuſement; & comme il devoit ſa naiſſance à un pere dont la famille étoit diſtinguée dans l'Architecture, il prit le crayon, & ſe mit à lever des plans. Par ſon talent, & par la protection de ſon pere, il fut admis dans l'Académie d'Architecture. Pluſieurs entrepriſes heureuſes arrangerent ſes affaires, & il ſongea à un établiſſement.

Son inclination le décida en faveur de la fille d'un nommé *Claude Mar-*

cheboud. Il ne crut ni devoir ni pouvoir se passer du consentement de son pere, qui le lui donna, avec une somme de vingt mille livres, portée dans des obligations dont la valeur étoit supposée, mais dont il crut devoir le gratifier par forme d'héritage.

Après des témoignages aussi réels de bonne intelligence, on croiroit voir toujours d'un côté régner la tendresse, & de l'autre la reconnoissance. Mais le pere & le fils se brouillerent bientôt de nouveau, & voici à quel sujet. Le pere prétendoit que son fils l'avoit trompé sur le compte de la femme qu'il avoit épousée. Elle devoit être niece d'un Fondeur du Roi, homme distingué dans sa profession, d'une famille honnête d'Italie; & elle se trouva n'être que la fille d'un manœuvre d'un village. Ce n'étoit que sous la condition d'un établissement honnête, que le pere avoit donné son consentement; il portoit même ces termes : *parce qu'il est sortable.* Le mensonge de son fils lui donna de l'humeur; & les esprits ne firent que s'aigrir de plus en plus.

Il s'éleva entre eux plusieurs discussions litigieuses, dans lesquelles le pere ſuccomba. Son fils en prit occaſion de le braver en toutes rencontres. Le pere, qui l'avoit diſpenſé juſque-là de reconnoiſſance, ne le diſpenſa pas d'honnêteté ; &, pour châtier, diſoit-il, ſon inſolence, il lui défendit de continuer de porter ſon nom, ſa livrée & ſes armes. Le fils, déſeſpérant de déſarmer ſon pere, ou ne voulant pas deſcendre aux ſupplications, ſe contenta de ne faire aucune réponſe. Sur ce ſilence, le pere le fit aſſigner, & la queſtion s'engagea contradictoirement.

Le pere oppoſoit à ſon fils l'Ordonnance de Henri IV de 1600, qui porte que les bâtards, encore qu'ils ſoient iſſus de peres nobles, ne peuvent s'attribuer le titre & la qualité de *Nobles hommes* & de *Gentilshommes*, s'ils n'obtiennent des Lettres d'anobliſſement, fondées ſur quelque grande conſidération de leur mérite, & de celui de leur pere, *vérifiées où il appartient*.

Il objectoit encore l'Ordonnance de Louis XIII, enregiſtrée en Parlement le 15 Janvier 1629, qui porte, à l'article 197, ces termes : » Ne ſeront » tenus pour Nobles les bâtards des

» Gentilshommes ; & , en cas qu'ils » aient été anoblis par les Rois nos » prédéceſſeurs, ou par nous, eux & » leurs deſcendans ſeront tenus de por- » ter en leurs armes une barre qui les » diſtinguera d'avec les légitimes, & » ne pourront prendre les noms des fa- » milles dont ils ſont iſſus, ſinon du » conſentement de ceux qui y ont in- » térêt «.

Il ajoutoit à ces Loix d'autres moyens de défaveur contre ſon fils, tirés de ſon manque de reſpect envers ſes proches, des folies répréhenſibles dont ſa jeuneſſe ſe trouvoit tachée. Il étoit prouvé au procès, qu'il avoit commencé par ſe faire Dragon, qu'enſuite il avoit été renfermé à Saint-Lazare ; que rentré dans la maiſon paternelle, ſa mauvaiſe conduite l'en avoit encore fait chaſſer, & que la miſere l'avoit forcé de faire le miſérable métier de Tireur d'armes dans les petites villes de province.

Le fils excuſoit ſes torts ſur ſa jeuneſſe, & plus encore ſur la perſécution conſtante de ſon pere. Il ſe montroit auſſi réformé dans ſes mœurs, que changé dans l'état de ſa fortune. Il faiſoit valoir ſon titre d'Architecte du-

Roi, la considération publique dont il jouissoit, la distinction que son talent lui avoit méritée, étant d'ailleurs le seul de la famille qui pût conserver le nom de *Mansard* en France; s'étant essayé avec succès dans un Art qui avoit rendu ce nom illustre, c'étoit une nouvelle raison, parmi tant d'autres, pour le lui conserver, n'ayant sur-tout rien fait qui ne pût que l'illustrer encore davantage.

Les enfans, soit légitimes, soit naturels, ont le droit de porter le nom de leurs peres : le fils soutenoit que les armes & la livrée étoient l'accessoire du nom.

Il faisoit encore sortir en sa faveur des moyens de considération de son mariage, que le pere avoit approuvé. Il soutenoit qu'il n'en avoit pas imposé, & que sa femme n'étoit pas d'une aussi basse condition que son pere vouloit le persuader. C'étoit sous le nom de *Mansard* qu'il en avoit fait la demande : les avantages & l'honneur qui sembloient y être attachés, avoient aussi contribué à leur union. Le pere avoit tout approuvé, tout signé. D'un côté, c'étoit reconnoître que son fils étoit digne de porter ſon nom, que d'y conſentir; & de l'autre, c'eût été abuſer de la confiance de la fille, qui, en ſe donnant au fils du Comte de Sagonne, croyoit épouſer, avec la perſonne, les avantages & l'honneur attachés à ce nom.

Par une Sentence du Châtelet de 1737, le pere fut débouté de ſes demandes.

DEMANDE en dissolution de mariage, formée par un mari qui accuse sa femme d'impuissance.

CETTE espece est rare, elle est même regardée dans les Décrétales comme impossible : la pudeur semble effrayée des détails qu'elle annonce. Nous ménagerons ses droits, sans rien retrancher de ce qu'exige la clarté de la question ; & quand nous la croirons trop compromise par certains détails indispensables, nous les couvrirons sous le voile d'une Langue qui n'est pas à la portée des personnes auxquelles on doit le plus d'égards.

Jean-Baptiste Lahure épousa, le 6 Août 1722, dans la Paroisse du Temple à Paris, Marie-Louise-Marguerite Pochet, âgée de vingt-cinq ans & demi. L'extérieur, & tout ce que la décence de l'habillement permettoit d'appercevoir, concouroient à faire naître les sentimens que les femmes inspirent. Son visage, son teint, ses traits, sa voix & sa démarche, les graces même de la beauté offroient tous les caracteres du ſexe féminin. Mais la Nature, diſoit ſon mari, lui avoit refuſé ce qui le détermine eſſentiellement. *Deſinit in monſtrum mulier formoſa supernè.*

Quoi qu'il en ſoit, peu favoriſés l'un & l'autre des biens de la fortune, ils ne firent point de contrat de mariage, & attendirent tout des talens du mari, de ſon aſſiduité au travail, & de leur économie commune. Leur eſpérance ne fut point trompée. Lahure, Compagnon Tailleur, gagna ſa Maîtriſe à la Trinité; & en peu de temps ils jeterent les fondemens d'une fortune conſidérable, pour des perſonnes de cet état.

Ils vécurent enſemble dans la plus parfaite union. Nulle plainte de la part du mari, ſur les obſtacles qu'il avoit rencontrés à l'accompliſſement de ſes déſirs; obſtacles qu'il n'avoit pu vaincre.

Cette circonſtance n'altéra point la tendreſſe de Lahure pour ſa femme. Le 8 Novembre 1728, les deux époux paſſerent entre eux un don mutuel au profit du ſurvivant, pour *la bonne amitié qu'ils ſe portoient reſpectivement.*

Enfin, poussé par le désir d'avoir des enfans, Lahure fit entendre à sa femme qu'ils pourroient peut-être y parvenir par le secours de l'Art. Elle consentit à se laisser visiter par une Sage-Femme nommée *Lambageois*. Cette Sage-Femme trouva que le sujet étoit superficiellement conformé, comme le sont toutes les femmes; mais au delà de la superficie, elle remarqua que ce qui constitue le sexe féminin, étoit occupé par un corps solide, qui laissoit tout au plus le passage nécessaire aux écoulemens naturels, & ne permettoit d'appercevoir, ni même de présumer aucun des organes propres aux fonctions maritales & à la génération. La femme Lahure déclara même que jamais elle n'avoit éprouvé les indispositions périodiques auxquelles les femmes sont sujettes, & que cette privation ne lui avoit jamais causé la plus légere incommodité.

Cette Sage-Femme ne connoissant aucun remede à une conformation si bizarre, conseilla d'appeler un Chirurgien. Le sieur Desjours fut choisi. Il fit sa visite en présence de la femme Lambageois, & porta le même jugement qu'elle ſur toutes les parties qui ſont expoſées au premier coup-d'œil, & ſur la conſtitution ſinguliere qui, dans ce ſujet, s'oppoſoit à la génération. Il crut pouvoir, par une inciſion dans les chairs qui interceptoient la communication extérieure des parties génitales, les développer, & leur rendre l'uſage dont cette barriere les privoit. Mais ſes recherches furent vaines : ayant enfoncé le ſcalpel à la profondeur d'environ deux travers de doigt, au lieu du vuide qu'il eſpéroit rencontrer, il ne trouva que des chairs qui réſiſtoient conſidérablement. Il jugea alors qu'il n'y avoit rien à eſpérer en allant plus avant, & qu'il riſqueroit de percer le *rectum* ou la veſſie. Cette opération ſe fit en 1734.

Ce mauvais ſuccès n'altéra point les ſentimens de Lahure pour ſa femme ; il dit que *ſi Dieu ne le favoriſoit point de la grace qu'il déſiroit, il faudroit s'accommoder, & qu'il n'auroit pas moins d'eſtime pour elle.*

Cependant le Chirurgien entretint l'ouverture qu'il avoit faite, en la tenant ſoigneuſement dilatée par le moyen d'une groſſe tente; & cette ouverture, qui n'étoit autre choſe que celle de la plaie, ſubſiſta toujours, mais conſerva toujours auſſi la forme d'une cicatrice.

La concorde & la paix continua d'unir les deux époux juſqu'en 1741 ou 1742. Ils ont attribué à des motifs différens la diſcorde qui les diviſa. Le mari prétendoit que les devoirs de la Religion l'ayant enfin emporté ſur ſon attachement, il conſulta pluſieurs Directeurs, pluſieurs Caſuiſtes, en préſence de ſa femme, & que tous unanimement déciderent qu'ils devoient ſe ſéparer, & ne pouvoient pas continuer de vivre enſemble ſans crime. La femme, menacée d'une diſſolution de mariage, & d'un divorce inévitables, s'y prépara de longue main, & détourna tous les effets & tout l'argent dont elle put s'emparer. Le Confeſſeur en fit reſtituer une partie.

Le déſeſpoir que lui cauſoit l'événement qu'elle voyoit inévitable, lui fit tourner la tête. Elle devint folle, au point qu'il fallut la lier, ſans que cette précaution prévînt les entrepriſes qu'elle forma contre ſa propre vie, & dont on n'arrêta les effets que par la vigilance la plus aſſidue. On fut obligé de la renfermer successivement dans plusieurs maisons de force. Enfin, les soins & les remedes assidus lui rendirent la raison; & ce fut alors que Lahure, dont tous ces événemens avoient retardé le projet, intenta son action en dissolution de mariage.

La femme prétendoit que sa raison n'avoit jamais souffert aucune altération, & attribuoit les persécutions auxquelles cette inculpation avoit servi de prétexte, à une autre cause.

En 1742, Jeanne Tintelin entra, en qualité de domestique, chez Lahure. Elle étoit âgée de vingt-un ans, & n'étoit pas dépourvue d'agrémens. Lahure, disoit le Défenseur de sa femme, préféra la nouveauté d'une jeune Agar, à l'attachement habituel & constant d'une Sara âgée de plus de quarante-cinq ans. La preuve de leur commerce éclata par la naissance d'un enfant qui fut baptisé à S. Jacques de la Boucherie, le 14 Juin 1744, en présence de Lahure, qui s'en reconnut le pere, & signa sur le registre baptistaire.

Lahure ne songea pas d'abord à dégrader Marie Pochet du rang & de la qualité de femme dont elle avoit joui jusqu'alors. Il ne s'affermit dans ce projet que quand sa concubine eut fait sur son esprit les progrès qu'elle avoit faits sur son cœur. Ils imaginerent, dans les commencemens, de faire passer pour traits de folie les plaintes qu'elle se permettoit de la conduite scandaleuse que son mari menoit sous ses yeux, sans même prendre la peine d'observer les bienséances. Lahure tenta plusieurs fois de surprendre la religion du Magistrat de Police, pour faire enfermer son épouse. N'ayant pu réussir, il la tint aux fers, dans sa propre maison, pendant deux ans ; il la plaça ensuite, toujours de son autorité privée, en différentes maisons de force. Obligé enfin de la reprendre chez lui, il la tint exilée de sa table, & reléguée dans une chambre, où il lui donnoit, pour fournir à sa subsistance, un écu par semaine, tandis que la Tintelin jouissoit dans la maison de toute l'autorité & de tous les avantages de femme.

Enfin la demande en nullité de mariage fut intentée le 5 Août 1745. Le 13 Avril 1746, la femme Lahure se fit visiter de nouveau par les sieurs Soumet & Levret, Chirurgiens. Le résultat de leur examen fut que l'extérieur étoit bien conformé ; que *os & orificium vulvæ ita apertum eſſe, ut duo treſve digiti induci poſſent intùs ad duos treſve pollices ; ſed ulteriùs introduci nequeunt, impediti obice ſolidæ parietulæ quâ clauditur cervix matricis.* Ils ajoutent que les veſtiges de l'opération faite en 1735, annonçoient qu'elle n'avoit pas réuſſi, parce qu'on n'avoit pas ſuffiſamment débridé les parties unies, qui faiſoient obſtacle, ce qui pouvoit être arrivé par la timidité de l'Opérateur, ou par la prudence qui lui avoit fait craindre de bleſſer les viſceres ſouſtraits à la vue, & maſqués par l'effuſion du ſang.

En 1749, la femme Lambageois & le ſieur Desjours ſe tranſporterent chez un Notaire, & y firent le rapport de ce qui s'étoit paſſé en 1734, ſous leurs yeux, & par le miniſtere du Chirurgien.

De ce rapport, & de celui de la viſite faite en 1746, les ſieurs Ferrein, Petit & Morand, célebres Anatomiſtes, déciderent que l'opération faite par le ſieur Desjours, ne conſiſtant que dans une inciſion de chairs dures, n'avoit pu préjudicier à la puiſſance de Marie Pochet, & que c'étoit même le ſeul moyen de remédier à ſon impuiſſance; & qu'il eſt naturel de penſer, d'après le détail donné par le ſieur Desjours, de ſon opération, que cette femme n'a jamais été ni avant, ni depuis ſon mariage, pourvue des parties néceſſaires à la génération.

Les choſes en cet état, la Cauſe fut portée en l'Officialité de Paris, & plaidée par M. Thétion pour Lahure, & par M. Coquereau pour la femme.

La conteſtation ſe réduiſoit à trois points. 1°. Dans le droit, l'action en caſſation de mariage, pour cauſe d'impuiſſance, eſt-elle preſcriptible? 2°. Dans le fait, les circonſtances particulieres peuvent-elles opérer une fin de non-recevoir? 3°. Enfin les faits articulés ſont-ils capables d'opérer la nullité du mariage? Etabliſſent-ils une impuiſſance naturelle, perpétuelle & incurable, & peut-on reconnoître actuellement ſi cette impuiſſance exiſtoit lors du mariage?

Il eſt certain qu'un impuiſſant ne peut contracter mariage; & l'action qui réſulte de cette nullité, eſt de droit naturel, de droit positif, ecclésiastique & politique; elle est par conséquent imprescriptible, parce que la Loi humaine ne peut établir une prescription contraire à la Loi naturelle & à la Loi divine.

Cette vérité est encore établie par la Loi civile, par la Loi ecclésiastique, par le sentiment des Auteurs & des Canonistes les plus célebres, & par la Jurisprudence des Arrêts. Au surplus, elle étoit avouée des deux Parties.

La question étoit de savoir si Marie Pochet, lors de son mariage, étoit naturellement impuissante, d'une impuissance absolue, perpétuelle & incurable, & à laquelle on ne pouvoit remédier sans courir les risques de lui faire perdre la vie.

Lahure soutenoit l'affirmative, & disoit qu'elle étoit, suivant le langage des Décrétales, *omninò viro facta inutilis*; parce que *ei deest naturale instrumentum*.

Marie Pochet prétendoit, au contraire, qu'elle étoit, dans le principe, douée de toutes les facultés de son sexe; que les obstacles dont Lahure se plaignoit, auroient pu être vaincus par un autre homme que lui : qu'en un mot ; l'impuissance qu'il lui reprochoit, étoit légere dans son principe ; qu'elle n'étoit que relative, & non absolue & incurable. Mais en même temps elle soutenoit, par plusieurs raisons, que la preuve de ces faits ne pouvoit ni ne devoit être admise.

Il n'est pas possible, disoit-elle, aujourd'hui de déterminer par des vérifications, ou par des opérations, si le genre d'impuissance imputé à une femme âgée de cinquante-cinq ans, est absolu ou accidentel dans son principe, ou s'il eût pu être guéri à l'âge de vingt-cinq ans. Ce problême est même devenu plus insoluble encore par les circonstances actuelles, Lahure ayant, par l'opération qu'il a exigée, de son autorité privée, en 1734, dénaturé l'état des choses. D'ailleurs il est certain que l'âge a apporté un nouvel obstacle à l'opération qu'il demande aujourd'hui, *omnia membra, procedente ætate, indurantur.*

Mais, ou les Experts nommés par l'Official seront en état d'éclaircir les faits, ou ils ne le seront pas. Au premier cas, il faudra prononcer la nullité du mariage. Au second cas, il faudra néceſſairement que le mariage ſubſiſte. Il eſt donc évident qu'il n'y a que les Experts dans l'Art qui puiſſent donner ces éclairciſſemens, & qui puiſſent prononcer ſur les lumieres que peuvent ou leur donner ou leur enlever les circonſtances actuelles.

Tout le ſyſtême de Lahure, diſoit ſa femme, ſe réduiſoit à la peindre aux yeux de la Juſtice, comme un ſujet ſi mal conformé, dès ſa naiſſance, qu'il n'a pas même la plus légere apparence du ſexe qu'il réclame. Il prétend que les viſites de la Matrone & des deux Chirurgiens, ont conſtaté que ſa femme eſt affligée d'une privation totale du ſexe : d'où il conclut que n'ayant jamais pu être propre ni à l'acte du mariage, ni à la procréation des enfans, les liens qu'elle a oſé former avec lui ſont auſſi criminels que funeſtes : que les Juges d'Egliſe ne peuvent trop s'empreſſer de les rompre, en ſéparant d'une eſpece de monſtre, un Citoyen qui peut donner des ſujets à ſa patrie, & des enfans à l'Egliſe. Il eſt une vérité conſtante, atteſtée par tous les Naturaliſtes, que le vice d'impuiſſance eſt bien plus rare & bien plus facile à guérir chez les femmes que chez les hommes.

En effet, la frigidité, qui intercepte abſolument toute puiſſance dans un homme, n'oppoſe aucun obſtacle de la part d'une femme qui en ſeroit affligée. Tel eſt le ſentiment de nos Caſuiſtes les plus accrédités, qui en donnent même la raiſon phyſique (*a*).

Ce défaut ne pouvant être reproché aux femmes, comment peuvent-elles être arguées d'impuiſſance ? Les Auteurs n'en connoiſſent d'autre cauſe abſolue, incurable, & capable d'opérer la nullité du mariage, qu'un défaut de conformation, tel qu'il emporte privation totale ou conſidérable de ce qui conſtitue le ſexe. Au delà, les Auteurs ne fixent leurs inquiétudes ſur ce qui peut arrêter les devoirs du mariage, qu'à ce qu'ils nomment *nimia arctitudo* ou *clauſura uteri*.

Tous les vices de conſtruction qui,

(*a*) *Mulier enim, quantùm ex parte ſui, ſemper ad coitum eſt prompta, neque ad illum impeditur, niſi uterum clauſum habeat. Cauſa verò cur mulier frigida non fiat, ea autem eſt quòd, cum mulier patiens in coitu ſit, frigiditas paſſioni obſtare non videtur; neque enim calor requiritur ad patiendum, quemadmodum ad agendum.* Zachias.

dans les femmes, peuvent opposer un obstacle au devoir matrimonial, ne sont pas incurables. Il s'agit donc, dans cette cause, de juger s'il est possible de parvenir à connoître, soit par une visite, soit par une opération, si l'impuissance qu'on reproche à une femme âgée de cinquante-deux ans, est absolue ou accidentelle, & si elle auroit pu en être guérie à l'âge de vingt-cinq ans : si son état actuel n'est pas la suite d'une révolution naturelle, qui a pu se faire dans l'espace de vingt-sept années : si on ne doit pas l'imputer au défaut de remedes appliqués à propos, ou plutôt à cette opération arbitraire & indiscrete à laquelle Lahure a soumis sa femme, de son autorité privée, il y a dix-huit ans : si cette opération n'a pas détruit les signes qui pourroient encore apprendre que les obstacles que Lahure a rencontrés d'abord, auroient pu être franchis par des efforts supérieurs à ceux dont il étoit capable; ou détruits par les moindres secours de l'Art, appliqués avec prudence & circonspection.

Cette derniere conjecture est même appuyée par des probabilités d'autant plus considérables, qu'elles résultent de ses propres réponſes. Il lui eſt échappé, article dernier de ſon interrogatoire, d'aſſurer bien poſitivement qu'il ne ſouffriroit pas qu'on le viſitât. Le ſoupçon que cette répugnance inſpire naturellement, n'eſt point détruit par la paternité que la Tintelin lui attribue de l'enfant dont elle eſt accouchée. Outre qu'un pareil témoin eſt plus que ſuſpect, il eſt poſſible, d'après le ſentiment des Auteurs, que Lahure parvienne à être pere avec une femme déjà ſouillée, & non pas avec une vierge.

Mais, quand l'obſtacle dont Lahure ſe plaint, & qu'il n'a pu vaincre, n'auroit été d'abord que *membrana tenuis, quæ facilè & abſque periculo incidi poſſet*, n'eſt-il pas évident que, pendant les vingt-trois ans que Lahure a différé de former ſa demande, elle a eu le temps d'acquérir cette ſolidité dont il ſe plaint, & qui réſiſte aux efforts de la Nature & de l'Art? Or, à quel Tribunal s'adreſſera-t-il, pour faire décider, en 1749, de quelle nature étoit, en 1722, lors du mariage, en 1731, époque de la premiere opération, & en 1745, époque de ſa demande, l'obſtacle qui peut ſubſiſter aujourd'hui dans une femme âgée

âgée actuellement de cinquante-deux ans ?

Si l'on fait attention à l'état où étoit cette femme, au moment où Lahure a osé, de son autorité privée, faire faire l'opération, tout annonce que l'imperfection qu'on lui reproche n'étoit rien moins qu'incurable. Ce n'est point *in interiori uteri osculo* que se rencontre l'obstacle en question. Il seroit alors incurable, les opérations chirurgicales ne pouvant atteindre jusque là. Ce n'est point *in cervice, aut media parte uteri*, où la cure, quoique douloureuse, & sujette à quelque danger, seroit néanmoins praticable : il se rencontre presque *in osculo exteriori* : l'œil & la main du Chirurgien n'ont pas eu besoin de scruter au delà de deux pouces de profondeur.

N'est-ce pas sa négligence, en effet, qui a laissé se fortifier par le temps, & devenir incurable une imperfection légere dans son principe, dont il devoit, s'il eût été lui-même bien constitué, avoir le remede chez lui, ou qu'il eût alors aisément obtenu de l'Art ?

Mais ce n'est pas de négligence seulement qu'il est coupable ; il l'est d'un crime caractérisé, lorsqu'il impute à sa femme, âgée de cinquante-deux ans, un état auquel lui seul l'a condamnée par une opération faite de son autorité privée; une opération réprouvée par les Loix, contraire à la réciprocité des droits de l'union conjugale, & à la sûreté de la société.

Elle ne pouvoit être légale, qu'autant qu'elle auroit été précédée d'une visite qui auroit constaté la cause qui pouvoit donner lieu au défaut de consommation dont Lahure se plaignoit, si elle provenoit du mari ou de la femme, & auroit appris le genre d'opération qui étoit nécessaire pour faire cesser la singularité de l'état des conjoints. Mais il falloit appuyer le tout d'une autorisation de la Justice, qui, tenant une balance égale entre les deux époux, adopte ou rejette la tentative proposée.

Cette opération enfin a réduit la femme Lahure à un état pire que celui où elle étoit auparavant; puisque Zachias & Gardin attestent que *mulier in vulva vulnerata, ac vulnere cicatrisato uteri coalitu sequente, non plus potest venere uti.*

D'un autre côté, cette opération, qu'aucun acte n'avoit constatée d'abord, dont le récit n'a été rédigé, de mémoire, que quinze ans après, n'a-t-elle pas détruit tout ce qui pourroit faire connoître actuellement quel étoit l'état de la femme Lahure à l'instant de son mariage? Cette opération ténébreuse n'a-t-elle pas fait des ravages irréparables dans le lieu où elle a été exécutée? N'a-t-elle pas interverti l'état naturel des parties?

Enfin, comment s'assurer, à l'âge où est Lahure, si, quand il s'est marié, il étoit conformé de maniere à pouvoir vaincre la virginité? Car il ne s'attend pas, sans doute, que les exploits dont il se vante avec la Tintelin, sa concubine, soient regardés comme la preuve de ce qu'il auroit pu faire *cum virgine intacta*.

A qui Lahure persuadera-t-il que si, au moment de son mariage, il n'eût trouvé à ses côtés qu'un être indéfinissable, un être affecté d'une impuissance absolue & incurable, il eût, six années après, antérieurement à l'opération, cherché, par la voie du don mutuel, à récompenser cet être d'un vice qui le privoit tout à la fois & des douceurs de l'hymen, & de la satisfaction de voir passer le fruit de ses travaux à des enfans issus de lui ? N'est-on pas en droit, au contraire, de présumer que Lahure lui-même, incapable de résister à un obstacle que tout autre que lui auroit vaincu, a voulu s'assurer de la candeur, de l'innocence & de la fidélité de sa femme, par un acte dont elle auroit perdu tout le fruit, si elle se fût permis d'essayer les forces d'un adultere ? Mais, poussé enfin par on ne sait quelle fantaisie, il voulut essayer si l'art ne pourroit pas venir au secours de sa foiblesse. Cette ressource lui manqua encore ; mais il trouva, ou crut trouver ce qu'il cherchoit *cum muliere corrupta* ; & de là lui vint, ou lui fut suggérée l'idée d'imputer à sa femme un vice dont il étoit coupable lui-même.

Quoi, Lahure aura usé pendant trente années de l'autorité maritale, qu'il ne pouvoit tenir que du Sacrement ; plus de la moitié de ce temps aura coulé dans l'union & la concorde, sans que rien, de la part de la femme, ait troublé l'harmonie de la couche nuptiale ; cette paix aura été ſcellée par des complaiſances & des libéralités mutuelles ; pendant le reſte de ces trente années, Lahure aura abuſé de cette même autorité maritale, pour enlever à la compagne que l'Egliſe lui avoit donnée, l'être & la fécondité qu'elle tenoit de la Nature, à la faire paſſer pour folle, & lui faire ſubir, ſous ce prétexte, toutes les horreurs de la captivité la plus dure & la plus honteuſe ; à lui ſubſtituer, dans ſa maiſon & dans ſon lit, une fille impudique, au nom & à l'inſtigation de laquelle il vient demander que l'Egliſe couronne ſon adultere ! Et Lahure, coupable de tous ces déſordres, oſe eſpérer qu'un Tribunal eccléſiaſtique canoniſera une demande qui n'eſt fondée que ſur l'impoſture, & n'a pour objet que la profanation d'un Sacrement !

En un mot, l'action de Lahure peut-elle avoir aujourd'hui un but raiſonnable & légitime? Seroit-ce la procréation des enfans ? Mais quand ſa femme auroit & auroit eu tout ce qu'il faut pour procurer à ſon mari la faculté d'arriver à ce but, eſt-ce quand elle a atteint l'âge de cinquante-deux ans, qu'il doit lui faire un crime de ce qu'elle ne le rend pas pere ? Dira-t-il qu'il veut trouver *remedium effervenτissimæ libidinis ?* Mais on lui répondra que si, dans les années où le tempérament est le plus orageux, il a pu se contenter de sa femme en l'état où il l'a trouvée, ou auquel il l'a réduite, c'est avancer une absurdité contre la marche ordinaire de la Nature, que de prétendre que l'on est plus effervescent, plus fort & moins sage, à proportion que, déclinant vers la vieillesse, le progrès des années, s'il est conformé comme tous les autres hommes, a dû produire chez lui un effet tout contraire.

Par Sentence de l'Officialité de Paris, du mois d'Août 1749, Lahure fut déclaré non-recevable dans sa demande, condamné en trente livres d'aumône, applicable, moitié à la Chapelle de l'Officialité, & moitié à l'Hôpital des Enfans trouvés.

La piece d'après laquelle il falloit juger, étoit altérée par l'opération de 1734, & n'avoit plus cette intégrité sur laquelle seule la Justice pouvoit asseoir ses Jugemens.

Lahure n'interjeta point appel de ce Jugement, & parut s'y soumettre.

Marie Pochet demanda à être séparée d'habitation, & cette séparation fut prononcée par Sentence contradictoire du Châtelet, & ensuite pleinement exécutée.

Marie Pochet se retira de la maison de Lahure : il y eut partage de communauté ; &, depuis, ils ont toujours demeuré séparément.

Quelques années après, en 1756, Marie Pochet mourut.

Les deux Chirurgiens appelés pendant la maladie, eurent la curiosité d'examiner sa conformation, &, du consentement de la veuve Laité, sa sœur & sa seule & unique héritiere, ils la visiterent; ils firent différentes incisions, d'autant plus profondes, qu'elles ne pouvoient plus être dangereuses ; & ils trouverent tout ce que la femme Lambageois & le sieur Desjours avoient d'abord attesté par leur certificat.

Lahure demanda aux deux Chirurgiens leur déclaration, qu'ils donnerent dans une forme authentique, avec la description de la conformation de Marie

Pochet, & de l'opération qu'elle avoit ſubie.

Lahure, devenu libre, avoit épouſé la fille dont il avoit eu un enfant du vivant de Marie Pochet. Le mariage fut célébré le 26 Mai 1756.

Il voulut alors aſſurer un état à ſon fils, & lui procurer la légitimité, en faiſant prononcer la nullité de ſon premier mariage, & il appela de la Sentence de l'Officialité de Paris.

» Aujourd'hui, diſoit-il, Marie Pochet étant morte, j'ai recouvré ma liberté. L'exiſtence du premier mariage n'a mis aucun obſtacle au ſecond; il n'y a plus de raiſon de le combattre.

» L'état de Marie Pochet n'eſt plus à ménager, il eſt péri avec elle; il ne reſte pas d'enfans qui puiſſent le réclamer.

» Enfin tout intérêt pécuniaire eſt réglé: Marie Pochet a reçu, de ſon vivant, ce qu'elle avoit à prétendre. Séparée de corps & de biens, ſa communauté a été partagée avec elle, & j'ai ſoldé le partage.

» Ma réclamation ne peut donc plus être ſuſpecte; la Religion, l'honneur & l'équité ſeuls me conduiſent & me font agir.

» Pere d'un enfant qui peut être légitimé par le mariage subséquent contracté avec sa mere, je dois à cet enfant, je dois à sa mere, je me dois à moi-même de faire valoir ses droits, & de faire casser le mariage qui fait obstacle à sa légitimité «.

C'est un principe, que les impuissans sont incapables de mariage. Le Droit civil & le Droit canonique en conviennent, avec cette différence, que le Droit civil n'a, en ce cas, permis le divorce qu'aux femmes, au lieu que le Droit canonique donne le même avantage aux maris, par une Décrétale du Pape Grégoire III.

Le conseil des Papes, & celui de quelques Peres de l'Eglise, de vivre comme frère & sœur, est fort sage; mais ce conseil de continence, pendant qu'on est dans les liens du mariage, est fort difficile dans l'exécution. Le Magistrat politique auroit même droit d'enjoindre à ceux qui vivroient ainsi, de se séparer, si l'impuissance étoit notoire. Car, outre le péril du péché, qui est évident, il est de l'intérêt public que chacun soit dans la condition où la Nature & ses talens l'ont appelé pour être utile à l'Etat & au Corps politique dont il fait partie.

L'Eglise de France, singuliérement, a toujours rejeté ce conseil, comme dangereux ; elle a admis, de tout temps, l'action pour cause d'impuissance, & elle a eu la gloire de voir l'Eglise Romaine adopter ses maximes, & admettre cette action, qu'elle avoit long-temps rejetée. Depuis cette conciliation sur cette matiere, les dissertations sur le principe général sont de pure curiosité.

La difficulté réside dans le fait. L'impuissance existoit-elle au temps du mariage, ou n'est-elle survenue que depuis ?

On distingue deux sortes d'impuissances, l'impuissance naturelle, & l'impuissance accidentelle. L'impuissance naturelle remonte nécessairement au temps du mariage, &, lorsqu'elle se trouve en même temps perpétuelle & incurable, opere sa dissolution, parce qu'il n'est aucun temps auquel il ait pu subsister.

A l'égard de l'impuissance accidentelle, comme elle n'a pas toujours existé, elle ne dissout le mariage qu'autant que l'on prouve qu'elle remonte au temps qu'il a été contracté. Ce temps de l'accident est difficile à connoître ; &, comme, dans le doute, on présume pour le mariage, pour peu qu'il y ait d'incertitude, l'action peut être rejetée, faute de preuves.

Ainsi, les actions pour cause d'impuissance les plus certaines, sont celles qui sont fondées sur une impuissance naturelle ; & c'est précisément la nature de celle dont je me suis plaint.

Je soutiens, & j'ai toujours soutenu que Marie Pochet étoit privée de l'organe distinctif de son sexe, & de tout autre équivalent qui pût en faire fonction ; & cette impuissance est, sans contredit, naturelle, perpétuelle & incurable ; ni l'art, ni les secours n'ont pu la corriger. Il n'est pas un instant dans sa vie où elle ait été capable de contracter mariage, ni où elle ait pu le devenir.

Voilà le fait de la Cause. Les preuves, ce sont la visite de l'Accusée, & l'incision qu'elle a soufferte. C'étoient les seuls moyens de connoître son état & sa conformation. La Sage-Femme

& le Chirurgien, après les avoir employés, atteſtent les faits articulés; ils déclarent que Marie Pochet n'a jamais été femme, qu'elle n'a point de partie naturelle, & que l'inciſion n'en a découvert aucune.

Sur ce rapport, & après cette viſite, on a conſulté les plus habiles Médecins & les plus habiles Chirurgiens; ils ſe réuniſſent à l'avis du certificat; ils décident également l'impuiſſance naturelle, perpétuelle & incurable.

La demande que j'ai formée, pour que cette viſite fût réitérée judiciairement, lui donne toute l'authenticité qu'on peut ſouhaiter, quoique cette forme judiciaire n'ait pas été remplie. Les faits atteſtés ont été expoſés à la critique; on en a offert la vérification. Marie Pochet a refuſé cette viſite. Ce refus de ſa part eſt un aveu.

Le mariage d'un impuiſſant eſt une illuſion du Sacrement, & l'habitation avec un impuiſſant, ſi longue qu'elle puiſſe être, n'eſt pas un vœu de continence perpétuelle.

Les premiers Juges n'ont vraiſemblablement fondé la fin de non-recevoir qu'ils ont prononcée, que ſur l'opération ſubie par Mare Pochet, & ſur la difficulté qu'ils ont cru qu'il y avoit de reconnoître, après un auſſi long temps, ſi l'impuiſſance exiſtoit au temps du mariage.

Mais des réflexions déciſives répondent à ces deux derniers moyens.

S'il n'étoit queſtion que d'une impuiſſance accidentelle, ou même d'une impuiſſance naturelle, qui ne conſiſtât que dans une foibleſſe d'organes, un défaut de configuration, un ſimple vice, le temps & les accidens ſurvenus pourroient faire craindre quelque mépriſe ſur l'époque ou la durée de cette infirmité. Mais le fait d'impuiſſance dont il s'agit, eſt bien d'une autre eſpece. Marie Pochet n'a jamais eu l'organe de ſon ſexe : *Illi deerat inſtrumentum naturale*. En 1734, lorſqu'à l'âge de plus de quarante-deux ans, elle s'eſt adreſſée à la femme Lambageois & au ſieur Desjours, elle étoit dans cette privation. Si, en 1734, elle étoit privée de ſexe, elle l'étoit également en 1722, quand elle s'eſt mariée; & parvenue, en 1734, lors de cette viſite, à l'âge de quarante-deux ans, il n'eſt pas poſſible qu'elle ait changé depuis.

Cette vérification a été faite du consentement de Marie Pochet; elle s'est fait visiter elle-même par une Sage-Femme & par deux Chirurgiens : on rapporte les certificats des deux visites : Marie Pochet ne les a pas contredits; ils font preuve de la privation d'organe : visitée encore après sa mort, elle a été trouvée dans le même état; elle est née, elle a vécu, & elle est morte avec la même impuissance.

Cette privation d'organe ainsi constante, l'opération ne peut avoir eu aucun danger. La description de l'état de Marie Pochet, & de l'opération qui lui a été faite, en sont une preuve sans réplique.

A la place où devoit être l'organe naturel, les Chirurgiens n'ont trouvé que des chairs dures & solides. Pour connoître leur épaisseur, & voir si on ne découvriroit pas au delà quelque cavité qui pût faire présumer quelque organe qui pût être utile à la génération, les Chirurgiens ont incisé, autant qu'il étoit possible de le faire sans danger de percer le rectum ou la vessie, & n'ont rencontré que des chairs de la même espece, qui, depuis, se sont presque entiérement réunies ; il n'en est resté qu'une espece de cavité, en forme de fosse naviculaire.

Cette opération, loin d'empêcher de reconnoître l'état primitif de Marie Pochet, le découvre au contraire, & le fait connoître sans crainte d'altération ni de changement dans sa situation. Si les chairs n'avoient pas été incisées, on pourroit croire qu'elles ne formoient qu'une légere obstruction, que l'organe existoit, qu'il n'étoit que masqué, & qu'on pouvoit aisément en rétablir l'usage.

L'opération leve tous les doutes ; elle apprend tout ce qu'il falloit savoir pour décider sûrement de la conformation de Marie Pochet : ce n'est plus une conjecture, c'est une certitude qu'elle n'a ni l'organe naturel, ni rien d'équivalent, & que les chairs qu'on apperçoit ne sont pas une simple obstruction, mais une conformation bizarre, qui fait preuve que jamais l'organe n'a existé.

A l'égard du danger de l'opération premiere, & du changement qu'elle a pu occasionner, il n'y avoit aucun danger d'inciser des chairs qui se cicatrisent aiſément; la ſituation de Marie Pochet n'a pas été changée, elle eſt reſtée la même; les chairs, au lieu d'être réunies, ont été diviſées; mais c'étoient toujours des chairs dures & ſolides, différentes, par leur nature & par leur figure, de l'organe naturel qui conſtitue le ſexe de la femme : ainſi, l'avantage qui réſulte de l'opération, n'a aucun inconvénient.

Mais, en tout événement, ce n'étoit que par la viſite judiciaire de la perſonne, qu'on pouvoit s'aſſurer de la nature de ſon impuiſſance.

Les premiers Juges ont jugé par préſomption, par conjectures, lorſqu'ils pouvoient ſe procurer des preuves. C'eſt avoir jugé contre toutes les regles, que de s'être livré, dans une matiere de cette importance, à ſa propre opinion, & à ſon ſentiment particulier.

Ainſi il n'eſt pas douteux que ce Jugement eſt irrégulier, & qu'il étoit de nature à être réformé.

Il n'eſt plus queſtion que d'examiner ſi la mort de Marie Pochet n'eſt pas un obſtacle à l'appel interjeté, & ſi, quoiqu'elle ſoit morte, cette réformation peut être prononcée.

L'action pour cause d'impuissance est une action qui frappe directement sur la personne. Cette personne n'étant plus, l'action peut sembler éteinte. C'est une discussion de droits personnels, qui ne peut se faire qu'avec la personne même, & qui s'éteint avec elle; mais cette difficulté a souvent été élevée, & a été jugée sur l'action en séparation de corps & de biens, & sur celle d'adultere; actions qui, de même que celle pour cause d'impuissance, sont personnelles.

Il est constant que, lorsqu'elles ont été intentées & contestées du vivant de l'Accusée, elles se continuent & se poursuivent après sa mort. Quoique Marie Pochet soit morte, la Sentence de l'Officialité de Paris peut être infirmée.

Le dol, avec juste raison, est un vice dans les contrats & un moyen de les faire annuller. A plus forte raison, l'imposture dans l'état naturel des personnes, ne peut être autorisée, ni par le temps, ni par aucun événement que ce puisse être.

Un homme est toujours ce qu'il est naturellement; tous les Jugemens rendus ne peuvent changer son état naturel.

De ce principe vient la différence de la vérité qui se tire des contrats ou de l'état civil, & des conditions; & la vérité qui dépend de l'état naturel des personnes.

Les contrats sont la volonté des Parties, exprimée en des termes sujets à l'interprétation des Juges; ainsi ils en décident. Il en est de même de l'état civil, des conditions : tout cela est dans la disposition de la Loi, qui nous prescrit des regles pour en juger avec exactitude.

Mais quand il s'agit de l'état naturel des personnes, de cette faculté même qui nous fait hommes, l'autorité des Jugemens ne peut rien contre une preuve contraire, qui est naturelle & infaillible.

Quoique Marie Pochet soit morte, il en faut donc revenir aux preuves du fait d'impuissance : si on en rapporte d'évidentes, le Jugement de l'Officialité de Paris doit être réformé.

Cette seconde tentative de Lahure ne fut pas plus heureuse que la premiere. La Sentence de l'Official de Lyon, rendue en 1757, confirma celle de l'Official de Paris.

SÉPARATION de corps entre mari & femme.

L'UNION de la demoiselle de Chablas & du ſieur de Maiſonrouge, quant au rang & à la fortune, avoit toutes les convenances qu'on recherche dans ces ſortes d'alliances ; mais il paroît que le caractere & l'inclination ne furent point conſultés. Le ſieur de Maiſonrouge aſſure que, dès le ſoir même de leur mariage, ſa femme lui déclara qu'elle ne pouvoit le ſouffrir; qu'elle ſe ſentoit pour lui une haine qu'elle ne croyoit pas qu'il fût en ſa puiſſance de jamais adoucir. Cependant, ſoit que ce propos fût ou faux ou exagéré, ſoit qu'à force de bons procédés, comme il le dit, il ſoit venu à bout d'aſſoupir l'antipathie de ſa femme, *ils* ne laiſſerent pas de vivre enſemble. Mais de temps en temps il s'élevoit des orages qu'il étoit difficile d'appaiſer ; tantôt c'étoit au ſujet d'un domeſtique qu'il plaiſoit au ſieur de Maiſonrouge de renvoyer ; tantôt ſa femme demandoit une procuration générale pour la gestion de tous ses biens. Ces scenes étoient poussées trop loin, pour qu'elles tombassent d'elles-mêmes; il fallut plusieurs fois l'intervention des deux familles. Toutes ces contestations n'étoient pourtant encore que le prélude d'une division plus éclatante.

Voici ce qui y donna lieu. Le sieur de Maisonrouge, malgré les mépris & les hauteurs de sa femme, lui étoit, dit-il, très-attaché. Un mardi il l'avertit que ce jour-là il vouloit souper avec elle, & qu'à huit heures & demie il seroit rentré. Son épouse voulut lui témoigner la haine qu'elle avoit pour lui; elle se fait servir à huit heures, se leve, & sort de table lorsque son mari rentre à neuf.

Le lendemain, le mari, offensé d'un pareil procédé, passe dans l'appartement de sa femme, & lui fait des reproches. Les plaintes, de part & d'autre, furent aigres & vives. Des propos passant aux voies de fait, la dame de Maisonrouge se fit une arme de son pot de chambre, &, quelque prompte que fût la retraite du mari, il ne put échapper tout-à-fait à un arrosement fort désagréable.

Dès ce moment, si l'on en croit l'époux, on voit la dame de Maisonrouge suivre un dessein arrêté de se séparer de son mari. Elle se transporte plusieurs fois chez M. Huart, Avocat, consulte sur les moyens de séparation, & fait entendre qu'elle est prête à s'en procurer, à quelque prix que ce soit, si ceux qu'elle a déjà ne sont pas suffisans. M. Huart, dit-on, fit avertir l'époux de passer chez lui, & lui conseilla de consentir à ce que sa femme s'éloignât volontairement de lui, afin de s'épargner réciproquement des scenes scandaleuses. Le mari adopte ses conseils d'autant plus volontiers, qu'il s'imaginoit, dit-il, que le temps & ses soins lui rameneroient une femme qu'il aimoit. Ce fut d'après ce motif unique, disoit-il, qu'il écrivit à sa femme une lettre, dans laquelle il consentoit qu'elle vécût éloignée de lui, après avoir réglé leurs intérêts réciproques sur ce qui concernoit la fortune: *Malheureux*, disoit-il en finissant, *de ne plus vivre avec vous, si vous aviez quelques égards pour moi*; heureux d'en être *séparé, puisque vous joignez au mépris la haine la plus déclarée*.

La dame de Maisonrouge nioit que, malgré tous les sujets de plainte que lui donnoit son mari, pendant les treize premieres années de leur mariage, elle eût songé à le quitter; elle avoit toujours dévoré en secret, disoit-elle, ses chagrins. Le sieur de Maisonrouge avoit du moins encore gardé une sorte de bienséance; mais la mort l'ayant délivré d'un censeur qu'il avoit dans son pere, il quitta la maison qui leur étoit commune, se retira dans celle que la mort de son pere venoit de laisser vacante : une augmentation considérable de fortune l'ayant mis à portée de satisfaire tous ses goûts, il résolut de mener une vie sans contrainte. Ce fut, ajoutoit la dame de Maisonrouge, dans ces dispositions qu'il avoit écrit la lettre jointe au procès, qu'on peut regarder comme un libelle de divorce.

On voit que les Parties s'imputoient respectivement le premier dessein de se séparer. Quoi qu'il en soit, il y eut une transaction par-devant Notaires, portant consentement réciproque de vivre séparés, & obligation du mari de payer annuellement à sa femme, sur ses simples quittances, la somme de

18000 livres de penſion, à raiſon de 1500 liv. par mois.

D'après cet arrangement, on croiroit qu'ils vont vivre en paix : point du tout; la femme ſe plaint que ſon époux ne laiſſoit échapper aucune occaſion de la tyranniſer. Eſt-elle attachée à un domeſtique? c'eſt une raiſon pour qu'il exige qu'elle le renvoie. Il ne lui eſt pas libre de choiſir, parmi ſes parens même, la ſociété qui lui convient; les lettres qu'elle reçoit de lui ſont pleines de mépris, & reſpirent le plus odieux deſpotiſme.

Voici une de ces lettres : » Vous » mettez votre argent entre les mains » de votre Femme de chambre & de » votre Portier; vous êtes toujours miſe » au plus mal, ſans être ni peignée » ni vêtue; ce qui me prouve que les » deux domeſtiques continuent de s'ap- » proprier votre argent; ce qui m'o- » blige à les mettre dehors, pour vous » voir, à l'avenir, coiffée ſuivant que » je vous mets en état d'être, avec vos » diamans, tous les jours, ſans quoi je » ſerai forcé de les envoyer chercher, » & de les vendre....... & de vous » donner des domeſtiques qui condui-

» ront votre maiſon à ma fantaiſie, pour » que vous me faſſiez honneur.....«

Le ſieur de Maiſonrouge, ajoutoit ſa femme, avoit le déſir de paſſer pour généreux; c'étoit ſa manie. Pour ſe procurer un titre de généroſité, il imagina d'exiger de ſon épouſe une reconnoiſſance par laquelle elle affirmoit qu'elle touchoit de ſon mari une ſomme de 20000 livres tous les ans, quoiqu'elle ne lui eût apporté que 10000 livres de rente. Le projet de quittance lui fut envoyé avec des comptes auſſi infideles que le contenu en la reconnoiſſance. La dame de Maiſonrouge fut obligée de ſouſcrire tout ce que ſon mari voulut : elle n'avoit point touché ſa penſion, & ſes beſoins urgens ne lui permettoient pas de retarder, par des repréſentations, les ſecours dont elle avoit beſoin. Elle tranſcrivit les modeles qu'on lui avoit envoyés, & les dépoſa chez un Notaire, au même moment où elle envoya les copies qu'elle en avoit faites.

Une domeſtique, à laquelle la dame de Maiſonrouge étoit fort attachée, eſt chaſſée de la maiſon. Le mari, ſollicité par

par sa femme pour son retour, y consent; mais il met un prix à sa complaisance; il faut qu'elle s'engage pour une somme de 35000 livres.

Autre trait. Par l'acte de la séparation volontaire, les diamans de la femme lui avoient été conservés : son mari jugea à propos de les lui reprendre; il crut peut-être que sa femme seroit très-touchée de cette perte, & qu'elle les meneroit encore à quelque autre accommodement; mais voyant s'écouler plus d'un an sans que sa femme les lui redemandât, il la prévint : il offrit de les lui rendre, mais à une condition, car il mettoit des conditions à tout; c'étoit encore une lettre qu'il vouloit, & voici quel en étoit le contenu.

» Vous avez raison, mon mari, de » vous plaindre en m'appercevant mal » mise, comme si vous ne me donniez » pas 20000 francs par an. Une idée » de dévotion m'a portée à vous prier » de reprendre les diamans dont vous » aviez eu la bonté de me décorer. » Aujourd'hui je sens tous mes torts à » votre égard; je veux réparer les mau» vaises impressions que mes propos, » avancés sans fondement, ont occa-

» sionnés. Je vais me mettre tout au » mieux ; je serai habillée proprement.... » & tout le monde saura que vous me » donnez 20000 francs, quoique vous » n'en ayez pas dix de moi. Après tant » de bontés de votre part, après tous » vos justes sujets de vous plaindre de » mes procédés, tant de bontés me ti- » rent de l'erreur dans laquelle mes » parens m'ont plongée..... Je vous prie » de me rendre mes diamans..... «

La dame de Maisonrouge ne crut pas devoir écrire une lettre qui ne lui étoit pas moins injurieuse qu'à ses parens ; elle en fit la réflexion à son mari. Les raisons ne le persuaderent point, & ne firent que l'irriter. Il menaça enfin que la pension ne seroit point payée, & que les meubles de la dame seroient enlevés, si la lettre n'étoit écrite.

Ce motif arracha la lettre qu'on désiroit si fort ; mais la femme alla, au même instant, protester chez un Notaire de la violence qui lui avoit été faite, & déposa le modele de lettre.

D'abord, répondoit le sieur de Maisonrouge, si j'ai renvoyé plusieurs domestiques de chez mon épouse, c'est que ceux qu'elle avoit la pilloient, & que son excessive négligence ne les y engageoit que trop. Un mari séparé volontairement de sa femme n'est qu'éloigné, & n'a pas perdu le droit de veiller sur elle & sur ses intérêts.

Les autres faits, ajoutoit-il, sont ou faux & dénués de preuves, ou de si peu de conséquence, qu'ils ne méritent pas la peine qu'on s'y arrête. Bien loin de pouvoir opérer une séparation, ils ne seroient pas même, quand ils seroient prouvés, capables d'élever un préjugé défavorable contre ma personne. Le seul fait qui mérite quelque attention, est le second modele de lettre qu'on a, ainsi que le premier, déposé chez un Notaire; & le fait, continue-t-il, est entiérement dénaturé. La vérité est, qu'ayant fait quelques reproches à sa femme, sur sa négligence à s'habiller décemment, elle lui témoigna de grands sentimens de religion, beaucoup de dégoût pour les parures & les vanités de ce genre. Elle finit par lui dire qu'elle lui renverroit ses diamans. Elle les renvoya en effet; mais, quelque temps après, il revint au mari que sa femme se plaignoit de ce qu'il l'avoit forcée de se dépouiller de ses diamans. Le mari répondit qu'il étoit prêt à les remettre; mais qu'ayant été calomnié, il vouloit, il exigeoit de son épouse qu'elle convînt, dans une lettre, que c'étoit elle-même qui, sous prétexte de sentimens de religion, s'en étoit défaite entre les mains de son mari. Quant à la réponse de la dame de Maisonrouge, où elle prétend s'être d'abord défendue d'envoyer cette lettre exigée, c'étoit, ajoutoit-on, une imagination; il n'avoit jamais reçu de réponse de sa part à ce sujet. Quant à la protestation chez un Notaire, elle annonce assez clairement que les diamans avoient été renvoyés librement, & redemandés ensuite, & que les bruits répandus n'étoient qu'un piége qu'on vouloit tendre au sieur de Maisonrouge.

La dame de Maisonrouge tombe malade : cette maladie étoit, disoit-elle, la suite de tous les chagrins que son mari lui avoit donnés; & jamais il ne s'étoit montré aussi dur, aussi inexorable que dans cet instant, où il devoit du moins à sa femme, qui étoit entre la vie & la mort, le sentiment de la pitié.

Elle le conjure de se transporter chez elle ; il répond qu'*elle n'est pas encore assez malade pour cela.*

Elle insiste : il exige pour condition, que ses dispositions testamentaires lui seront communiquées. Il trouve mauvais que son épouse eût fait un legs modique à sa Femme de chambre ; il le fait révoquer.

Elle n'avoit d'autre consolation que dans la société de quelques-uns de ses parens ; il les éloigne d'auprès d'elle par des procédés choquans.

Il défend qu'aucune des lettres à l'adresse de sa femme lui soient remises.

Mais un fait d'une invention plus étrange & bien scandaleux, c'est d'avoir voulu contraindre son épouse à faire un legs à une femme qui vivoit avec lui sur le pied d'une maîtresse, & dont la dame de Maisonrouge lui avoit continuellement reproché la société.

Enfin il réduit son épouse dans une sorte de *chartre privée*. Il compose une liste qu'il remit au Portier de la maison qu'occupoit sa femme, avec ordre de ne laisser entrer que les personnes dont les noms étoient portés ſur la liſte; & cette liſte, à l'exception de ſix perſonnes, que les manieres déſobligeantes du ſieur de Maiſonrouge avoient dès long-temps éloignées de ſa femme, n'étoit compoſée que de Prêtres, Médecins, Apothicaires. Si le chagrin étoit la véritable cauſe de la maladie, rien n'étoit moins propre à le diſſiper que ce cortége.

Pour preuve de la captivité où il avoit prétendu mettre ſa femme, on rapportoit qu'un parent de la dame, homme auſſi reſpectable par ſa place que par ſa perſonne, M. le P.... de M...., s'étoit préſenté chez ſa couſine. N'étant point ſur la liſte que le Portier lui donna à lire, il n'entra point. Comme il affectionnoit ſa parente, il écrit au mari, pour lui demander raiſon de cet ordre rigoureux. Le mari ne fit aucune réponſe. M. de M.... s'étant adreſſé au Curé de Saint Paul, pour l'engager à faire expliquer le ſieur de Maiſonrouge, la réponſe de celui-ci fut que toute ſa raiſon étoit qu'il ne vouloit pas que M. de M.... viſitât ſa femme, non plus que Mademoiſelle **, Mademoiſelle ***, &c.

Elle demeura ainsi seule & livrée à elle-même & à mille sentimens douloureux. Dans cet état d'abandon, elle ne songea plus qu'à faire au Ciel le sacrifice de ses peines & persécutions. Elle brûla un nombre infini de lettres qui contenoient en partie les détails de tout ce qu'elle avoit eu à souffrir avec le sieur de Maisonrouge.

Cependant le sieur de Maisonrouge continuoit de la voir, & alloit même tous les jours chez elle; mais c'étoit ou pour tenir des propos pleins de cruauté, ou pour jeter l'alarme dans le cœur de sa femme, sur le danger de son état. *Vous êtes en effet très-mal*, lui disoit-il, lorsqu'il la voyoit effrayée. Etoit-elle un peu rassurée? *Je vous attends au printemps.* Tantôt *elle jouoit la comédie*. Et un jour, dans son impatience, il lui échappa le cri d'un cœur aussi bas qu'atroce: *Mais quand est-ce donc qu'elle fera les yeux de pie?*

Les choses furent poussées si loin, que le Médecin crut devoir prescrire au sieur de Maisonrouge de cesser ses visites, s'il vouloit que sa femme guérît. Il promit; mais n'ayant pas tenu parole, il y avoit toujours pour la malade une potion destinée pour les momens où le mari arrivoit.

Il ne respectoit pas plus sa femme de loin, qu'il ne la ménageoit de près. A l'Opéra, on lui demande comment elle se porte. *Est-ce de ma p.... légitime que vous voulez parler?* Il disoit *qu'elle couchoit avec des Prêtres.* On étoit, disoit-on, à portée de faire preuve de tous ces faits, ainsi que du propos qu'il osa tenir à plusieurs personnes. *Vous croyez donc que ma femme a de la religion? Elle ne vouloit pas recevoir ses Sacremens; c'est moi qui l'y ai déterminée, en lui disant: Si tu ne les reçois pas pour Dieu, reçois-les pour les hommes.*

A cette diffamation publique se joignoient encore d'autres griefs, dont le concours autorisoit de plus en plus la demande de la dame de Maisonrouge.

Sa santé sembloit se rétablir un peu; elle crut pouvoir prendre l'air, dans son carrosse, sur les boulevarts. Son mari s'en formalisa; il prétendit que la premiere sortie de sa femme devoit être pour le visiter, & il lui en témoigna ſon mécontentement dans l'inſtant même, en la faiſant avertir que ſa penſion, déſormais, ne lui ſeroit plus payée que ſur le pied de dix-huit mille livres.

Le genre de vie qu'il menoit, devoit naturellement l'éloigner de ſa femme; mais bien perſuadé de l'éloignement de celle-ci à vivre avec lui, il imagina que, pour lui faire beaucoup de peine, il n'avoit qu'à lui ſignifier qu'il entendoit qu'elle vînt demeurer avec lui. Sa ſanté étoit encore languiſſante; elle s'excuſa ſur ce qu'elle étoit trop foible pour changer de demeure. Il lui fit dire que, ſi elle n'obéiſſoit pas, non ſeulement il ne payeroit pas la penſion, mais qu'il feroit enlever ſes meubles. Il lui redemandoit en même temps ſes diamans.

Mais bientôt on le vit changer de batterie. Craignant apparemment que tous ces mauvais traitemens ne déterminaſſent ſa femme à demander une ſéparation entiere, & ſachant bien qu'elle avoit d'aſſez bons titres pour appuyer ſes prétentions, il ſe mit dans la tête de vouloir ſe faire écrire la lettre la plus inconcevable qu'un mari

raiſonnable ait jamais pu exiger d'une femme qui n'eſt pas en démence. En lui envoyant le projet de cette lettre, il lui déclara formellement que le ſeul moyen de conſerver ſon appartement, ſes domeſtiques & ſes meubles, étoit de la tranſcrire & de la ſigner. Elle étoit conçue en ces termes:
» Je vous priai, Monſieur, de me laiſ-
» ſer retourner chez vous, parce qu'a-
» lors je me croyois morte. A Pâques
» je ſortis, & vous eûtes la bonté
» d'exiger de moi de remplir la parole
» ſur laquelle les Sacremens me furent
» adminiſtrés; mais mon *averſion* pour
» vous m'empêcha de répondre à votre
» *politeſſe*, & me détermina à vous
» déclarer que je vous avois toujours
» déteſté, & que *je vous haïſſois au*
» *mieux*, *que je ne ceſſerois jamais de*
» *vous avoir en horreur*, & que *j'exé-*
» *cuterai ce que j'avois manqué autre-*
» *fois*, *ſi vous me forciez à y retourner.*
» Je conſerverai ces ſentimens le reſte
» de mes jours, qui vous exemptent
» de rien exiger davantage, ſans vous
» exempter de me continuer vingt mille
» francs par an, quoique vous n'ayez de
» moi que dix mille livres par an. Vous

» pouvez méprifer ma haine par la con-
» tinuation de vos bontés, auxquelles
» toute autre femme feroit fenfible.
» L'antipathie m'empêche de fortir de
» mes torts «......

On s'attend bien que la dame de Maifonrouge refufa de tranfcrire & de figner une pareille lettre. Preffentant tout ce qu'elle avoit à redouter d'un homme tel que le fieur de Maifonrouge, elle fe précautionna encore de cette arme que lui fourniffoit fon mari, pour la lui oppofer lorfqu'il en viendroit à des voies de fait. Elle dépofa le projet de lettre, avec les détails des circonftances, chez un Notaire; &, ce qu'on ne croiroit pas facilement, c'eft que le mari infifta pour obtenir cette lettre. Il réitéra plufieurs fois fes menaces; &, voyant qu'on ne cédoit point, il en vint à l'exécution. Il demanda d'abord la vaiffelle d'argent; on la lui envoya. Enfuite il infifte de nouveau pour ravoir la lettre, &, fur un nouveau refus, il fait mettre écriteau fur la porte de la maifon, & la fait afficher.

La dame de Maifonrouge rendit fa plainte, & fubit, à la requête de fon mari, un interrogatoire ſur faits & articles.

Enfin la Cauſe fut plaidée, &, par Sentence du Châtelet du 30 Juillet 1750, il fut permis à la dame de Maiſonrouge de faire preuve des faits contenus, tant dans ſa requête que dans ſa réponſe à l'interrogatoire; & au ſieur de Maiſonrouge, de faire la preuve contraire.

Les Parties appelerent réciproquement de cette Sentence.

Perſuadé que le temps & la continuité de ſes ſoins la rameneroient bientôt auprès de lui, le mari rejetoit ſur ſon épouſe la ſéparation volontaire. La femme, interrogée ſur pluſieurs faits ou propos qui annonçoient de ſa part beaucoup d'averſion pour ſon mari, tels que ceux-ci: » S'il n'étoit pas vrai » qu'elle reprochoit ſouvent à ſon mari » de n'être pas fait pour être ſon époux; » s'il n'étoit pas vrai qu'elle l'eût plu» ſieurs fois frappé, égratigné; ſi ſon » mari ne lui avoit pas dit pluſieurs fois » qu'elle avoit beau faire, qu'il ne lui » donneroit jamais occaſion de ſe faire » ſéparer, & qu'il fuiroit plutôt, toutes » les fois qu'elle ſeroit en train de faire

» des ſcenes « ; ſans convenir de la vérité de ces faits, elle avoit fait des demi aveux, comme *il ſe pourroit bien..... peut-être...... je ne me ſouviens pas.....* Le mari en concluoit que, ſur des choſes qui devoient lui être auſſi préſentes, une réponſe qui n'étoit pas une négation formelle, équivaloit à un aveu.

A l'égard de la lettre que le ſieur de Maiſonrouge avoit exigée, c'étoit, diſoit-il, un moyen dont il s'étoit ſervi pour obliger ſa femme à revenir chez lui. La preuve qu'il n'avoit d'autre intention que de faire revenir ſa femme avec lui, c'eſt l'alternative qu'il impoſe: *Si elle ne veut pas reconnoître ſes torts dans cette lettre*, je la forcerai *de quitter ſa maiſon, & de partager celle que j'habite.*

La dame de Maiſonrouge redemande ſes diamans. Vous me les avez envoyés de votre propre mouvement, répond le mari, & cependant vous avez publié par-tout que je vous les avois arrachés, enſuite, que je les avois ou vendus, ou donnés à ma maîtreſſe. Vous voulez les ravoir : je conſens à vous les rendre; mais je veux de vous un aveu qui repouſſe vos propres accuſations; vous consentez à me le donner : je vous envoie un projet de lettre ; vous exigez des changemens, je les fais. Vous protestez, au même instant, chez un Notaire, & vous y déposez ma lettre. Ma négligence en ceci, & votre précaution ne prouvent-elles pas ma bonne foi, & votre adresse à me tendre des piéges ?

Quant aux propos qu'on fait tenir au sieur de Maisonrouge, ils étoient si vils & si bas, qu'ils ne pouvoient avoir été rapportés à son épouse que par de misérables domestiques intéressés à lui faire leur cour, & dont le témoignage étoit, au moins, on ne peut pas plus suspect.

Restoit encore l'article de la *chartre privée*, où elle se plaignoit que son mari l'avoit réduite. Le sieur de Maisonrouge attribuoit en grande partie la mésintelligence où ils avoient vécu, à Madame de ***, à Mademoiselle ***, à M. le Président M...; sa femme étoit convenue qu'elle avoit souvent été obsédée de leurs conseils. Ils furent exclus de la liste. Il est vrai que la dame de Maisonrouge nioit qu'elle eût participé à la liste ; mais du moins étoit-il vrai que cette liste contenoit d'autres noms que ceux de Prêtres & de Médecins, comme elle l'avoit faussement avancé. Le Portier d'ailleurs étoit à sa disposition; &, comme elle en est convenue, le but de cette liste n'étoit que d'écarter les trois personnes ci-dessus nommées; elle pouvoit voir toute autre personne qu'il lui auroit plu recevoir. Encore une fois, c'étoit de son aveu que ces trois personnes avoient été exclues. Mais quand elle n'y eût pas consenti, un mari seroit-il bien répréhensible, parce qu'il n'auroit pas voulu que sa femme vît trois personnes auxquelles il attribuoit tout le malheur qui troubloit sa vie; & cette sévérité paroîtra-t-elle assez rigoureuse, pour qu'une femme puisse s'en faire un moyen de séparation?

C'étoit, disoit la femme, les seules personnes qui pussent me consoler; mais c'étoit précisément parce qu'elles flattoient la haine que vous portiez dans le fond de votre cœur à votre mari, que votre mari les écartoit. On rapporte la lettre de M. le Président de M.... au mari même : » J'allai hier » au soir chez Madame de Maison-» rouge, comptant passer une demi-

» heure avec elle, à mon ordinaire ; » je fus fort surpris de me voir refuser la porte, & de m'en entendre » donner pour motif, que je n'étois » pas compris sur la liste de ceux que » vous trouvez bon qui la voient. Je » suis persuadé que c'est une omission » de votre part. L'attachement que j'ai » pour elle me fait insister, pour vous » prier de réparer cette méprise. Dans » la triste situation où elle se trouve, » il est déjà assez extraordinaire que » vous ne lui laissiez pas la liberté de » voir ceux qui lui conviennent, sans » vouloir encore la priver de la seule » consolation qui lui restoit, en me » voyant tous les jours un quart d'heure. » Sensible comme elle est, le saisissement que mon absence peut lui causer, lorsqu'elle viendra à apprendre » que c'est par votre ordre que l'entrée » m'est refusée chez elle, est capable » de lui donner la mort. Je n'ai d'autre » motif de faire révoquer un ordre aussi » inhumain, que l'intérêt que je prends » à elle & même à vous. Je ne vous » demande que de rappeler en vous » les sentimens les plus communs & les » plus simples de l'humanité, & de ne

» pas avancer le peu de jours qui restent » à une malheureuse que tout le monde » plaint & chérit. Je me flatte que vous » déférerez à ma priere, qui n'a d'autre » objet que de vous mettre à l'abri des » reproches d'une dureté & d'une in» sensibilité sans exemple, & de con» server, le plus qu'il sera possible, » une parente qui a toujours eu pour » moi de l'amitié & de la confiance, » & qui m'est infiniment chere «.

Cette lettre n'annonce-t-elle pas clairement que, dans les comités si affectueux, la tendresse qu'on devoit au mari étoit sacrifiée à l'amitié qu'on portoit à son parent? Le cousin est un consolateur tendre, & le mari un inhumain. Toutes ces idées, tous les sentimens dont on nourrissoit le cœur de la dame de Maisonrouge, n'étoient pas faits pour la rapprocher de son époux.

Malgré les explications du mari, les actes & les faits parloient contre lui. Par le libelle de divorce envoyé à sa femme, & la transaction qui l'avoit suivi, il étoit constant que le mari avoit voulu se séparer de sa femme. La lettre qu'il demande, si sa femme veut ravoir ſes diamans, & les actes qui lui ont été en même temps envoyés, pour qu'elle les ſignât, ſous les conditions les plus rigoureuſes, annonçoient l'eſprit le plus tyrannique; & la liſte remiſe au Portier, prouvoit la chartre privée, & le projet de lettre dans laquelle il veut que ſa femme ſe diffame, elle & ſes parens. Ces faits ſubſiſtoient dans des monumens que le ſieur de Maiſonrouge ne pouvoit méconnoître; on les fortifioit de la diffamation & du ſcandale public où le mari avoit vécu.

Par Arrêt du 16 Mars 1751, il fut ordonné que les Parties ſeroient ſéparées de corps & de biens; le ſieur de Maiſonrouge condamné à la reſtitution de la dot, & aux dépens.

AFFAIRE de Pinçon.

PARMI les excès où la méſintelligence, la diſcorde, le penchant au libertinage, ou le malheur d'un joug mal aſſorti précipitent les époux, il en eſt ſans doute de plus atroces, de plus ſanglans qu'on n'en verra dans cette Cauſe; mais il eſt difficile de trouver un projet plus bizarre, ſoit dans ſon idée, ſoit dans ſon exécution, ſoit dans ſes détails. L'intérêt réſide ſur-tout dans les circonſtances qui ont conduit au délit, ou qui l'ont accompagné; & lorſque le Lecteur connoîtra l'Arrêt, il verra qu'on n'en a pas exagéré le roman.

Le 10 Octobre 1741, Jean-Antoine Pinçon, Huiſſier ordinaire du Roi au Grand-Conſeil, épouſa Catherine Beſche, fille d'un Limonadier. Ils convinrent l'un & l'autre d'emprunter une ſomme de 4000 livres. Le ſieur Pinçon, environ deux ans après, reçut la dot de ſa femme (environ 10000 livres), paya l'emprunt de 4000 livres, acquit sa charge 8200 livres, en paya 5000 liv. comptant, avec 1800 liv. pour sa réception, & ne se réserva que 400 liv. qui entrerent dans le ménage.

Il vécut avec sa femme dans l'union la plus parfaite, jusqu'au mois d'Octobre. Ils étoient logés alors chez la demoiselle d'Arragon, Lingere, rue S. Antoine, au coin de la rue de Jouy. La nommée *Trumeau* y demeuroit en qualité de Fille de boutique. Le voisinage en procura la connoissance à la femme du sieur Pinçon.

Des motifs ignorés engagerent la demoiselle d'Arragon à congédier la Trumeau. Celle-ci se retira chez la dame Pinçon, &, bientôt après, y introduisit le nommé *Nayme*, Clerc de Procureur, qu'elle traitoit familiérement, & qu'elle appeloit tantôt *son fils*, tantôt *son mari*.

Les visites trop fréquentes de Nayme déplurent à la dame Pinçon : ses conversations secretes avec la Trumeau n'étoient pas amusantes pour un tiers. La Trumeau le sentit bien ; elle étoit d'ailleurs gênée elle-même par la présence de la femme Pinçon : elle fut remédier à ce double inconvénient.

Le sieur Jeoffret alloit souvent chez le sieur Pinçon. La Trumeau jeta les yeux sur lui pour remplir son projet ; elle le destina à entretenir la dame Pinçon pendant qu'elle causeroit avec Nayme. Ce plan fut du goût de la femme du sieur Pinçon. Elle renonça à toute autre société, & se borna aux visites du sieur Jeoffret, qui devinrent d'une assiduité marquée.

Uniquement occupé du soin de ses affaires, le sieur Pinçon ignoroit l'exactitude de Nayme & de Jeoffret à se rendre chez lui aussi-tôt qu'il en étoit sorti. Il en fut instruit par ses voisins.

Eclairé sur le dérangement de la conduite de son épouse, il mit tout en usage pour l'engager à renvoyer la Trumeau, & à rompre commerce avec le sieur Jeoffret; mais il ne put rien gagner sur elle. Elle lui représenta qu'il devoit regarder avec indifférence les liaisons de la Trumeau avec Nayme, puisqu'elle étoit sa femme ; & que, pour le sieur Jeoffret, elle le voyoit comme *tout autre* ; que d'ailleurs c'étoit un homme à ménager, & qui pouvoit rendre de grands services.

Le ſieur Pinçon ne put entendre de ſang froid l'apologie du ſieur Jeoffret, faite par ſa femme; il s'emporta, & lui défendit expreſſément de le revoir : mais cette défenſe ne ſervit qu'à rendre le ſieur Jeoffret plus circonſpect dans ſes viſites.

Ces dehors en impoſerent pendant quelque temps au ſieur Pinçon. Il ſe flattoit de voir renaître la paix & l'union dans ſon ménage, & s'applaudiſſoit déjà des égards & des ménagemens qu'on lui prodiguoit.

Rentrant chez lui, vers la fin de Janvier, il trouva le ſieur Jeoffret qui dînoit avec ſa femme. Cette rencontre, à laquelle ni les uns ni les autres ne s'attendoient, les frappa tous également. Le ſieur Pinçon ſe retira : après avoir erré quelque temps par les rues, il rentra le ſoir, fort indécis ſur la conduite qu'il devoit tenir avec ſa femme; mais la vue du ſieur Jeoffret, ſoupant encore avec elle, fixa pour lors ſon incertitude. Il ordonna vivement au ſieur Jeoffret de ſortir; &, ſur ſon refus, il ſe diſpoſoit à l'y forcer, quand enfin celui-ci ſe retira, en ſe répandant en menaces & en rodomontades.

La Trumeau & la dame Pinçon, qui pressentoient ce qui devoit leur arriver si le mari sortoit, jugerent à propos de le prévenir; &, sous prétexte de l'empêcher de suivre le sieur Jeoffret, elles l'accablerent d'invectives. Enfin le sieur Pinçon se débarrassa d'elles, & sortit.

Il ne rentra chez lui que le lendemain matin; mais il n'y trouva ni la Trumeau, ni sa femme; elles étoient sorties avec le sieur Jeoffret, à l'effet de solliciter une lettre de cachet contre le malheureux époux. Ignorant la dépense qu'elles pouvoient faire, & craignant de manquer de fonds, elles emporterent l'argenterie du sieur Pinçon. Leur prévoyance ne fut pas inutile; la vente d'un gobelet d'argent suppléa aux besoins des voyageurs.

La Trumeau & la dame Pinçon revinrent le lendemain sur les huit heures; elles profiterent de l'absence du sieur Pinçon, pour faire dresser par Nayme un Mémoire infamant contre lui. Elles firent de vains efforts pour le faire signer par les parens & les voisins.

Voyant qu'on ne pouvoit perdre à force ouverte le sieur Pinçon, la Trumeau proposa d'avoir recours à l'artifice; elle arrangea ses batteries, & disposa chacun à bien jouer son personnage.

Le sieur Pinçon étoit chez lui sur les huit heures du soir. La Trumeau & sa femme rentrerent avec un air ajusté au rôle qu'elles devoient jouer. La dame Pinçon se jeta aux genoux de son mari, le suppliant d'oublier le passé. Le sieur Pinçon se laissa fléchir, & une promesse solennelle de ne plus revoir le sieur Jeoffret, mit le sceau à la réconciliation des deux époux.

La Trumeau, de son côté, présenta ses excuses d'un air qui gagna le sieur Pinçon. On lui fit entendre que son mariage avec Nayme devoit lui procurer un établissement avantageux, & qu'elle n'avoit plus que huit jours à rester chez lui. Nayme, à la faveur du mariage futur, recommença ses visites.

La bonne foi du sieur Pinçon favorisa les manœuvres qu'on machinoit contre lui.

Le premier du mois de Mars suivant, comme il rentroit chez lui, la Trumeau lui présenta un exploit, qu'elle lui

lui dit avoir été dressé par Nayme; elle le pria de le signer, disant qu'elle se chargeoit de le faire contrôler, & d'en faire remettre la copie. Cet exploit avoit pour objet une somme de vingt-quatre livres due à la Trumeau par une femme de la rue des Nonaindieres. Il apperçut quelques défauts de forme, se chargea de le refaire & d'en porter la copie. En effet, il dressa cet exploit, le signa, & le mit sur son bureau.

Le lendemain matin, lorsqu'il veut prendre cet acte, il ne le retrouve plus à la place où il l'avoit mis. Il le demande à la Trumeau, qui lui répond que la servante étoit allée le porter à Nayme. Effectivement, comme il sortoit, il rencontre sa domestique, qui lui dit qu'elle vient de chez Nayme, pour lui remettre un exploit que la demoiselle Trumeau lui avoit donné.

Pressé par la crainte de manquer ses affaires, il ne fit alors aucune réflexion sur la démarche de cette fille; il se contente de lui faire une légere réprimande, & se rend chez M. d'Evry, Maître des Requêtes, dont il étoit Secrétaire.

Les attentions redoublées de sa femme & de la Trumeau lui avoient fait oublier le passé ; il trouvoit même des charmes dans leur société, &, satisfait des agrémens que lui offroit son ménage, il ne s'absentoit de sa maison que le moins qu'il pouvoit. Tant d'assiduité le rendoit importun, & hâta ses malheurs. Sa femme n'avoit point, comme il l'imaginoit, rompu avec le sieur Jeoffret ; ils continuoient de se voir, mais avec des précautions si justes, qu'il étoit dupe des apparences.

Le 6 Mars, il étoit couché près de sa femme, lorsque, sur les six heures du matin, il vit entrer cinq hommes armés de cannes & d'épées. L'un d'eux, nommé *Sabatier*, lui demanda s'il n'étoit pas M. Pinçon. Il répond que oui. Eh bien, dit l'autre, je vous arrête de la part du Roi. En vain il voulut parler, remontrer qu'il ne se sentoit coupable d'aucun crime ; l'Alguazil, sans l'écouter, lui dit d'une voix impérieuse, qu'il eût à se dépêcher, sinon qu'il alloit lui mettre les fers. Il lui commande en même temps de vider ses poches, & ordonne à ses satellites de faire leur devoir, s'il faisoit le mutin.

Le malheureux mari, tout troublé, obéit, s'habille à la hâte, remet à ſa femme ſon porte-feuille, ſes clefs, ſon couteau, généralement tout ce qui ſe trouva ſur lui, à l'exception de ſon mouchoir, de ſa tabatiere, & de ſon écritoire.

Pendant ces opérations, ſa femme feignit une foibleſſe qui la diſpenſa de verſer des larmes qu'elle n'avoit nulle envie de répandre. Quant à la Trumeau, la figure que faiſoit le mari lui parut ſi riſible, que la crainte d'éclater la fit paſſer dans une autre chambre, où elle ne ſe contraignit plus. Enfin, lorſqu'il fut habillé, Sabatier le mit ſous la garde de ſes adjoints, en leur enjoignant de lui caſſer bras & jambes s'il faiſoit réſiſtance. En vain il demanda à voir l'ordre du Roi; des menaces auſſi vives lui fermerent la bouche. Il fut obligé de monter dans un fiacre qui l'attendoit à la porte. Les volets fermés, Sabatier change de ton : il lui apprend qu'il n'y a point d'ordre du Roi, mais qu'il étoit engagé, pour toute ſa vie, dans le Régiment de la Marine. Le ſieur Pinçon, confondu d'étonnement, demande à voir ce prétendu engagement, disant qu'il étoit sûr de n'en avoir jamais écrit ni signé. On le refuse. Il alloit redoubler ses instances, lorsque le fiacre s'arrête, rue Zacharie, à la porte de la nommée *Leçoq*, à l'enseigne de la Galere.

Là, on le fait descendre de carrosse & monter au second étage, sur le derriere, dans une chambre grillée. Sabatier l'y laisse, sous la garde de trois de ses hommes, en réitérant les menaces de lui casser bras & jambes, & se retire en laissant sur la cheminée des menottes de fer, pour servir en cas de besoin.

Vers les dix heures, le sieur Pinçon demande à parler à l'Officier qui étoit dans la chambre voisine : il vint. Pinçon le pria de lui montrer son engagement. L'Officier sortit, disant qu'il le lui feroit voir quand il seroit temps.

Pinçon resta donc avec ses gardiens, plongé dans les plus cruelles réflexions. Il avoit beau s'examiner, il ne trouvoit rien qu'il pût se reprocher, & cependant il se voyoit enlevé des bras de sa femme, en vertu d'un ordre du Roi ; &, l'instant d'après, cet ordre du Roi se trouvoit changé en un engagement, ſans qu'il pût ſavoir ni comment, ni de quelle autorité il étoit en chartre privée, livré aux caprices de trois racoleurs, expoſé à leurs mauvais traitemens. Un piſtolet & des menottes de fer ſur la cheminée, lui annonçoient aſſez le triſte ſort qui lui étoit réſervé. Il ne pouvoit demander ſecours à perſonne.

Toutes les idées qui ſe préſentoient ſucceſſivement à ſon eſprit, le tourmenterent juſqu'à trois heures après-midi, que Sabatier rentra, conduiſant dans cette même chambre deux particuliers qu'il avoit tirés de Bicêtre. Dès que Pinçon l'apperçut, il lui demanda encore une fois à voir ſon engagement. Enfin, après bien des prieres réitérées, on lui montra cet écrit fatal. Il eſt frappé d'étonnement, en reconnoiſſant ſa ſignature au bas d'un enrôlement écrit d'une main étrangere. C'étoit l'exploit dont on a parlé plus haut, qui avoit ſervi d'inſtrument à la fraude. On avoit coupé le timbre du papier, on l'avoit rogné de trois côtés, de maniere qu'il n'en ſubſiſtoit plus que la ſignature, au deſſus de laquelle on avoit écrit un engagement de ſix ans dans les troupes de la

Marine, daté du 3 Mars 1751. Cet affreux trait de lumiere jeta le malheureux Pinçon dans de nouvelles perplexités. Il comprit bien que quelque ennemi ſecret avoit abuſé de ſa ſignature ; mais il ne ſavoit ſur qui arrêter ſes ſoupçons ; il ne ſongea même pas à la Trumeau. Ses idées ſe réunirent en général, pour lui perſuader que c'étoit de l'argent qu'on vouloit tirer de lui. Il n'en avoit point : le moment devenoit précieux ; on devoit partir le lendemain pour la Rochelle ; il le ſavoit. Sabatier ne ceſſoit de lui répéter d'arranger ſes affaires, parce qu'il ne reverroit jamais Paris. Que faire en pareille circonſtance ? Il ignoroit la part que ſa femme avoit dans cette manœuvre. Rien ne lui avoit ôté la confiance qu'il avoit en elle : l'idée ſeule de la voir lui promettoit un adouciſſement à ſes peines. Il pria Sabatier de la faire venir : Sabatier le promit ; il étoit intéreſſé à tenir ſa parole.

Sa femme & la Trumeau arrivent ſur les huit heures du ſoir. Sabatier vient le tirer de la chambre où il étoit enfermé : il lui dit que ſa femme vient le dégager ; mais que, pour cela, il falloit faire tout ce qu'elle lui diroit. En même temps il le conduit dans la chambre où elle étoit. Pinçon y entre avec émotion : sa femme lui parut peu touchée de son état ; elle lui demande » ce qu'il y a de nouveau : il répond » qu'il se trouve engagé, sans savoir » comment ; que les momens étoient » précieux ; qu'il ne s'agissoit que d'a- » voir de l'argent, & qu'à cet effet il » l'avoit envoyé chercher, afin de lui » donner sa procuration «.

Mais, comme aucuns* Notaires ne voulurent venir dans l'endroit où ils étoient, Sabatier & un autre de ses camarades les conduisirent chez Me. Manhaud, Notaire, rue Saint-Severin, où Pinçon dicta & signa deux procurations en faveur de sa femme ; l'une générale, pour régler & gouverner son bien, & l'autre, *ad resignandum* de son Office, afin d'avoir de l'argent pour le dégager.

Cette opération finie, ils sortirent de chez le Notaire. Pinçon, voyant le moment où il alloit se séparer de sa femme, lui dit, les larmes aux yeux, qu'il étoit dénué d'argent & de linge : pour y suppléer, elle lui donna un écu de trois livres, & la Trumeau lui présenta un mouchoir blanc, qu'elle tira de son sein; après quoi elles l'embrasserent d'un œil sec, lui souhaitant un bon voyage, & furent rejoindre les sieurs Jeoffret & Nayme, qui les attendoient dans le fiacre qui les avoit amenées.

Pour le sieur Pinçon, il fut reconduit dans sa chartre privée, où, sur le minuit, on lui apporta son équipage de campagne, composé d'un havre-sac, d'une paire de guêtres blanches, & d'une paire de souliers.

Le lendemain, 7 Mars, on le fit descendre dans la salle de la Lecoq. Il y trouva une troupe de soldats, dont quelques-uns tenoient des chaînes & des menottes. Ce fut alors que toute l'étendue de son malheur se montra à son imagination; il prévit que ces fers lui étoient destinés, & ne devina que trop juste. A peine fut-il entré, qu'on lui présenta une chaîne garnie d'une menotte à chaque bout: on lui en passa une aux poignets, & avec l'autre on attacha l'un de ceux que l'on avoit amenés, la veille, de Bicêtre. On peut juger de la confusion où il étoit de se voir ainsi appareillé.

Cependant l'heure du départ approchoit ; Pinçon sentoit bien qu'il quittoit Paris pour long-temps. Ses regrets tomboient principalement sur sa femme & sur son fils : leur destinée l'inquiétoit au point qu'il oublioit, pour ainsi dire, la sienne. L'amertume de ses plaintes toucha la Lecoq ; elle ne put s'empêcher de lui dire : » Voilà ce que c'est que » d'avoir deux femmes ; & celle qui est » venue hier, est bien aise que vous » partiez «. Il alloit demander à la Lecoq l'explication de ce discours ; mais l'instant fatal étoit arrivé, il fallut partir.

La recrue étoit composée de quatre-vingts hommes, dont trois étoient enchaînés comme le sieur Pinçon. Ils traverserent Paris dans cet équipage, à travers une foule innombrable de peuple, que la singularité du spectacle y avoit attirée.

Pinçon étoit celui de tous sur qui les regards se fixoient de préférence. Son équipage avoit bien de quoi piquer la curiosité : il avoit un chapeau de Palais, une perruque carrée, un habit noir, un havre-sac sur le dos, & des guêtres blanches.

Les chaînes émouvoient cependant la charité des ſpectateurs ; quelques légeres aumônes leur furent prodiguées : ce qui faiſoit la conſolation des autres, étoit pour le ſieur Pinçon une nouvelle humiliation ; les uns déploroient ſon ſort, les autres lui attribuoient les plus grands crimes, d'autres enfin rioient de ſa figure : ſa perruque carrée, ſon havreſac, ſon habit noir formoient un contraſte qui choquoit les yeux. Ses guêtres & ſon chapeau de Palais lui attiroient mille plaiſanteries, auxquelles il ne répondoit que par des larmes.

Arrivés à Arpajon, on le mit, avec ſon camarade, dans un cachot. La laſſitude le lui fit trouver moins affreux. Etendu ſur la paille, il commença à reprendre ſes eſprits ; &, rapprochant toutes les circonſtances de ſon malheur, il ſe rappela alors ce que lui avoit dit la Lecoq. Il en fit part à ſon compagnon d'infortune, qui en fut frappé, & qui lui communiqua ſes idées. De ſon côté, il fit réflexion ſur la conduite que ſa femme avoit tenue à ſon égard, depuis que la Trumeau avoit été reçue chez lui : dès-lors il commença à ſoupçonner que ſon engagement pouvoit bien être leur ouvrage & celui de leurs amis : mais le ſecond jour de marche, il en fut pleinement convaincu. Un de ceux qui avoient accompagné Sabatier, lors de ſon enlévement, lui avoua qu'après l'avoir conduit chez la Lecoq, il avoit été rejoindre Sabatier; qu'un inſtant après, il étoit arrivé un Gendarme de la garde, qui lui avoit montré une lettre conçue à peu près dans ces termes : » Enfin, notre » homme eſt arrêté; je vous prie d'en » aller bien remercier celui qui en a » fait la capture; de lui bien recom» mander qu'il ne voie, ne parle » & n'écrive à perſonne, après quoi je » vous attends à déjeûner «.

Mais il faut ſuſpendre pour un inſtant le détail des infortunes du ſieur Pinçon, pour examiner quelle fut la conduite de ſa femme & de la Trumeau, après ſon enlévement.

L'attentat qu'elles avoient commis en ſa perſonne, n'étoit pas ſans objet. Jeoffret (ſous le nom de *Chevalier des Vergnes*) devoit vivre tranquillement avec ſa femme : ſa Charge vendue, on levoit une boutique de Lingere; la dame Pinçon en fourniſſoit les fonds,

& la Trumeau la faisoit valoir. Nayme concluoit enfin son mariage avec la Trumeau, qui lui apportoit en dot les emplois de l'infortuné Pinçon, que sa femme se chargeoit de lui procurer. Cet arrangement une fois projeté, la société ne négligea rien pour réussir.

Le matin même qu'il fut arrêté, les quatre associés, après un ample déjeûner, partagerent ses hardes, & chacun s'équipa de ses dépouilles.

Nayme n'avoit point de redingote; celle du sieur Pinçon se trouva à sa bienséance, il s'en ajusta; il s'empara de l'épée, de ses livres de pratique, de ses billets, & de ses dossiers; de son manchon, de son parapluie de taffetas, & de ses rasoirs. Quant à la femme & à la Trumeau, elles s'adjugerent l'argenterie, qu'elles vendirent l'après-midi.

Cette opération faite, elles furent chez le Notaire, faire passer à Pinçon les deux procurations dont on a parlé; ensuite elles rejoignirent Nayme & Jeoffret, qui les attendoient dans un fiacre, & les deux couples se rendirent chez Pinçon, où ils souperent & passerent la nuit.

Le lendemain, Dimanche, la Trumeau & la dame Pinçon furent au bureau du Grand-Conseil, dans le dessein d'y prendre la robe de l'Huissier, avec ses autres effets ; mais ses confreres ayant refusé de les leur laisser enlever, elles s'en consolerent par le plaisir qu'elles eurent à le voir passer dans l'équipage dont on a fait la description.

Le Lundi 8 & les jours suivans furent employés à répandre des bruits injurieux à la réputation du sieur Pinçon, & à recueillir ce qui lui pouvoit être dû. La Trumeau écrivoit les lettres, la femme les signoit, Nayme les portoit & recevoit l'argent. C'est ainsi que se firent les recouvremens de sa pratique. M. d'Evry, qui connoissoit son exactitude, surpris de son absence, écrivit à la dame Pinçon un billet conçu en ces termes :

» M. d'Evry prie Madame Pinçon de » lui mander ce qu'est devenu son mari, » dont il n'entend plus parler : seroit-il » possible qu'il fût en prison ou en fuite ? » *Le Lundi* 8 *Mars*. Réponse, s'il vous » plaît «.

La Trumeau répondit pour la femme Pinçon à M. d'Evry, & lui manda qu'on ne savoit pas ce qu'il étoit devenu. Ce

Magiſtrat fit toutes les perquiſitions imaginables, mais qui n'eurent aucun ſuccès.

Les mouvemens de M. d'Evry vinrent à la connoiſſance de la Trumeau : loin d'en être épouvantée, elle en tira bon augure ; elle s'imagina que la part qu'il vouloit bien prendre au ſort du mari, devoit rejaillir ſur la femme. Remplie de cette idée, elle l'engagea à profiter de l'intérêt que M. d'Evry prenoit à ce qui regardoit ſon époux, pour procurer à Nayme la place de Secrétaire que Pinçon occupoit chez lui.

La dame Pinçon, qui n'avoit d'autres volontés que celles de la Trumeau, ne balança pas un inſtant ; elle fut, avec Nayme, chez M. d'Evry ; mais, malheureuſement pour elle, les circonſtances n'étoient pas favorables. Les lettres du ſieur Pinçon à ſes confreres leur étoient parvenues. Le détail de ſes malheurs les avoit pénétrés de douleur : ſur le champ ils avoient été chez M. le Procureur-Général du Grand-Conſeil, & chez M. d'Evry, implorer leur protection en ſa faveur : ils ſortoient de chez M. d'Evry, préciſément dans le moment où la femme & Nayme y entroient. Ce

Magiſtrat étoit encore dans les premiers mouvemens d'indignation que lui avoit cauſés la conduite de cette femme, lorſqu'on la lui annonça. Nayme & elle ſe préſenterent avec un air ſoumis. La dame Pinçon arrangea, ſur ſon ſujet, une hiſtoire que M. d'Evry écouta avec toute la tranquillité poſſible. La harangue finit enfin par une priere de prendre Nayme pour ſon Secrétaire, & de vouloir bien les honorer l'un & l'autre de ſa protection. M. d'Evry la leur promit, mais pour les faire punir comme ils le méritoient; après quoi il les congédia.

L'aventure du ſieur Pinçon ne tarda pas à être publique. Les Magiſtrats prépoſés pour conſerver le bon ordre dans la ſociété civile, voulurent en être inſtruits plus particuliérement. Le détail que leur firent ſes confreres, les engagerent à en parler à M. le Comte d'Argenſon, qui envoya des ordres précis à Orléans, par où il devoit paſſer.

M. le Procureur du Roi, de ſon côté, fit informer à ſa requête ſur cet engagement forcé, & requit l'appoſition des ſcellés ſur les effets du ſieur Pinçon. En conſéquence, le Commiſſaire Trudon ſe tranſporta, le 18 Mars, chez le ſieur

Pinçon, à dix heures & demie du ſoir, trouva le bureau du ſieur Pinçon ouvert & vide, & les papiers enlevés, qu'il fit reſtituer à Nayme. Les ſcellés apposés, le Commiſſaire ſe retira, laiſſant la Trumeau, la femme Pinçon & le Chevalier des Vergnes (Jeoffret) dans une grande conſternation. Ils reſterent à délibérer juſqu'à une heure après minuit. La Trumeau commença à appréhender l'événement de ſon entrepriſe; la fuite lui parut le parti le plus ſûr, &, le Dimanche 21, chacun abandonna la dame Pinçon, qui reſta ſeule chez elle.

Cependant Pinçon continuoit ſon triſte voyage, toujours les fers aux mains, n'ayant d'autre logement que les priſons, ni d'autre lit que la paille.

Enfin, arrivé à Orléans, après une marche pénible, M. l'Intendant, qui avoit reçu les ordres du Roi à ſon ſujet, fit arrêter la recrue, & ôter les chaînes au ſieur Pinçon. Il ſubit un interrogatoire; il fut enſuite conduit en priſon, où il reſta juſqu'au 23 Mars, qu'il fut élargi.

L'envie de rétablir ſes affaires & de ſauver les débris de ſa fortune, lui donna des forces, & le fit paſſer ſur la honte de se rendre à Paris dans l'état où il étoit. Il y arriva le 26 Mars, dans le plus triste équipage.

Il comptoit rentrer chez lui; mais les scellés qui y étoient, l'obligerent d'emprunter un lit d'ami. Le lendemain, il se retira dans une auberge, où il apprit que Sabatier s'étoit mis en prison, pour purger le décret de prise de corps décerné contre lui, & qu'il s'étoit justifié en montrant les ordres de son Officier supérieur, & en déposant au Greffe une lettre du sieur Jeoffret, conçue à peu près en ces termes :

» Pour arrêter le nommé Pinçon, » il faut aller chez lui à onze heures du » soir, ou à six du matin; &, aussi-tôt » que vous l'aurez, Mme. de Boissise » vous sera très-obligée de ne lui laisser » faire aucun séjour à Paris, & qu'il ne » parle à personne. Je suis, &c. «.

Pinçon ne voulut point se rendre accusateur contre sa femme, il ne s'occupa que du soin de rétablir ses affaires, & laissa au Ministere public celui de continuer la poursuite du procès, qu'il avoit commencé sans la réquisition de la Partie.

Dès le 26 Mars, la femme avoit été

arrêtée chez elle, & conduite aux prisons du Grand-Châtelet; la Trumeau, surprise dans sa fuite à Provins, vint bientôt subir le même sort. Nayme & le Chevalier des Vergnes, plus diligens & plus adroits, vinrent à bout de se soustraire aux poursuites de la Justice.

La Trumeau, regardée par le mari même comme le premier & le principal auteur des maux de cette famille, chercha sa défense dans la récrimination; elle publia, en son nom, un libelle des plus violens contre le sieur Pinçon; elle le peignit sous les traits d'un débauché, d'un brutal, d'un furieux, d'un empoisonneur; enfin, d'un homme adonné aux vices les plus abominables.

Nous supprimons ce roman odieux, démenti par les pieces & les preuves que produisoit le sieur Pinçon. L'Arrêt vengea ses malheurs. Le 30 Septembre 1751, le Parlement de Paris condamna la femme Pinçon & la Trumeau *ad omnia citra mortem*; des Vergnes & Nayme aux galeres à perpétuité, & Sabatier pour cinq ans, avec impression, publication & affiche de l'Arrêt.

AFFAIRE du ſieur Rameau, Muſicien, frere du célebre Rameau, contre les Officiers Municipaux de Dijon.

DANS un temps où il ſe forme tant de partis différens à l'occaſion de la nouvelle & de l'ancienne Muſique, on verra, ſans doute avec plaiſir, le frere du grand Rameau abandonner ſa lyre pour réclamer dans les Tribunaux, des prérogatives accordées à ſes talens. Le ton de la défenſe du ſieur Rameau rend cette Cauſe auſſi ſinguliere qu'intéreſſante. Voici de quelle maniere il préſentoit ſa réclamation, dans ſon premier Mémoire :

„ J'ai vu, diſoit-il, les derniers jours d'un Siecle fameux, qui fut celui des Beaux-Arts. Dans ces temps heureux, les talens ouvroient la carriere de l'honneur & de la fortune. Ils ne payoient ni tailles ni ſubſides. Alors un Muſicien avoit droit à l'eſtime publique. On encourageoit ſes travaux, on lui prodiguoit les distinctions & les récompenses; on se gardoit bien de le condamner à l'amende, & ses meubles n'étoient jamais saisis.

» Ce bel âge n'est plus; le goût a changé, cet empressement si général d'encourager les talens a disparu; l'esprit de futilité remplace le génie. Le grand Lulli, autrefois si fêté, si récompensé; cet homme célebre, à qui la Musique valut une charge de Secrétaire du Roi, ne recevroit aujourd'hui qu'un vain encens. Que dis-je! il éviteroit à peine les sifflets de quelques-uns de mes concitoyens.

» Malgré les plaisirs qu'ils me doivent, malgré les amusemens que je leur ai procurés, je n'ai pu moi-même échapper à la censure des Magistrats Municipaux. Leurs prédécesseurs avoient récompensé mes services, par l'exemption des charges communes; ils avoient ajouté à ce bienfait une pension modique, mais très-honorable, puisqu'elle étoit l'aveu & la récompense des talens (*a*). J'étois heureux, je jouissois de

---

(*a*) Il plut, en 1727, aux Magistrats de

l'estime publique, & le Receveur de cette ville m'en donnoit tous les ans, sur ma quittance, un témoignage assuré. Mais tout à coup les marques précieuses de cette estime se sont évanouies, toutes mes prérogatives ont cessé, & les talens se sont vus flétris en ma personne de la maniere la plus déshonorante.

» J'avois un jour assemblé quelques amis; la joie qui nous animoit n'étoit pas tumultueuse, & les voisins n'en étoient pas scandalisés. Nous nous occupions d'un jeu innocent. Au milieu de notre partie, j'imaginai un air nouveau, & je pris mon violon pour l'exécuter. Dans ce moment, un Magistrat subalterne, que je n'attendois pas, m'honora de sa visite. Il falloit que cet homme ne se plût pas à la Musique, puisqu'il se crut insulté. On écrivit un procès-verbal, & je fus condamné à cinquante livres d'amende.

---

m'accorder trente livres de pension annuelle, à condition que je résiderois en cette ville. Elle fut confirmée par l'Intendant. Deux Arrêts du Conseil l'ont approuvée. J'en ai joui pendant vingt-sept ans, sans contradiction.

» Je payai cette ſomme ſans murmurer. Un inconnu prit officieuſement ma défenſe, & voulut porter cette affaire au Tribunal du Public. Il débita un long écrit ſous mon nom. Je ne le lus pas, & je déclarai que je n'y avois aucune part; mais on n'eut point d'égard à mes proteſtations; je fus compris au rôle de la taille, & je vis mes meubles indignement ſaiſis.

» Les Magiſtrats Municipaux, en me faiſant cet affront, ont-ils bien réfléchi que j'étois Muſicien? Se ſont-ils rappelés qu'un Muſicien eſt un homme rare; que la Nature s'épuiſe à le former, & qu'elle en donne à peine deux dans le même ſiecle?

» Qu'il me ſoit permis de comparer le Muſicien au Poëte : c'eſt le même génie qui les inſpire, c'eſt le même feu qui les anime; ils ſont également aſſervis aux regles de l'harmonie. L'objet de leurs talens eſt le même, puiſque leurs veilles ſont conſacrées à chanter les louanges du Très-Haut, & à célébrer les belles actions des Héros.

» Eſt-on Poëte pour avoir fait quelques madrigaux ſans art, quelques chanſons ſans eſprit? Eſt-on Muſicien pour avoir composé quelques airs, ou fredonné quelques ariettes à la fin d'un repas ? Non, sans doute ; l'un & l'autre titre n'appartiennent qu'à ces esprits sublimes animés d'un souffle divin, dont les compositions ont toute la force & l'énergie convenable au sujet, dont les ouvrages sont marqués au coin de l'immortalité.

» Or on sait combien la Nature est avare de ces grands hommes. A peine comptera-t-on dix Poëtes depuis Homere jusqu'à notre temps. J'ose dire qu'on connoît encore moins d'excellens Musiciens.

» On en a vu paroître un dans notre Siecle : son nom est au dessus de l'envie. Auteur d'un nouveau Traité de Musique, il a réduit l'harmonie à ses principes naturels ; il a défriché ce vaste champ, que les anciens Maîtres avoient laissé presque inculte. Le Public a admiré son systême, & le succès a même passé ses espérances. Avant lui, quinze années suffisoient à peine pour apprendre à toucher le clavecin ; il a abrégé la route ordinaire, & dix-huit mois d'étude instruisent aujourd'hui de cette partie si difficile & si essentielle (*a*). Tout Paris applaudit à cet illustre Maître, toute l'Europe l'admire; il est mon frere, j'ai ma portion de son savoir, & l'on veut me déshonorer.

» Je pourrois parler ici des différentes Pieces de ma composition, Pieces admirées des connoisseurs; je pourrois rappeler les plaisirs qu'ont causés cette représentation si vive & si animée des caracteres de la guerre, cette imitation si naturelle & si frappante du chant des oiseaux. Quelle autre main que la mienne pourroit exécuter sur l'orgue ces grands sujets qui sont de ma composition ?

» Mais oublions mes talens, & ne considérons que mes services. J'ai consacré cinquante ans de veilles & de travaux à l'amusement de ma Patrie; j'ai donné des fêtes brillantes; j'ai établi des concerts, dont la réputation attiroit en cette ville un concours d'étrangers; j'ai multiplié les plaisirs; j'ai communiqué, &, pour ainsi dire, perpétué mes

(*a*) Mémoires de Trévoux, Janvier 1732, page 187.

talens, en formant des éleves, dont plusieurs se font admirer dans la capitale du Royaume. Enfin, si l'on a dans cette ville quelque goût pour l'harmonie, j'ose dire qu'il n'est dû qu'à moi.

» J'ai donné, dans tous les temps, des preuves éclatantes de mon zele & de mon dévouement pour la gloire de mon pays. La derniere assemblée des Etats-Généraux m'offrit une occasion bien flatteuse de prouver combien elle m'étoit chere. Il s'agissoit de donner une fête à l'auguste Prince qui venoit prendre possession du Gouvernement. Je fus prié d'en composer la musique; je fus chargé de veiller à l'exécution : je ne négligeai rien pour rendre cette fête complete. Je parvins, en trois jours, à faire chanter des gens qui n'avoient pas les premieres notions de l'harmonie. L'applaudissement fut général.

» Athenes, en pareille occasion, m'auroit élevé des statues; & à Dijon, cette moderne Athenes, au lieu de récompenser ces nouveaux services, on m'impose à la taille, on me prive d'une modique pension, dans le temps même que mes veilles tournent à sa gloire.

» J'ai rempli, avec une exactitude scrupuleuse, les conditions du traité fait avec les Magistrats Municipaux, pour me retenir en cette ville : & ils pourront se dispenser impunément de remplir leurs obligations à cet égard ?

» O mes concitoyens ! à qui réservez-vous ces honneurs & ces distinctions que vous accordiez autrefois aux talens, & qui distinguoient parmi vous les Artistes ? ....

» Brillante Pyrothecnie, vous les mériterez sans doute, ces prérogatives; vous serez bientôt l'ame des spectacles, l'ornement des soupers les plus délicats; vous serez également les délices des honnêtes gens & du vulgaire. Le Public, attiré par le plaisir des yeux, ne se lassera pas de vous admirer. Vous êtes déjà en honneur, vous êtes à la mode; cela suffit pour vous mériter toutes les attentions. La Musique, autrefois estimée, se verra donc bannie de toutes les parties de plaisir ; vous lui serez préférée, tandis qu'on la reléguera dans nos temples, & qu'à peine on la croira digne de chanter les louanges de Dieu ?

» Ce ſera donc en vain que j'aurai cultivé mes talens ? Inutilement aurai-je acquis quelque perfection dans mon Art. Cette exemption de taille dont je ſuis déchu, cette penſion dont je ſuis privé, on ira les offrir avec empreſſement à un ouvrier, dont tout le mérite conſiſte à broyer du charbon & du ſalpêtre.

» Ainſi, cette Ville aura un Artificier en titre, dont toutes les fonctions ſeront d'amuſer, chaque année, pendant un quart d'heure, les yeux du Public. Elle honorera un Artiſan de l'exemption de la taille & des charges publiques, tandis que ſon Muſicien, qui lui a fait honneur en tant d'occaſions, ſe verra privé des mêmes prérogatives, après de ſi longs ſervices.

» Manes des Lamberts, des Lalandes, des Corelli, quelle ſurpriſe ſera la vôtre, lorſque vous apprendrez que notre Siecle préfere un Artificier à votre éleve, à votre imitateur, à l'héritier de vos talens ?

» La Muſique n'eſt pas le ſeul objet des dégoûts du Public. Je vois, avec douleur, que tous les Beaux-Arts tombent dans le mépris. Cette ſcene brillante, autrefois ſi dignement occupée par les Moilins & les Prévilles, s'eſt vue livrée à des Bouffons, à des Farceurs, à des Sauteurs. Notre Parterre, ſi délicat, ſi difficile, s'eſt empreſſé de courir à un miſérable Opéra-Comique, à un vil ſpectacle de ſinges & de chiens. Tel eſt le goût actuel. On fait cas d'un magot de porcelaine, parce qu'il eſt ventru & contrefait, tandis que l'on mépriſe les ouvrages de nos Phidias & de nos Praxiteles. Bientôt nous verrons brocanter un tableau de Raphaël, ou de Rubens, contre un écran peint par Vateau, ou contre une boîte vernie par Martin.

» Mais inutilement déclamerois-je contre cette décadence du goût & le diſcrédit général où ſont maintenant les Beaux-Arts. Que l'on oublie les charmes de la Muſique; qu'une ſymphonie tendre & touchante n'ait plus d'attrait pour nos Dijonnois; que ce peuple inconſtant & léger ſe livre à d'autres plaiſirs; mais qu'il ſe ſouvienne du moins qu'il fut un temps auquel le Muſicien Rameau contribuoit, par ſes talens, à la gloire de ſa Patrie : que l'on ſe rappelle qu'autrefois il étoit admiré, & que, depuis peu; il a eu l'honneur de plaire à un grand Prince, les délices & l'appui de la Bourgogne.

» Tels sont les titres que je réclame aujourd'hui. Si l'estime que l'on avoit autrefois pour les vrais talens, ne peut me procurer le rétablissement des priviléges dont j'avois été gratifié, j'ose attendre cette faveur de la reconnoissance de mes compatriotes. En effet, cette modique pension, cette exemption que je réclame, ne sont pas, à beaucoup près, l'intérêt des sommes que mes talens leur ont procurées : je ne saurois trop le redire, l'affluence des étrangers en cette ville est due aux concerts que j'ai formés. J'avois lieu de croire que nos Magistrats auroient été touchés de ces raisons, j'avois lieu d'attendre qu'ils me rendroient justice; ils ne l'ont pas encore fait.

» Je les prie de considérer que la peine dont ils veulent me punir, est peu proportionnée à la faute que l'on m'impute. Voudroient-ils apprendre à la Postérité, que le Musicien Rameau a payé cinquante livres d'amende, pour avoir joué du violon; qu'il a été privé de l'exemption de la taille, & d'une petite pension, parce qu'un Ecrivain inconnu s'est avisé de mettre son nom à la tête d'un libelle oublié?

» Et vous, disoit-il aux Magistrats, Messieurs, dont le Tribunal est le temple du goût, ainsi que le sanctuaire de la Justice, laisserez-vous subsister cette flétrissure dont on a déshonoré ma vieillesse? Permettrez-vous que mes dernieres années s'écoulent dans la honte & dans l'opprobre? Ne souffrez pas que l'on étouffe ainsi le génie. Arrêtez, par votre Jugement, la chute des Beaux-Arts, & ils se réuniront tous pour élever à votre gloire un monument éternel.

» Amphion (disoit le sieur Rameau dans un second Mémoire) rassembla des pierres au son de sa lyre, & tout d'un coup il parut une ville. Elle fut habitée, cette ville : eh! de quoi eût-elle servi sans habitans? Croyez-vous, Messieurs, qu'Amphion y paya la taille? Non, sans doute, & les Thébains ne furent pas assez ingrats pour le comprendre dans leurs rôles.

» Je n'ai pas bâti la ville de Dijon; mais est-ce ma faute? C'est dans ses murs que j'ai pris naissance, & le destin lui avoit accordé l'avantage d'exister quelques ſiecles avant moi. Il m'étoit cependant réſervé une gloire bien plus flatteuſe que celle de faire mouvoir des pierres; j'ai remué les cœurs de mes concitoyens, j'ai égayé les eſprits, & je puis dire, ſans bleſſer la plus exacte vérité, qu'il en eſt peu qui ne me doivent quelques inſtans de plaiſir.

» Quel ſera donc le ſalaire de mes travaux? Quel ſera le prix de cette harmonie touchante, que j'ai le premier fait connoître à ma Patrie? On veut flétrir mes lauriers, on veut remplir d'amertume les dernieres années de ma vie, on veut m'arracher une faveur qui me fut accordée pour m'encourager à cultiver mes talens: & dans quel temps me fait on cette injure? C'eſt préciſément après avoir fait, pendant trente ans, l'expérience de l'agrément & de l'utilité de mes ſervices.

» J'ai lu mon Hiſtoire Romaine, & mes concitoyens ne trouveront pas mauvais que je les compare à ce Peuple fameux, dont la ſageſſe & la valeur ont conquis tout l'Univers. Scipion, qui, par tant de victoires, devoit être précieux à ſon pays, le grand Scipion ſe vit cité devant un peuple ingrat, qui, dans un oubli léthargique de ſes propres intérêts, s'aveugloit au point de vouloir exiler le plus ferme ſoutien de l'Etat. Quelle fut la défenſe de ce grand homme? Citoyens, dit-il, allons au Capitole rendre graces aux Dieux, des victoires qu'ils m'ont fait remporter ſur vos ennemis.

» Il eſt des Héros de tous les genres: tout homme utile à ſa Patrie peut aſpirer à ce titre. Permettez-moi, Meſſieurs, de comparer ma ſituation actuelle à celle du vainqueur d'Annibal. Si je n'ai pas repouſſé l'ennemi de vos murs, j'ai du moins chaſſé la triſteſſe & l'ennui de vos cœurs. On exila Scipion: on veut m'exiler auſſi, Meſſieurs; car me mettre à la taille, c'eſt la même choſe. Ne puis-je dire, à l'exemple de ce grand homme: Suivez moi, Citoyens, venez dans vos temples, dans vos concerts, applaudir à des talens que vous couronnâtes cent fois, & qui ſont toujours les mêmes? Ce Romain généreux ſe défendit par la gloire que lui avoient méritée des victoires paſſées, au lieu que l'orgue & le claveſſin me préparent tous les jours de nouveaux triomphes.

» Ce n'eſt pas à Dijon ſeulement que l'on connoît mes talens, & ma réputation n'eſt pas enfermée dans l'étroite enceinte de ſes murs. Si huit ou dix Villes de la Grece ont eu querelle ſur l'honneur qu'elles prétendoient toutes d'avoir vu naître le divin Homere, trente Villes de France ſe ſont diſputé l'avantage de jouir de mes talens; Lyon, Marſeille, Orléans, Strasbourg m'ont propoſé des avantages aſſez brillans pour me retenir : toutes ces Villes ont admiré les fruits de mes veilles, & Paris même auroit couronné mes progrès dans la Muſique, ſi j'euſſe voulu m'y arrêter : j'aurois, dans cette ville, marché à grands pas vers la gloire; mais j'ai voyagé comme le ſage Ulyſſe, &, comme lui, j'ai préféré ma Patrie à l'immortalité.

» Pouvois-je prévoir, Meſſieurs, qu'un jour viendroit où cette même Patrie, qui me reçut avec tant d'applaudiſſemens, qui m'honora des priviléges les plus flatteurs, me retireroit ces prérogatives, & me forceroit à me condamner moi-même à un honteux exil ?

» Pouvois-je croire que cette ville, dont le goût & l'amour pour les talens est si connu, chercheroit à les avilir en ma personne, & se porteroit à des excès que l'on pardonneroit à peine à la barbarie gothique des Siecles d'ignorance?

» J'examine scrupuleusement toute ma conduite, & je cherche à pénétrer quelle est la cause de cette disgrace. J'interroge mes amis; ils s'accordent à me dire poliment, que mon imprudence a indisposé les sieurs Maire & Echevins contre moi.

» Je ne sais pas, Messieurs, quel est mon crime; mais du moins faudroit-il m'en convaincre avant que de me punir. Je suis pénétré de respect pour les Magistrats, & je ne me suis jamais écarté des égards que je leur dois.

» Quelle est donc mon imprudence? je n'en sais rien. Mais, quand ce seroit une folie, ne devroit-on pas la pardonner à mes talens & à l'Art que j'exerce? La Folie & la Musique sont sœurs: sans cette heureuse vivacité, sans ces écarts brillans de génie, que le stupide vulgaire appelle égarement d'esprit, l'harmonie ne subsisteroit plus, ou ne seroit qu'un amas confus de sons monotones & languissans.

» Lorsque les Magistrats Municipaux

voulurent me fixer à Dijon, ils ne me firent pas promettre une gravité catonienne, & ne chercherent point à contraindre ce beau feu qui caractérise le grand Musicien. La condition qu'ils m'imposerent, fut de continuer à exercer des talens dont le Public étoit satisfait. J'ai rempli cette condition, Messieurs, avec la derniere exactitude. Que l'on compte les Musiciens que j'ai formés ; que l'on se rappelle ces concerts, dont la réputation attiroit à Dijon une foule d'étrangers, & où j'ai dépensé plus de vingt mille francs pour la gloire de ma Patrie.

» J'ai l'avantage d'avoir formé le goût de mes concitoyens pour la Musique. Toute votre jeunesse me doit, Messieurs, cette partie essentielle de son éducation ; & l'on veut me traiter comme le dernier Violon qui joue dans les chœurs de l'Opéra.

» Souffrirez-vous, Messieurs, que, malgré le privilége dont j'ai joui pendant trente années, on me fasse l'affront de me comprendre dans les rôles de la taille ? Si ce privilége ne m'étoit pas dû, que ne me le refusoit-on dès le commencement? N'a-t-on attendu si tard à me l'ôter, que pour rendre l'outrage plus sensible?

» Je suis le frere du grand Rameau, ce pere de l'harmonie, ce créateur de la Musique, & j'ose dire que je suis digne de lui : ce titre seul devroit me valoir l'exemption de la taille. Dans la prise de Thebes, Alexandre épargna la maison de Pindare. Les descendans du célebre la Fontaine jouissent, en considération des talens de leur bisaïeul, de l'exemption de la taille, qui leur est accordée par les Intendans de Champagne: & le frere du grand Rameau se verra enlever le même privilége, tandis qu'on ne le conteste pas à un grand nombre de gens qui le méritent moins que lui?

» Quel avantage si considérable pourra revenir à la Ville, de la taille à laquelle j'ai été imposé? On m'attaque à la fin de ma carriere; il ne me reste plus que trois ou quatre ans à vivre, & trois ou quatre fois douze francs diminueront-ils de beaucoup la charge annuelle des citoyens?

» Ce procès est moins celui de Rameau, que celui des Beaux-Arts; s'ils venoient à le perdre, les Sciences, autrefois accueillies & fêtées dans cette ville capitale, en feroient bannies pour jamais, & l'opprobre que je recevrois rejailliroit fur ma Patrie. Que dis-je? elle en fupporteroit toute la honte, pour avoir traité les talens comme ils le furent autrefois, lorfqu'un effaim de barbares, forti du Nord, inonda l'Europe.

» Dans les beaux fiecles de la République Romaine, les illuftres, les hommes à talens étoient nourris aux dépens du Public. J'ai lu quelque part, qu'il y avoit à Athenes un Pritanée deftiné à les y loger. A Dijon, on les exemptoit autrefois de la taille, & on leur accordoit une modique penfion, bien moins utile qu'honorable. Maintenant on veut foumettre le frere du grand Rameau aux charges municipales, on lui refufe cette modique penfion confirmée par le Prince, & méritée par trente ans de travaux.

» Levez-vous, Meffieurs, & jugez ma Caufe : ne fouffrez pas que le zele énorme de nos Magiftrats me prive d'une foible récompenfe, qui m'eft due à tant de titres; ne permettez pas qu'on expofe les talens & le favoir, au mépris & à l'abaiffement; faites voir à toute la France, que cette main qui balance les intérêts & les droits des ſujets du Roi, ſait récompenſer le mérite, & encourager les Beaux-Arts (*a*) «.

Cette Affaire, qui fut agitée à Dijon en 1751, ne fut pas jugée; les Officiers Municipaux conſentirent de rétablir au ſieur Rameau ſa penſion, & de lui continuer ſon exemption des tailles.

(*a*) M. Morin étoit le Défenſeur du ſieur Rameau.

INNOCENT *condamné, ensuite justifié.*

LE sieur Louys fut nommé Vicaire de la Paroisse de Saint Simplice de Metz, sur la fin du mois de Mars 1744. Une physionomie prévenante, des talens pour la prédication prévinrent le sieur Risch, qui en étoit Curé, & l'engagerent à passer sur l'inconvénient de sa jeunesse. Ce Pasteur imprudent lui confia les fonctions de Vicaire dans sa Paroisse.

On ne tarda pas à s'appercevoir d'un goût pour la débauche, que jusque-là le sieur Louys avoit caché sous un maintien décent & honnête.

On remarqua, entre autres, qu'il avoit des relations trop fréquentes avec une jeune personne appelée *Barbe Marchand*. Cette fille, alors âgée de vingt ans, étoit sa pénitente, & vivoit, avec sa mere & sa tante, du travail de ses mains.

Lorsqu'il eut conduit la séduction à son dernier période, les lieux les plus sacrés, l'église, le confessionnal, la chambre du ſieur Louys furent tour à tour témoins de leurs entretiens ſecrets; le cimetiere même, qui ſemble ne devoir rappeler que des idées lugubres, fut ſouvent le lieu de leurs rendez-vous amoureux.

Bientôt Barbe Marchand ne diſſimula plus ſon penchant pour ſon jeune Confeſſeur, qui, de ſon côté, ne rougiſſoit plus des diſcours qu'elle tenoit ſur ſon compte; bientôt elle lui écrivit des lettres de tendreſſe; elle lui marquoit dans une, comme une autre Héloïſe, que *Dieu & la Religion lui défendoient de l'aimer, mais qu'elle ne pouvoit faire autrement.*

Le Curé rejeta, comme des calomnies, les premiers bruits qui ſe répandirent de ce coupable commerce; mais ayant été lui-même témoin de viſites & de relations trop réitérées, il ne put ſe refuſer au témoignage de ſes yeux. Il repréſenta à ſon Vicaire, qu'il étoit de ſon devoir d'impoſer ſilence à des murmures qui pourroient le perdre.

Il le promit : il pria ſeulement le ſieur Riſch de procurer de l'ouvrage à cette malheureuſe, afin que la miſere ne l'arrêtât point dans le déréglement dont il espéroit la retirer. Il la fit quêter, dans la Paroisse, pour les pauvres; il fit les frais du *bouquet & de la coiffure*. Cependant il affectoit d'être insensible à la passion qu'elle lui marquoit.

Il eut soin d'apporter un peu plus de précautions pour les rendez-vous: ils ne sortoient ensemble que la nuit; ou, s'il lui parloit hors de sa chambre, c'étoit dans des quartiers éloignés: il la recevoit dans sa chambre à des heures indues; il avoit soin d'en retirer la clef: il répondoit rarement quand on frappoit, ou quand on l'appeloit pour l'administration des Sacremens; &, s'il ouvroit la porte, on entendoit auparavant les pas de quelqu'un qui fuyoit pour se cacher.

Le Marguillier & sa femme, qui, par la situation de leur logement, étoient, en quelque sorte, les Concierges du Presbytere, avoient beau fermer les portes de l'allée, lorsque le sieur Louys, qui rentroit toujours le dernier, étoit retiré; elles se trouvoient souvent ouvertes le matin, pendant que tout dormoit encore. Le Curé, qui ignoroit, & qui n'avoit garde de soupçonner par qui & comment cette porte se trouvoit ouverte, en fut alarmé, & crut devoir prendre des précautions. Il fit changer les gardes de la ferrure d'une barriere qui ferme le cimetiere, & par laquelle il falloit paffer pour arriver au Presbytere. Le Vicaire fe formalifa de ces précautions, qui n'avoient pour objet que la fûreté de la maifon. Mais elles dérangeoient fes rendez-vous & fes parties nocturnes. Il avoit porté fes indécentes complaifances jufqu'à conduire fa maîtreffe au bal, déguifé, comme elle, avec des habits loués chez les Juifs.

Enfin, Barbe Marchand devint enceinte, & ne prit aucun foin de cacher les apparences extérieures de fon crime. Son unique précaution fut de changer de Confeffeur.

Le Curé en ayant été inftruit, fit venir le Vicaire dans fon cabinet; là il lui repréfenta, en ami, en pere, toute l'horreur d'un commerce formé par l'abus du Sacrement, entretenu par un double facrilége; il lui peignit l'énormité du fcandale que les foupçons avoient fait naître dans les efprits de quelques Paroiffiens, & que l'éclat alloit répandre dans toute la ville; il l'exhorta à faire une retraite, & lui fuggéra de prétexter un voyage chez fes parens.

Le ſieur Louys parut touché; & le ſieur Riſch, comptant l'avoir ramené, lui donna une médaille d'argent, portant la figure de la Vierge, en l'exhortant à ſe mettre ſous la protection de cette Mere des vertus.

Quelques jours après, le ſieur Louys demanda la permiſſion d'aller voir ſa famille; le ſieur Riſch la lui accorda avec plaiſir; il crut que le véritable motif de l'abſence de ſon Vicaire, étoit la retraite à laquelle il croyoit l'avoir déterminé.

Il partit en effet, &, juſqu'à ſon retour, la Marchand diſparut. Le ſieur Riſch ne la revit qu'au mois d'Août ſuivant. Elle vint lui demander un billet de charité pour ſa mere, qui étoit malade. Le ſieur Riſch, en le lui donnant, lui fit une vive réprimande ſur ſa débauche; & ayant jugé, par ſes réponſes, qu'elle étoit encore en relation avec le ſieur Louys, il lui défendit de le revoir, ſous peine d'être chaſſée de ſa Paroiſſe.

Il paroît qu'elle ne fut pas bien ſenſible à cette menace. Le ſieur Louys faiſoit venir chez lui, à toute heure, Barbe Marchand; il alloit chez elle, & on l'en voyoit ſortir vers les quatre heures du matin, en bonnet de nuit & en robe de chambre ; il lui écrivoit des lettres, il en recevoit : elle portoit une bague qu'il lui avoit donnée : rien ne manquoit à cette coupable union de ce qui pouvoit la caractériser.

Barbe Marchand accoucha d'une fille au mois de Juillet 1745. Le sieur Louys, qui lui avoit promis de la baptiser, arriva à l'église pendant que le second Vicaire, qui étoit alors de semaine, commençoit la cérémonie, & lui arracha le livre, en disant : *La pauvre Marchand ! je veux faire le baptême de son enfant.*

Cet enfant fut mis en nourrice ; &, au bout d'un mois, il fut apporté à l'hôpital, avec une médaille au cou, portant la figure de la Vierge. C'étoit la même médaille que le Curé avoit donnée au sieur Louys pour un tout autre usage.

Les relations de Barbe Marchand avec le sieur Louys devinrent moins fréquentes, ou plus secretes ; mais elles continuerent ; & un voyage que le sieur Louys prétexta un jour, ne fut que l'occasion d'un rendez-vous, où les deux amans passerent la nuit ensemble.

Tous ces faits furent consignés dans les informations. Cette procédure apprit même que Barbe Marchand n'étoit pas le seul objet du goût qu'avoit le sieur Louys pour le sexe, & que quelques autres femmes partageoient tour à tour ses empressemens.

Les avis qui revenoient de tous côtés au sieur Risch, ne lui permirent plus de se taire ; il réprimanda vivement le sieur Louys en présence de ses collegues, & instruisit un des Grands-Vicaires du Diocese, de la conduite criminelle & scandaleuse de ce Vicaire incorrigible. Le Grand-Vicaire répondit qu'une réprimande ne suffisoit pas ; qu'il falloit un interdit, ou bien envoyer le coupable à la campagne, où le défaut d'occasions l'éloignant du crime, pourroit lui faire ouvrir les yeux.

L'interdit ou l'exil étoient également funestes à la réputation de son Vicaire, qu'il désiroit conserver le plus qu'il lui seroit possible. Il conjura le Grand-Vicaire de vouloir bien attendre encore ; d'avoir pour ce jeune Prêtre des égards qu'il ne méritoit pas, il est vrai, mais qu'il falloit accorder à l'honneur du Sacerdoce. Il lui représenta que la Pâque approchoit, que la Paroiſſe avoit beſoin de lui, & qu'avec le fond de Religion qu'il lui connoiſſoit, il n'avoit qu'un pas à faire pour rentrer dans la voie de la vertu.

Les inſtances du ſieur Riſch furent ſi preſſantes, que, loin d'envoyer l'interdit, le Grand-Vicaire fit paſſer au Curé le renouvellement des pouvoirs du ſieur Louys. En les lui remettant, le ſieur Riſch lui annonça qu'il ne les avoit demandés que comme un nouveau bienfait, dont une meilleure conduite devoit être la reconnoiſſance, & qu'à condition qu'il ne verroit plus cette proſtituée, qui le déshonoroit, & qui le perdroit.

Cependant le ſieur Riſch fut averti qu'il y avoit ſur ſa Paroiſſe, & dans la maiſon où logeoit Barbe Marchand, trois filles enceintes. Il y fit ſa viſite : l'une de ces trois filles étoit encore la Marchand. Il crut devoir avertir de ce déſordre un Commiſſaire de police, qui, le même jour, fit auſſi ſa viſite dans cette maiſon. Barbe Marchand n'oſa plus ſe montrer aux yeux du Public.

Elle accoucha au mois de Janvier

ſuivant (1747). Le ſieur Louys, qui lui avoit donné quelque argent & des nippes, lui remit neuf livres pour faire ſes couches, *parce qu'elle l'avoit menacé de s'efforcer d'accoucher dans ſa chambre, s'il perſiſtoit à lui refuſer des ſecours.*

Elle redevint enceinte un mois après. Les murmures redoublerent : on accuſoit hautement le ſieur Riſch de favoriſer le ſcandale & le libertinage du ſieur Louys, par ſa lenteur à le déférer aux Supérieurs.

Avant d'obéir à cette rumeur publique, le Curé voulut encore s'aſſurer ſi les différens chefs d'accuſation étoient bien fondés; il eut même la complaiſance de prolonger cette eſpece d'information, parce qu'il apprit que le ſieur Louys ſollicitoit, auprès de l'Evêque diocéſain, une Cure vacante; il craignoit de la lui faire perdre, & il eſpéroit que, s'il l'obtenoit, étant obligé de s'éloigner du coupable objet de ſa paſſion, il ſentiroit l'horreur de ſa conduite paſſée, & reprendroit l'eſprit de ſon état. Mais la Cure ayant été donnée à un autre, le ſieur Riſch ſe crut obligé de recueillir les preuves de ce honteux libertinage.

Une opération de ce genre ne pouvoit être ignorée du ſieur Louys : il commença alors à craindre, & il paroît qu'il réſolut ſincérement de quitter la Marchand.

Cette fille demanda à parler au ſieur Riſch. Elle lui dit qu'elle avoit à lui déclarer que le ſieur Louys étoit le pere de l'enfant dont elle étoit accouchée au mois de Janvier précédent ; qu'elle étoit encore enceinte de ſes œuvres, & qu'elle le prioit de lui rendre juſtice.

Le Curé la lui promit, en lui recommandant ſur-tout de cacher à tout le monde ce qu'elle venoit de lui révéler. Dans la crainte d'un plus grand ſcandale, il réſolut de prendre les meſures les plus capables de concilier la retraite de ſon Vicaire avec ſa réputation, & d'appaiſer les cris de cette malheureuſe.

Il voulut enſuite vérifier ces déclarations, en confrontant le ſieur Louys avec cette fille. Le Vicaire nia les principales circonſtances, mais de ce ton qui dément le coupable ; & il préſenta un billet,

billet, par lequel la Marchand certifioit que le pere de l'enfant dont elle étoit accouchée, étoit un soldat des Volontaires royaux : le sieur Risch lui observa qu'on ne s'avisoit point de prendre un certificat pour un crime qu'on n'avoit pas commis, & que se prémunir ainsi contre une accusation, c'étoit faire soupçonner que l'on avoit des raisons de la craindre.

Le sieur Louys, aveuglé sur lui-même, comptoit fermer encore les yeux au sieur Risch, en lui amenant deux femmes qu'il avoit préparées, & dont l'une étoit la mere de Barbe Marchand, tenant sur ses bras son dernier enfant; l'autre, la femme d'un Tonnelier : celle-ci assura que Barbe Marchand lui avoit dit que cet enfant étoit d'un soldat des Volontaires royaux; la mere dit, en pleurant & en regardant le sieur Louys, qu'elle n'en savoit rien.

Le sieur Risch y fut si sensible, qu'il tomba dans une maladie dangereuse, dont il étoit visible qu'un profond chagrin étoit la cause : il en fit l'aveu à l'Archiprêtre de Metz, qui venoit le voir souvent, & de qui il reçut les conseils & les consolations les plus capables de le tranquilliser.

Cependant les bruits augmenterent au point qu'ils parvinrent enfin jusqu'à l'Evêque, qui chargea le Curé de lui rendre compte des faits.

Le Curé, irrésolu sur le parti qu'il devoit prendre, consulta le sieur Dupuy, Curé de Saint Victor, & le sieur Albrecht, Supérieur du petit Séminaire. Le résultat de la conférence fut qu'on enverroit Barbe Marchand faire ses couches à Paris; que si le sieur Louys n'étoit pas en état de payer les frais de son voyage, ou ne vouloit pas les faire, ils y contribueroient tous trois, & que le sieur Risch donneroit un certificat, afin qu'elle fût reçue à l'Hôtel-Dieu. Cependant le sieur Dupuy jugea à propos de différer de quelques jours, dont il vouloit profiter pour interroger lui-même Barbe Marchand.

Pendant cet intervalle, le sieur Louys, qui ignoroit ce qui s'étoit passé entre les trois Curés, traduisit devant le Procureur du Roi au Bailliage, Barbe Marchand, qui lui soutint qu'elle n'avoit rien dit qui ne fût vrai; elle voulut même lever la main pour l'affirmer;

mais le ſieur Louys l'arrêta ; ce qui occaſionna entre eux une ſcene où elle répandit des larmes, au milieu deſquelles elle réitéra ſes accuſations.

Cependant on lui fit part de la réſolution qui avoit été priſe de l'envoyer à Paris. Le Curé lui fit remettre quelque argent, avec un certificat, & la fit partir.

Quelques jours après, il l'apperçut dans une des rues de Metz ; il la fit chercher, & donna ordre de lui retirer le certificat, puiſqu'elle abuſoit d'un reſte de charité qu'on avoit pour elle. Elle le rendit, & vint ſe jeter aux pieds du ſieur Riſch, en l'aſſurant que le ſieur Louys, à qui elle avoit communiqué ſon départ, l'en avoit détournée, l'avoit attirée dans ſa chambre, & qu'après les plus fortes aſſurances de ne point l'abandonner, il lui avoit dit qu'il ne tenoit qu'à lui de la perdre, de la déférer à l'Evêque, comme calomniatrice ; mais qu'il l'aimoit trop pour ſe plaindre jamais d'elle, & qu'ils devoient ſe tenir l'un à l'autre la parole qu'ils s'étoient donnée, *de ne jamais ſe déceler.*

La charité, peut-être mal entendue

du ſieur Riſch, & ſon attachement pour ſon Vicaire, étoient inépuiſables. Il voulut encore une fois prévenir l'éclat de la punition exemplaire que méritoit le ſieur Louys, & ne s'occupa qu'à chercher des voies de conciliation capables d'aſſoupir une affaire qui commençoit à devenir ſérieuſe. Ses premiers ſoins furent d'engager la tante de Barbe Marchand à la retenir chez elle, afin qu'elle n'augmentât point le ſcandale par ſes indiſcrétions; il réitéra au ſieur Louys le conſeil d'une retraite; il lui offrit, à cette occaſion, comme il avoit déjà fait, & ſon cœur & ſa bourſe; il l'aſſura que ſa place ne ſeroit point remplie, & qu'il lui en conſerveroit les fruits.

Le chagrin dérangea une ſeconde fois la ſanté du ſieur Riſch, & le détermina à aller à la campagne. Ses ſoins & ſes démarches avoient déterminé Barbe Marchand à promettre qu'elle quitteroit le ſieur Louys, & ceſſeroit abſolument de le voir, ſi on lui donnoit *dix écus*. Il ne s'agiſſoit que d'engager cet Eccléſiaſtique à faire ce ſacrifice d'intérêt, humiliant à la vérité, puiſque, ſelon lui, c'étoit avouer qu'il le devoit, mais qu'il étoit facile de colorer. Il ne voulut point s'y prêter.

Le sieur Risch avoit enfin été vaincu par ses propres réflexions, & par celles de ses amis. Son excès de bonté passoit pour une coupable indifférence; d'ailleurs il ne lui étoit plus possible de sauver son Vicaire; l'Evêque vouloit être instruit. Il fut chargé de vérifier, chez le Lieutenant-Criminel, s'il n'y avoit point de déclaration de grossesse de la part de Barbe Marchand : elle n'en avoit fait aucune. Le Promoteur voulut aussi prendre connoissance d'une affaire dont le scandale commençoit à se répandre dans toute la ville & dans tout le diocese. Il se transporta chez le Curé de Saint Simplice, pour apprendre de sa bouche les faits dont il étoit personnellement instruit.

Le sieur Risch ne put plus reculer; il dit ce qu'il savoit, & donna un Mémoire qui lui avoit été remis par la Marchand, avec différentes lettres qui prouvoient le commerce de cette fille avec le Vicaire.

Elle fut mandée à l'Evêché; elle remit elle-même à l'Evêque différens Mémoires, plus circonstanciés les uns que les autres, où le commencement, les progrès & les suites de la séduction dont elle étoit la victime, furent détaillés avec la derniere exactitude.

Elle y assuroit sur-tout, qu'elle avoit été séduite dans le tribunal de la Pénitence, & que le sieur Louys avoit employé les moyens les plus odieux pour la plonger dans la débauche.

Toutes ces déclarations furent confirmées par celles que firent, en différentes occasions, la tante & la mere de cette fille.

Ces différentes pieces ayant été communiquées au Promoteur, cet Officier rendit plainte à l'Official, le 30 Octobre 1747, contre le sieur Louys, accusé de mener une vie déréglée, d'entretenir un commerce suspect avec des personnes du sexe, &c.

Cette plainte fut suivie d'une permission d'informer, & d'une révocation des pouvoirs du sieur Louys.

Sa premiere ressource fut de présenter, au nom de son pere, un placet à l'Evêque, par lequel il menaça de se pourvoir au Tribunal séculier, pour faire éclater son innocence. Il terminoit son Mémoire en demandant que l'interdiction fût levée, parce qu'elle étoit déshonorante. La réponse du Prélat, écrite de sa propre main & signée en marge du placet, fut, *que s'il étoit vrai que l'interdit déshonoroit la famille, il l'étoit bien plus qu'une procédure criminelle augmenteroit ce déshonneur; que les désordres du sujet étoient avérés; & que ce n'étoit que pour éviter un plus grand scandale, qu'on n'avoit pas fait procéder contre lui.*

En effet, la procédure criminelle avoit été suspendue d'après les instances des amis du sieur Louys, & même du sieur Risch, & d'après les promesses que le sieur Louys avoit faites lui-même, de se retirer dans un lieu régulier, pour y reprendre l'esprit de son état.

Alors le sieur Louys osa concevoir le dessein de faire, de la justification même du Curé, le sujet d'une accusation en diffamation calomnieuse; il rendit plainte contre Barbe Marchand, ses complices & adhérens, qu'il accusa de complot calomnieux, & d'avoir suborné cette fille, pour lui attribuer des grossesses & un ſcandale, *à quoi il diſoit n'avoir aucune part.*

L'information fut composée de quarante-huit témoins. Ces dépoſitions furent moins des témoignages libres reçus par des Magiſtrats integres, que des interrogatoires faits par des Juges prévenus & gagnés, qui craignent de trouver la vérité. Barbe Marchand fut décrétée de priſe de corps, & le ſieur Riſch d'ajournement perſonnel. La Marchand prit la fuite, & ſe retira ſur les terres de l'Empire. Le ſieur Louys partit pour la chercher. Une femme affidée, nommée *la veuve Louis*, étant allée à Benay, la découvrit, lui parla, l'attira ſur les terres de Lorraine, à Wariſſe, & là elle fut arrêtée. Le gendre de cette veuve, intime ami du ſieur Louys, fut prépoſé pour accompagner ſa priſonniere, & le ſieur Louys fut lui-même à Wariſſe, pour inſtruire ſon ami de ſes intentions; on prétendoit qu'il lui donna à dîner, & qu'il fit partie de l'eſcorte ſous un habit ſéculier. Pendant la route, ſon ami, qui s'étoit placé auprès de cette fille, s'entretint continuellement avec elle à voix baſſe. On a ſu depuis, que, pour la ſéduire, on l'avoit aſſurée qu'il ne lui restoit qu'un parti à prendre, si elle vouloit sauver sa vie ; qu'il falloit accuser le sieur Risch de l'avoir subornée, & ne point charger le sieur Louys, parce que, s'agissant d'inceste spirituel, ils seroient tous deux brûlés. On lui persuada qu'elle éprouveroit, par toutes sortes d'attentions, qu'on n'avoit pas dessein de lui faire la moindre peine.

A son arrivée, & avant son interrogatoire, un ami émissaire, témoin & solliciteur du sieur Louys, fut la voir dans les prisons, & eut avec elle une conférence dont il ne manqua pas de profiter pour l'instruire selon ses vûes.

Le sieur Risch étoit loin d'imaginer que le sieur Louys pût porter aussi loin l'impudence & la témérité. Rempli de son innocence, il se présente à ses Juges ; mais c'est pour réclamer les priviléges ecclésiastiques : il demanda son renvoi devant l'Official, & l'obtint. Barbe Marchand avoit été interrogée le 6 Janvier 1748. Il y eut, le 22 & le 24, une addition d'information devant les deux Juges ecclési stique & laïque ; & le sieur Risch subit son interrogatoire le premier Février. A la maniere dont il fut questionné, il s'apperçut que sa perte étoit jurée. Il sort, il consulte des personnes éclairées sur la conduite qu'il a tenue. Elles étoient déjà dévouées à son adversaire; on le taxa d'indiscrétion; on le blâma comme coupable de scandale; on l'épouvanta sur les suites que pouvoit avoir le procès criminel, où il s'agiroit plus de ce qu'il avoit dit, que de ce que son Vicaire avoit fait.

Les larmes coulerent des yeux de l'infortuné Curé; il vit bien qu'il alloit être la victime de ses ennemis : bientôt après, il apprit que, sans nouvelles charges, & au préjudice de la justification qui résultoit de l'interrogatoire, le décret d'ajournement personnel avoit été converti en décret de prise de corps.

L'Evêque, les Grands-Vicaires, tous ceux enfin qu'une fatale prévention, ou qu'une haine implacable n'aveugla pas, augmenterent ses alarmes, en grossissant à ses yeux le crédit de ses persécuteurs: ils lui conseillerent de prendre la fuite, & de se dérober à leur acharnement. Mais sa conscience étoit tranquille; il ne voyoit dans la conduite des Juges, qu'une erreur que bientôt, sur une instruction plus approfondie, ils s'empresſeroient de réparer. Ses amis n'en penſoient pas de même ; auſſi, ne pouvant approuver les raiſons qu'il donnoit pour ſe rendre dans les priſons, & dont il ne vouloit pas ſe départir, ils employerent la ruſe, & profiterent de ſon ſommeil pour l'enlever malgré lui à l'oppreſſion qui le menaçoit.

Le ſieur Riſch vivoit retiré à l'Abbaye de Vadgave, dans le Comté de Naſſau. Le 3 Juillet, il ſe promenoit, ſur le ſoir, avec deux Religieux : quatre Archers, qui s'étoient mis en embuſcade, & qui étoient déguiſés, coururent ſur lui. Les deux Religieux, croyant que c'étoient des voleurs, prirent la fuite. Le ſieur Riſch fut traîné par des chemins détournés, & au travers des bois, juſqu'au village de la domination de Lorraine, où il arriva au milieu de la nuit. Il demanda qu'on fît venir les Juges du lieu, pour recevoir ſa plainte ; mais les Archers firent barricader les portes de l'hôtellerie, &, dès le point du jour, ils le firent partir. Arrivé à Metz, il fut conduit dans les priſons royales, mis au ſecret, & traité avec une dureté dont on uſe à peine envers les plus grands ſcélérats, tandis que ſon coupable accuſateur étoit libre ; & que Barbe Marchand jouiſſoit de tous les ſecours qu'elle pouvoit déſirer.

Il ſe paſſa plus de deux mois ſans que le ſieur Riſch fût interrogé. Tous les honnêtes gens inſtruits & convaincus de l'innocence du Curé, gémiſſoient d'une perſécution auſſi cruelle qu'elle étoit injuſte. L'indignation publique éclata enfin, & ſes cris percerent juſqu'aux oreilles de M. le Chancelier. Ce Magiſtrat voulut être inſtruit des motifs d'une réclamation ſi éclatante. Lorſqu'il les eut connus, il crut ſa juſtice intéreſſée à ne pas laiſſer continuer la procédure par le Lieutenant-Criminel. En conſéquence, par Arrêt du Conſeil, le procès fut évoqué & renvoyé en la grand'Chambre du Parlement de Metz, pour y être les procédures continuées ſuivant les derniers erremens, au cas qu'elles fuſſent jugées valables.

Mais cette précaution n'eut pas l'effet que le Chef de la Juſtice en avoit attendu. La faction du ſieur Louys s'étoit accrue du grand nombre de mécontens qu'avoit ſoulevés le zele de l'Evêque de Metz pour la diſcipline eccléſiaſtique, & la fermeté avec laquelle il ſoutenoit l'exécution de ſes Réglemens. Inacceſſible à toute ſollicitation, il écartoit du miniſtere les ſujets dont la capacité n'étoit pas ſuffiſante, ou dont les mœurs étoient ſuſpectes. Leurs complices, leurs amis, leurs protecteurs attribuoient à injuſtice une conduite inſpirée par l'amour de l'ordre, & ne ceſſoient de s'exhaler en plaintes.

Les eſprits des Juges, prévenus & ſubjugués par les cris de cette multitude, ne leur laiſſoient voir dans le ſieur Riſch, qu'un forcené, qui avoit employé contre ſon Vicaire les manœuvres les plus odieuſes. Ainſi, étant coupable à leurs yeux dès le premier inſtant qu'il fut déféré à leur Tribunal, il ne pouvoit ceſſer de l'être que par un miracle que le Ciel réſervoit à d'autres Juges.

L'Arrêt d'attribution avoit renvoyé deux accuſations à inſtruire & à juger: celle qui avoit été intentée contre le ſieur Louys, pour raiſon de ſa conduite ſcandaleuſe avec les perſonnes du ſexe, & ſur-tout avec Barbe Marchand ſa pénitente; & celle qui chargeoit le ſieur Riſch de la calomnie envers ſon Vicaire. Mais la grand'Chambre du Parlement de Metz ne ſuivit que celle qui concernoit le ſieur Riſch.

Par un premier Arrêt, la procédure du Lieutenant-Criminel fut déclarée valable. On nomma enſuite, pour interroger le ſieur Riſch, un Commiſſaire, qui, par les reproches les plus violens, en forme d'interrogatoires, le mit plus d'une fois hors de lui-même. Ce plan fut ſuivi dans les confrontations.

Le Promoteur crut devoir arrêter le progrès de la perſécution, en repréſentant au Parlement qu'il étoit néceſſaire de conſtater ſi le ſieur Louys étoit coupable, avant que de ſavoir s'il avoit été calomnié. S'il étoit coupable des faits qui lui étoient imputés, il n'y avoit pas lieu à l'inſtruction en calomnie. Ainſi le ſort du procès intenté contre le ſieur Riſch, étoit ſubordonné à celui du ſieur Louys.

Dans cet eſprit, il préſenta une premiere requête, pour obtenir une permiſſion d'informer; la requête fut rejetée. Le Promoteur conſidéra qu'après tout, il avoit au bas de ſa plainte du 30 Octobre 1747, la permiſſion qu'il demandoit, & qu'il pouvoit, en réitérant cette plainte, faire informer. Il fit donc procéder à une information d'un grand nombre de témoins, dont les dépositions, jointes aux preuves littérales & aux déclarations de Barbe Marchand, faites dans un temps libre, portoient au plus haut degré d'évidence la débauche du Vicaire, d'où résultoit nécessairement l'innocence du Curé.

Muni de cette information, le Promoteur s'adressa une seconde fois au Parlement, & demanda qu'attendu que le sieur Louys étoit prévenu de cas privilégiés, il fût nommé un Commissaire pour se transporter au Prétoire de l'Officialité, afin d'y continuer, avec l'Official, l'instruction de la procédure. Cette requête fut encore rejetée.

Il en présenta une troisieme, parce qu'on lui dit que, si le Parlement avoit refusé les deux autres, c'est qu'elles ne contenoient pas la dénonciation précise des cas privilégiés. Il fit voir que l'instruction contre le sieur Louys étoit naturellement préalable à celle qui devoit être faite contre le sieur Risch, qui ne pouvoit être coupable, si le Vicaire n'étoit pas innocent, & dénonça quatre cas privilégiés, comme résultant des informations qu'il avoit faites. Le premier étoit *la séduction de Barbe Marchand, par l'abus de la confession*; le second, *les relations criminelles du sieur Louys avec sa pénitente*; le troisieme, *les soupçons véhémens qu'il étoit pere de l'enfant dont elle étoit accouchée en* 1745; le quatrieme étoit étranger à cette Cause. Sa requête eut le sort des précédentes, elle fut également rejetée.

Le sieur Louys fut conseillé d'interjeter appel comme d'abus de la procédure du Promoteur; par Arrêt du 17 Avril 1749, elle fut déclarée abusive.

Le sieur Louys avoit obtenu tout ce qu'il avoit demandé. Le procès se trouvant en état au mois d'Avril 1749, l'Official fut sommé de rendre sa Sentence définitive, qui devoit précéder l'Arrêt. L'Official, obligé de juger sur la seule accusation du sieur Risch, d'après une procédure faite uniquement à sa charge, rendit son Jugement le 29 Avril, & » le déclara atteint & » convaincu d'avoir occasionné, par ses

» discours inconsidérés & téméraires, » & ses démarches imprudentes, les » bruits diffamans & scandaleux causés » par l'accusation de Barbe Marchand » contre le sieur Louys : pour raison de » quoi il le condamna à se retirer dans » un Séminaire, où, pendant trois » mois, il seroit suspens de toutes les » fonctions des saints Ordres; & il lui » fut enjoint de se défaire de sa Cure » dans un an «.

Le sieur Risch interjeta appel au Métropolitain, & obtint défenses de mettre la Sentence à exécution.

Après ce Jugement, le sieur Risch fut transféré des prisons de l'Officialité dans celles de la Conciergerie : on choisit, dans cette ville de guerre, le moment de la garde montante pour lui faire traverser la place d'armes, à pied, escorté comme le dernier des malheureux. Barbe Marchand avoit été transférée sans bruit, en chaise à porteurs, lors des confrontations.

Après sa translation, il fut replongé dans les cachots, sans que son pere même, âgé de quatre-vingts ans, eût la liberté de le consoler. On lui fit subir différens interrogatoires ; il fut de nouveau confronté avec les accusés.

Cette malheureuse affaire étoit devenue le sujet de toutes les conversations. Tous ceux qui en parloient la jugeoient selon leur cœur. Le bruit courut que l'inceste spirituel devant être puni par le feu, le sieur Risch en éprouveroit le supplice, les Loix ayant déterminé contre le calomniateur la peine du talion. Sa famille en fut alarmée ; elle en porta ses plaintes au Roi & à M. le Chancelier, qui, après s'être fait rendre compte de cette affaire, écrivit que l'intention de Sa Majesté étoit qu'on ne prononçât aucune peine afflictive contre les accusés, sans auparavant l'en avoir prévenue. La vie du sieur Risch fut donc mise en sûreté.

Quelques jours après, le Procureur-Général donna ses conclusions définitives : elles tendoient à faire condamner le sieur Risch, comme calomniateur, à faire amende honorable aux principales portes du Palais, de l'Eglise cathédrale & de sa Paroisse, conduit par l'Exécuteur de la Haute Justice, & aux galeres perpétuelles, préalablement marqué des lettres G A L. Elles dévouoient Barbe Marchand à être pendue, comme calomniatrice.

Les Juges ne crurent pas cependant devoir passer outre au jugement du procès, au mépris des plaintes continuelles du sieur Risch, qui demandoit à être admis à la preuve de ses faits justificatifs.

Il fut ordonné que cette preuve seroit faite, mais à ses dépens, & qu'il consigneroit 600 liv. pour les frais de l'enquête.

Les témoins devoient être ouïs d'office, d'après l'Ordonnance de 1670. Il se passa plus d'un mois avant qu'ils fussent assignés; &, pendant cet intervalle, on vit disparoître ceux dont le témoignage fondoit l'espérance & la justification du sieur Risch. On fit des procès-verbaux de perquisition pour la forme, & on n'entendit que ceux de la discrétion desquels on étoit assuré.

Pour comble de suggestion, des Huissiers, que leur office tenoit aux portes de la chambre où les témoins devoient être entendus, les exhortoient, à mesure, à déclarer qu'ils n'avoient rien vu ni entendu. On y ajoûta la menace de faire punir, comme faux témoins, ceux qui, ayant déjà été entendus dans les informations faites par le sieur Louys, varieroient dans leurs dépositions.

L'Arrêt définitif fut rendu le 23 Décembre 1749. Barbe Marchand fut condamnée à être fouettée, marquée, & bannie du royaume à perpétuité. Le sieur Risch fut, comme elle, condamné au bannissement perpétuel; leurs biens acquis & confisqués au profit de qui il appartiendroit; sur iceux préalablement pris la somme de 6000 livres envers le sieur Louys, au paiement de laquelle ils furent contraints solidairement & par corps, & condamnés en cinquante liv. d'amende envers le Roi; la requête du sieur Risch lacérée.

Cet Arrêt fut exactement publié & affiché aux portes de tous les Curés, à celles de l'Evêché, dans tous les carrefours de la ville, & dans les villes voisines.

Il fut exécuté contre Barbe Marchand; mais le sieur Risch fut laissé dans les prisons: le sieur Louys devoit l'y faire écrouer le surlendemain des fêtes de Noël, faute du paiement des 6000 livres.

On exécuta la confiſcation par la vente de tous ſes biens & de ſes effets. On pouſſa l'inhumanité juſqu'à le dépouiller, dans les priſons, des vêtemens les plus néceſſaires; on le priva des meubles les plus vils; on lui ôta juſqu'à ſa calotte & ſon bonnet de nuit. On le dépouilla de ſa Cure; &, après l'avoir réduit ainſi à la derniere miſere, on le retint encore priſonnier. Les temps qui ſuivirent ne furent pas moins cruels que ceux qui avoient précédé ſa condamnation; l'obſcurité, l'infection, l'humidité des cachots où il étoit renfermé, tout contribua à lui enlever le ſeul bien qui lui reſtoit encore, & qu'on n'avoit pu lui ravir, la ſanté; il devint paralytique du côté gauche, depuis la tête juſqu'aux pieds.

Heureuſement il ſurvécut à tant d'opprobres & de cruautés. Il ſe pourvut en caſſation. Par un premier Arrêt, le Conſeil ordonna que les procédures criminelles, même celles qui avoient été faites à la requête du Promoteur, & qui avoient été déclarées abuſives, ſeroient apportées, & que le Procureur-Général enverroit ses motifs.

Par un second Arrêt, ceux des 23 & 30 Décembre 1749 furent cassés, le procès renvoyé au Grand-Conseil, & il fut ordonné que le sieur Risch seroit transféré.

Sa sortie des prisons fut un nouvel outrage qu'il reçut de ses ennemis; on eut soin de ne l'en tirer qu'à l'issue des Audiences; le jour & l'heure étoient indiqués : le peuple s'étoit assemblé en foule. Une double brigade d'Archers, soutenue d'un renfort de gardes, avoit été commandée pour escorter, jusque hors la ville, le malheureux paralytique.

A mesure qu'il s'éloignoit de cette ville fatale, l'espoir renaissoit dans le cœur de cet infortuné. Il n'avoit plus à craindre de se voir devant des Juges aveuglés par une malheureuse prévention, & par les cris d'une multitude acharnée à sa perte. La paix & le silence, en rendant le calme à son esprit, ne pouvoient que donner un nouveau jour à son innocence. Il sentit, dès son premier interrogatoire, que l'esprit qui avoit inſpiré ſes premiers Juges, ne s'étoit pas communiqué à ceux que le Conſeil du Roi venoit de lui donner.

Cependant le Grand-Conſeil continua l'inſtruction. De nouvelles informations furent faites, des monitoires furent publiés, plus de quatre cents témoins furent entendus. D'après les charges que renfermoient leurs dépoſitions ; le ſieur Louys, qui avoit ſuivi ſon priſonnier, & qui s'étoit préſenté à ſes Juges avec cette audace que le crime donne, & qui ne devroit appartenir qu'à l'innocence, fut décrété de priſe de corps, & renfermé enfin dans les mêmes priſons où il faiſoit gémir ſa victime.

Le criminel, accoutumé à jouir de l'impunité, fut étonné de ce coup imprévu ; il haſarda de ſe pourvoir en caſſation contre ſon décret ; mais le temps de l'illuſion étoit paſſé ; il fut débouté de ſa demande.

Le ſieur Riſch établit qu'il n'étoit point calomniateur, parce que le ſieur Louys n'étoit pas innocent.

Il invoqua, comme ſon adverſaire, les déclarations de Barbe Marchand ; mais il n'employa que celles qui avoient été faites par cette fille dans un temps libre ; déclarations qu'elle avoit consignées, déposées & répétées elle-même à M. l'Evêque de Metz. Il résultoit de ces déclarations, que le sieur Louys l'avoit séduite par la confession ; qu'*il la faisoit venir tous les jours à confesse, du confessionnal à sa chambre, &c.* Il résultoit de ces déclarations, qu'elle avoit écrit au sieur Louys, que le sieur Louys lui avoit répondu ; & ces lettres, dont quelques-unes étoient produites, & qui avoient été reconnues pour être du sieur Louys, portoient jusqu'à l'évidence le libertinage du sieur Louys. Ils se *tutoyoient* dans ces lettres ; il l'appeloit *sa bonne amie*, &c. Des témoins avoient déposé avoir vu de ces lettres, qui étoient d'un *amant passionné & jaloux*, & déclarerent que Barbe Marchand lui donnoit les noms de la plus excessive familiarité ; qu'elle passoit les jours & les nuits dans la chambre du sieur Louys ; que le sieur Louys alloit à son tour chez elle, & y restoit bien avant dans la nuit ; qu'elle donnoit à son enfant le nom de *Louys* ; qu'elle l'en disoit le pere ; qu'elle avoit reçu de de lui des *boucles d'oreille*, *une bague*, *des mouches*, *des chanſons*, *un ſurplis*, *de l'argent*, & notamment *pour faire ſes couches*, &c. &c. &c.; que le ſieur Louys avoit eu bien d'autres inclinations ſcandaleuſes, notamment pour la demoiſelle M.... J.....; qu'il avoit été vu ſouvent dans un état d'ivreſſe. Voilà ce qu'une foule de dépoſitions conſtatoient.

Mais ce qui achevoit de confondre le ſieur Louys, & ce qui mettoit le dernier ſceau à ſa conviction, c'étoit une lettre écrite par Barbe Marchand à un tiers, dans le temps qu'elle étoit en fuite après le décret de priſe de corps. *Puiſque vous êtes chargé de tout*, diſoit-elle, *je vous prie de me donner des nouvelles ſi je ſuis ſûre ou non, car je ne vis pas; enfin, je ſuis bien à plaindre d'être ſur les champs ſans avoir un ſou, moi & mon pauvre enfant; il faut que je faſſe de quelques façons, quand Louys devroit me faire pendre; je ſais qu'il eſt à Rozieres; il faut que j'aille le trouver, peut-être qu'il aura encore quelque compaſſion de moi & de ſon enfant.*

Par Arrêt du Grand-Conseil du 20 Mars 1753, le sieur Risch fut déchargé de l'accusation, le sieur Louys condamné à un bannissement perpétuel du Royaume, ses biens confisqués, sur iceux préalablement pris la somme de dix mille livres de dommages-intérêts envers le sieur Risch.

RÉHABILITATION du malheureux Hirtzel Levy, mort innocent ſur la roue.

RIEN n'eſt plus dangereux pour la ſociété, que l'impunité des crimes; mais rien ne révolte plus l'humanité, la juſtice & la Nature, que la condamnation de l'innocent. C'eſt ſur ces principes que s'eſt formée cette maxime ſi convenable aux mœurs & au caractere de la Nation la plus civiliſée de l'Europe, qu'il vaut mieux abſoudre cent coupables, que de condamner un innocent.

Malgré ces Loix ſages, qui protegent l'innocent contre la foibleſſe humaine, le malheureux Hirtzel a péri victime de cette fatale erreur. L'impoſſibilité de rendre à la vie le malheureux condamné, ſemble conſeiller d'abord d'enſevelir dans le ſilence ces triſtes monumens, & d'oublier un mal ſans remede; mais un autre ſentiment plus juſte, plus éclairé & plus utile que le premier, ſollicite la publicité de ces funeſtes &

ſanglantes mépriſes. Pourroit-on envier & dérober à l'innocente victime l'éclat de la réparation due à ſa mémoire, & les larmes des ames ſenſibles qui ſont inſtruites de ſon malheur ? Martyr des erreurs & de l'intelligence bornée des hommes, n'eſt-il pas juſte, lorſque la vérité éclate, de changer enfin l'échafaud de ſon ignominie en un monument public d'honneur & de reſpect ? Peut-on envier à ſes enfans, à ſa famille, la conſolation de ſavoir que le nom d'un pere, d'un époux, d'un fils immolé ſur la roue, n'a ſubi qu'une infamie paſſagere, qui n'a pu le ſouiller, & qu'il en eſt vengé par les larmes & les regrets de tout homme qui l'entend prononcer ? C'eſt dans ces ſentimens, que nous allons expoſer & qu'on doit lire les détails de cette malheureuſe affaire.

La veuve du Prévôt de Hauzen rend plainte devant le Bailli de Ribaupierre, & expoſe, » qu'après différens excès & » violences exercés ſur ſa perſonne & » ſur celle de ſa ſervante, le 9 Dé- » cembre 1754, entre dix & onze heu- » res du ſoir, on lui avoit volé environ » trois mille livres en argent, du métal, » & autres effets, & elle accuſe Hirtzel

» Levy, Menehek Levy, tous deux
» résidens à Vedelsheim, & Moïse Lang,
» demeurant à Ribauvillier, d'être au-
» teurs du délit «.

Décret de prise de corps du même jour, contre les accusés, par le Bailli de Ribaupierre, qui, dit-on, pendant l'instruction, ne s'est fait aucun scrupule de loger, boire & manger chez le fils de la plaignante : Menehek Levy & Lang furent arrêtés encore le même jour, ou le lendemain, & constitués prisonniers.

Il ne fallut ni précautions ni stratagêmes pour s'assurer de leurs personnes; ils étoient, le 10 Décembre, à Hauzen, où leur commerce les conduisoit fréquemment, & ils y vaquoient à leurs affaires, lorsqu'on vint les arrêter.

Hirtzel Levy étoit parti, dès le 8, pour se rendre au village de Scirentz; il alloit consoler son beau-frere, établi dans ce lieu, de la perte d'une fille nouvellement mariée.

L'on avoit signifié le décret à son domicile : on lui dépêcha un exprès au village de Scirentz, où il s'étoit proposé de rester quelques jours, pour lui faire part de cette affligeante nouvelle.

Quel que soit le secret qui a pu accompagner le crime, le coupable qui se voit déféré à la Justice, & décrété, perd, dès ce moment, toute assurance, & cherche son salut dans la fuite.

Rien n'étoit plus facile pour Hirtzel; le village de Scirentz, qui fait partie du Suntgaw, n'est qu'à douze lieues d'Allemagne (dix-huit de France) du lieu de Hauzen, & n'est éloigné que de deux lieues de Basle, & d'une demi-lieue du Rhin.

Hirtzel ne songe pas à profiter de la facilité avec laquelle il auroit pu, par sa retraite en pays étranger, garantir sa personne des poursuites de la Justice. Il retourna dans le village de Vedelsheim, lieu de sa résidence, où il arriva le 15. Il alla, de suite, se présenter au Prévôt du lieu, pour savoir de lui s'il avoit des ordres pour l'arrêter. Sur sa réponse, qu'il n'en avoit point, il prit la résolution de se rendre à Hauzen même, partit en conséquence le lendemain 16, passa à Colmar, entra dans la boutique du sieur Mizel, Marchand, où il rencontra la dame de Roquebak, qui demeure à Hauzen. Cette femme, à la vue de Hirtzel, jette un cri d'étonnement, & lui dit de prendre promptement la fuite : la femme du ſieur Mizel lui offrit même de lui procurer un carroſſe où il pourroit s'enfermer, ſon frere étant Maître de poſte dans la même ville, & de le faire conduire ſur les bords du Rhin.

Hirtzel ne fut ni ému de ces diſcours, ni tenté de ſuivre les conſeils qu'on lui donnoit, ni de profiter des ſecours & des facilités qu'on lui offroit pour ſa fuite ; il s'achemina, quelques momens après, vers Hauzen, & rencontra ſur la route un Cabaretier du lieu, auquel il fit part de ce qu'il avoit appris. Celui-ci devance Hirtzel, & informe les Cavaliers de la Maréchauſſée, qui étoient logés chez lui : ils vinrent au-devant de Hirtzel, le rencontrerent à la diſtance de cinquante pas du village de Hauzen, & le conduiſirent dans les priſons.

Ce jour même, le Bailli de Ribaupierre étoit à Hauzen, occupé à l'inſtruction de la procédure, & il étoit, comme le jour qu'il avoit décerné ſes décrets, logé chez le fils de la plaignante, où il mangeoit, quoiqu'il y eût dans le lieu des hôtelleries, & que cet Officier ne fût pas, auparavant, dans l'habitude de descendre chez ce particulier.

Hirtzel subit son interrogatoire, &, pour preuve de son innocence, il allégua qu'il étoit à Scirentz lorsque le crime dont on avoit rendu plainte avoit été commis ; il circonstancia tous les instans de son *alibi* dans le plus grand détail, & insista à en demander la preuve. Les enfans de Hirtzel prétendoient qu'il n'en étoit pas fait mention dans le procès. Ils offroient de prouver, 1°. qu'Hirtzel, devant le Juge, avoit articulé le fait de son *alibi*, & qu'il avoit insisté à être admis à en faire la preuve. 2°. Que le beau-frere de Hirtzel, chez lequel il avoit été à Scirentz, le 9 Décembre & jours suivans, & qui avoit une certitude physique de la fausseté de l'accusation, avoit engagé l'Ecuyer du fils du Seigneur du lieu, qui devoit, avec les personnes de sa maison, déposer du fait de l'*alibi*, à écrire une lettre au Procureur-Fiscal du Bailliage de la Ribaupierre, en faveur d'Hirtzel, & qu'il fit lecture de cette lettre en présence du Bailli & d'autres personnes. 3°. Qu'avant la plainte rendue devant le Bailli de Ribaupierre, il y avoit eu deux procès-verbaux dressés le même jour, l'un par un Cavalier, & l'autre par le Brigadier de la Maréchaussée des lieux, assisté d'un Cavalier de sa brigade : par le premier, l'Accusatrice avoit expressément nommé Hirtzel Levy & ses deux consorts, pour être auteurs du crime ; la servante avoit aussi parlé dans ce procès-verbal, & avoit déclaré qu'elle n'avoit pu reconnoître que Hirtzel Levy.

Le second procès-verbal est tout différent ; ce n'est plus par une assertion affirmative que l'on charge les trois Juifs, ce n'est que par conjecture & par présomption ; l'Accusatrice déclara simplement *qu'elle croyoit que les auteurs ne pouvoient être d'autres que Hirtzel, Menehek Levy, & Moïse Lang, lesquels avoient été, le jour d'avant, chez elle pour y acheter une vache.*

Tout étoit donc réduit, par ce second procès-verbal, à un soupçon, & ce soupçon avoit pour fondement l'achat d'une vache fait le jour d'auparavant chez la plaignante.

Cette étrange variation de l'Accusatrice annonçoit ses incertitudes, & la légéreté avec laquelle elle s'étoit portée à dénoncer ces malheureux; aussi, lorsqu'elle en vint à la confrontation, la présence des Accusés la rendit bien plus chancelante encore : on la vit hésiter, & sur le point de déclarer qu'elle étoit hors d'état de persister à soutenir l'identité des personnes.

Le Bailli, qui, à ce que prétendoient les enfans d'Hirtzel, s'en apperçut, lui dit qu'il n'étoit plus en son pouvoir de se rétracter, ou de changer; que si elle le faisoit, elle supporteroit tous les frais du procès, & seroit, en outre, exposée à des condamnations considérables de dommages-intérêts envers les Accusés. Ce discours fit une révolution dans la veuve du Prévôt : le double, mais incompatible personnage de plaignante & de témoin qu'elle joua dans cette affaire, rendit la représentation du Juge encore plus dangereuse, & aida à étouffer la vérité prête à sauver l'innocent : la malheureuse persista dans sa déposition.

Quoique la ſervante ne chargeât que le ſeul Hirtzel, & que, dans les confrontations avec Menehek Levy & Moïſe Lang, elle ne les eût point accuſés d'être coupables, qu'aucun autre des témoins entendus n'eût dépoſé contre eux, & qu'il n'y eût que la ſeule Accuſatrice contre ces deux Accuſés, cependant ils furent confondus avec Hirtzel, dans le Jugement que le Bailli rendit le 23 Décembre 1754.

Tous trois furent condamnés à être rompus vifs, après avoir été appliqués à la queſtion pour la révélation des complices. On leur avoit aſſocié un quatrieme Juif, nommé *Fery Greſmar* : comme il n'y avoit contre lui aucune eſpece d'indice, on ordonna, à ſon égard, qu'il ſeroit plus amplement informé pendant un mois, en gardant priſon.

Sur l'appel au Conſeil de Colmar, Hirtzel Levy réitéra les faits d'*alibi* avec la même préciſion que devant le premier Juge.

L'on ne peut donc voir, ſans douleur, ce ſecond Tribunal refuſer d'admettre une preuve inhumainement rejetée par le premier, & une condamnation au dernier ſupplice, confirmée ſur le témoignage d'une Accuſatrice & de ſa ſervante, détruit par les variations dans leſquelles elle étoit tombée. Les enfans ajouterent ici une anecdote remarquable, arrivée avant le Jugement définitif.

Un Conſeiller de cette Compagnie fut envoyé, chargé d'une commiſſion de la Cour, quelques jours avant l'Arrêt, près la ville de Baſle; il ſavoit, avant ſon départ, ſur quel pied le fait d'*alibi* étoit propoſé par le Seigneur du lieu de Scirentz & par ſa famille. Comme cet endroit étoit ſur ſa route, la curioſité l'engagea à avoir une conférence avec ce Seigneur & les perſonnes de ſa maiſon, pour apprendre la vérité de leurs bouches. Ce Seigneur lui rendit un compte exact & bien circonſtancié du tout, & il en réſultoit que Hirtzel Levy avoit été vu à Scirentz, depuis quatre heures de l'après-midi qu'il y étoit arrivé, juſqu'à dix heures du ſoir & au delà, le jour du prétendu crime, neuvieme Décembre 1754, & le lendemain, dès ſix heures du matin.

Ce Magiſtrat, frappé du récit qui venoit de lui être fait par les perſonnes les plus dignes de foi de la Province, crut devoir, par religion & par justice, donner avis à M. le Premier Président de cette conférence : la lettre arriva avant que l'on allât aux opinions. M. le Premier Président en donna lecture aux Juges, & la Sentence fut confirmée en ce qui concernoit Hirtzel & Fery Gresmar. Et à l'égard de Menehek Levy & Moïse Lang, il fut ordonné qu'il seroit sursis au jugement du procès jusqu'après l'interrogatoire de Hirtzel Levy.

C'étoit donc la destinée du malheureux Hirtzel Levy de périr sur la roue, & d'aller grossir la liste des victimes infortunées de la foiblesse humaine. L'Exécuteur de la Haute-Justice se comporta, dit-on, dans ces deux genres de supplice auxquels on venoit de condamner Hirtzel, avec une cruauté inouie.

On dit qu'à Colmar, la question est accompagnée de tourmens qui font frémir : entre autres, on ceint la tête du patient avec une espece de bandeau de fer, qui se serre & se comprime au point de faire sortir le sang par les yeux & les oreilles, & d'entr'ouvrir le crâne

L'amour de la vie peut être assez fort dans certains hommes, pour leur faire ſupporter les tortures les plus rigoureuſes ſans avouer leur crime ; mais qu'un malheureux qui, du chevalet, doit paſſer ſur la roue, qui n'a ni eſpérance, ni perſpective qu'une mort certaine, ne ſe rachete pas, par l'aveu d'une vérité qu'il n'a plus d'intérêt à diſſimuler, d'un premier ſupplice égal au dernier qui l'attend, la choſe excede les forces de la Nature dans le commun des hommes. Hirtzel ſoutint, avec une conſtance parfaite, les horribles tourmens qu'on lui fit ſouffrir, ſans qu'on ait pu arracher de ſa bouche une parole qui pût le faire ſoupçonner coupable.

Par une ſuite de cette haine populaire qui regne contre la Nation Juive, le bourreau, par une méchanceté atroce, fit diminuer d'un pied la circonférence de la roue ſur laquelle Hirtzel devoit être expoſé, afin qu'il ne pût trouver, ſur ce lit de douleurs, où il eſt reſté vif pendant dix heures au moins, le moyen de repoſer ſa tête, qui débordoit en entier, renverſée & pendante vers la terre.

Ainſi finit le malheureux Hirtzel, en proteſtant devant le Ciel & la Terre qu'il mouroit innocent.

On fit conſerver, après l'exécution de Hirtzel, l'échafaud ſur lequel il avoit expiré, comme ſi Menehek Levy & Moïſe Lang euſſent dû bientôt y monter.

Ces deux malheureux, ſans ſubir la mort en effet, en éprouvoient chaque jour toutes les horreurs: il a ſubſiſté, ce monument infame, pendant plus d'un mois, & il n'a été détruit qu'en vertu des ordres ſupérieurs du Roi, dont la famille du défunt & des deux autres Accuſés implorerent l'autorité & la juſtice. Sa Majeſté avoit fait ſavoir au Conſeil de Colmar, que ſon intention étoit de prendre connoiſſance de cette affaire; cependant le Conſeil rendit un ſecond Arrêt, le 2 Avril 1755, par lequel, ſans qu'il fût ſurvenu aucunes charges nouvelles, il fut ordonné que Menehek & Moïſe ſeroient appliqués à la queſtion ordinaire & extraordinaire, *manentibus indiciis*; mais l'exécution de ce ſecond Jugement fut arrêtée par une lettre du Miniſtre.

Le traitement fait à Hirtzel, & celui que ſes deux conſorts éprouverent depuis, les forcerent à ſolliciter des bontés du Roi la réviſion & un nouveau Jugement du procès. Le Roi leur accorda cette grace, ſur l'avis de ſon Conſeil, & ſur le vu des pieces. La réviſion fut renvoyée au Parlement de Metz, où les priſonniers furent transférés, avec toute la procédure.

Par les Lettres-Patentes, Sa Majeſté autoriſoit le Parlement de Metz à procéder à la réviſion du procès, & même à un Jugement nouveau; ainſi ces Accuſés étoient remis dans la même poſition où ils étoient au moment de l'appel qu'ils avoient interjeté de la Sentence du Bailli de Ribaupierre.

Il s'agiſſoit donc d'établir que les charges du procès étoient incapables d'opérer aucune condamnation contre les Accuſés.

Leur Défenſeur (*a*) établit, 1°. qu'il n'y avoit point de preuve du crime contre eux.

2°. Que, quand il y en auroit d'apparentes, elles ſeroient détruites par les faits juſtificatifs dont la preuve avoit été offerte & rejetée.

3°. Point de preuve contre les Accuſés du crime dont on avoit rendu plainte.

(*a*) M. Roederer.

Le témoignage d'un Accusateur ne peut former contre l'Accusé un degré de preuve plus fort que la dénonciation même qu'il signe sur le registre du Procureur du Roi. Quiconque défere un crime à la Justice, & en nomme l'auteur, devient nécessairement garant des réparations envers celui qu'il a accusé, en cas que, par l'événement, l'accusation soit trouvée fausse & calomnieuse. Il ne peut donc faire la fonction de témoin; ce seroit l'être dans sa propre Cause.

La plaignante étoit la dénonciatrice, & elle avoit varié dans les actes du procès. La servante étoit également reprochable.

Les domestiques du dénonciateur sont-ils plus admissibles que des parens? Les liens du sang, qui rendent les parens suspects, ne sont pas, aux yeux de la Loi, d'une nature différente, quant à la foi du témoin, de l'empire & de l'autorité que le maître exerce sur son domestique, & elle les confond pour les rejeter tous. La servante étoit encore accusatrice avec sa maîtresse. On ne pouvoit donc écouter ces deux témoins accusateurs, & les seuls qui chargeassent Hirtzel Levy.

Il y avoit deux autres témoins, dont les dépositions ne pouvoient être lues : la nommée *Keller*, veuve de Jean-Joseph Meyer, avoit été condamnée, pour crime de vol, à être fouettée, marquée, & bannie pour cinq ans, par Jugement du Conseil de Régence de Saverne; Pierre Bayer, à un bannissement de cinq ans, par Arrêt du Conseil de Colmar, du 12 Septembre 1753. Le premier de ces témoins étoit infame, & conséquemment ne pouvoit faire foi en jugement; le second étoit, dans le temps du procès, dans le cours de la peine prononcée contre lui.

Ces quatre témoins rejetés du procès, il paroît qu'il ne restoit aucune preuve contre eux, ni contre Hirtzel Levy, non seulement pour une condamnation à la peine de mort, mais encore pour l'application à la question; & cependant l'on avoit cumulé, par la Sentence, ces deux genres de supplice.

Restoit-il assez de charges au procès, pour faire subir aux Accusés la question?

Il faut le concours de trois conditions,

pour que l'Accusé puisse être appliqué à la question.

1°. Un crime certain & constant.

2°. Un crime qui mérite peine de mort.

3°. Qu'il y ait preuve considérable.

Or, dans le procès, il manquoit deux de ces trois conditions requises par la Loi : défaut du corps de délit, défaut de preuve considérable.

Quant à la seconde condition sur la qualité de la preuve que la Loi exige, il seroit peut-être difficile d'en déterminer précisément le degré ; la chose dépend beaucoup de la conscience & de la prudence du Juge. On observe seulement que les Criminalistes conviennent qu'un seul indice ne suffit point, ni la déposition d'un seul témoin, quelque précise qu'elle soit, si elle n'est accompagnée d'autres indices. Comment donc la déclaration d'une personne volée, qui ne prouve pas le vol, pouvoit-elle accomplir cette preuve *considérable* exigée par la Loi ?

Il falloit oublier les Loix les plus certaines & les plus connues, pour condamner Menehek Levy & Moïse Lang à la question ordinaire & extraordinaire.

Le Défenseur des enfans se récria contre l'inutilité, la barbarie & les horribles méprises de cette pratique barbare. Mais à la fin, les cris de l'humanité, poussés en vain pendant tant d'années par l'innocence & la pitié, ont été entendus par un Roi bienfaisant & juste. Cette horrible & inutile barbarie a été abolie par Louis XVI; & ce seul acte de sa justice éclairée suffit pour faire à jamais bénir sa mémoire.

Outre l'obligation que l'Ordonnance impose au Juge, d'instruire à charge & décharge, ce qui est en faveur de l'Accusé, elle admet la preuve des faits qui peuvent établir son innocence; ce moyen est encore de droit naturel. Si, en matiere de pur intérêt pécuniaire & civil, dans les choses qui gissent en fait & en preuve vocale, on ne peut admettre une des Parties à une preuve directe, sans réserver à l'autre la preuve contraire; pourquoi, en matiere criminelle, où il s'agit de l'honneur & de la vie des hommes, ne suivroit-on pas la même regle? La preuve n'en doit être admise qu'après la visite du procès. La raison de cette différence est naturelle. S'il n'y a point de preuve au procès contre l'Accusé, il doit être renvoyé absous; ainsi la preuve des faits justificatifs seroit inutilement admise, si le Juge ne trouvoit pas de quoi asseoir une condamnation contre l'Accusé.

De tous ceux qui peuvent opérer la justification de l'Accusé, le plus péremptoire contre l'accusation, c'est celui de l'*alibi*.

Pour rendre le fait d'*alibi* pertinent & péremptoire, il faut que, par la combinaison des temps & des lieux, il y ait impossibilité physique que l'Accusé ait été dans le lieu où le crime a été commis.

Or, l'*alibi* proposé par Hirtzel, étoit revêtu de toutes les circonstances que l'on peut désirer, pour le rendre décisif contre l'accusation, tant du côté du temps & du lieu, que des personnes par lesquelles il en offroit la preuve. Tous ses pas avoient été vus & éclairés par une foule de témoins de tous les actes qui avoient rempli l'intervalle de son absence, & suivi sa personne & son existence depuis son départ jusqu'à son retour.

Il y a dix-huit lieues de France du lieu de Hauzen à Scirentz; c'est un fait certain & notoire.

Hirtzel Levy étoit entré à Scirentz le 9 Décembre, à quatre heures du soir, excédé de la fatigue & de la marche du jour, après avoir fait neuf lieues à pied, avoir été vu à table chez son beau-frere, depuis huit heures jusqu'à dix heures du soir, & même jusqu'à l'heure de son coucher, qui n'a été qu'à onze heures.

Suivant la plainte, le fait s'étoit passé entre dix & onze heures du soir, à Hautzen, dans la même journée.

Il n'étoit donc pas physiquement possible que Hirtzel Levy en fût auteur, puisqu'après avoir fait les neuf lieues à pied, il auroit fallu qu'il en eût fait encore dix-huit depuis dix à onze heures, & qu'ensuite il en eût fait dix-huit autres depuis onze heures du soir jusqu'à six heures du matin du lendemain.

L'on ne trouve que trop de ces hommes qui, par un fanatisme proscrit par la Religion, ne se feroient ni peine ni scrupule de coopérer, par des voies illicites, à la ruine, & même à la mort d'un Juif faussement accusé. Le Juge ne sauroit donc être trop en garde sur les preuves & sur les témoins, dans les accusations portées contre des Juifs exposés à la haine populaire.

Il est de principe qu'entre coaccusés d'un même crime, le reproche du témoin est indivisible, & profite à tous les coaccusés. Si l'on étoit parvenu à justifier l'*alibi* de Hirtzel, il est certain que l'accusation tomboit, & la déposition de l'Accusatrice & de sa servante. Mais Menehek Levy & Moïse Lang, pour mettre leur innocence & la calomnie dans un plus grand jour, justifioient par une suite de faits l'impossibilité qu'ils fussent coupables.

Le 26 Juillet 1755, Arrêt du Parlement de Metz, par lequel la Cour, entérinant les Lettres de révision, reçut Abraham Hirtzel Levy, & Feïle sa sœur, Hanna, femme de Hirtzel Brunswick, enfans de défunt Hirtzel Levy, Moïse Lang, & Menehek Levy, Appelans de la Sentence rendue par le Bailli de Ribaupierre; les reçut à la preuve des faits justificatifs qu'ils avoient articulés : en conséquence, on nomma un Conseiller, pour se transporter sur les lieux, en qualité de Commissaire, pour y entendre les témoins par lesquels le curateur à la mémoire de défunt Hirtzel

Levy & les autres Accusés proposoient de prouver leurs faits justificatifs.

L'information faite par le Commissaire, fournit la preuve complette des faits justificatifs ; & le 24 Septembre 1755, fut le jour heureux qui rétablit la mémoire d'un innocent, rendit l'honneur à sa famille, & la liberté à ses deux prétendus complices. Isaac Dreyfousse, curateur à la mémoire du défunt, fut interrogé derriere le barreau ; Moïse Lang, & Menehek Levy, dit Scholter, sur la sellette, par l'organe de l'Interprete de la Cour, en Langue Germanique, après qu'ils eurent prêté serment à la maniere des Juifs, la main sur les Tables de Moïse, administrées par le ministere d'Isaac Zay de Coblentz, l'un des Rabbins de la Synagogue de Metz.

L'Arrêt définitif du 24 Septembre 1755 déchargea Menehek Levy & Moïse Lang de l'accusation, & réhabilita la mémoire du malheureux Hirtzel Levy.

JEAN

JEAN BYNG, Amiral d'Angleterre, accusé de n'avoir point empêché la prise de l'Isle de Minorque, & fusillé à Porstmouth.

EN 1756, l'Amiral Byng fut envoyé, avec une escadre, pour bloquer celle que la France avoit armée à Toulon, & qui menaçoit l'Isle de Minorque. Le Maréchal de Richelieu, qui commandoit les François, étoit déjà descendu dans l'Isle, quand le Général Anglois entra dans la Méditerranée. Il ne fut donc plus question de l'arrêter en mer, mais d'empêcher qu'il ne prît les forts qu'il s'apprêtoit à assiéger. L'entreprise n'étoit pas facile : M. de la Galissoniere, avec l'escadre Françoise, protégeoit les opérations du Maréchal, & défendoit l'entrée du seul port où l'on pouvoit débarquer.

L'Amiral Anglois, quoique ses forces fussent inférieures à celles des François, & que ses vaisseaux fussent en mauvais état, attaqua l'escadre Françoise avec beaucoup d'ordre, le 20 Mai. Byng, après s'être montré avec tout le sang froid & la fermeté possibles, voyant ses vaisseaux très-maltraités, ne voulut pas risquer de perdre entiérement son escadre par un second combat, & Minorque fut prise.

Les Anglois, indignés de cette perte, en rejeterent la faute sur l'Amiral, qu'on accusa tout à la fois d'avoir manqué de bonne volonté & de courage: on lui reprocha, en particulier, de n'avoir canonné que de loin, & de ne s'être pas approché assez près du vaisseau Amiral de France.

Le Roi, après avoir révoqué la commission qui lui avoit été donnée, nomma un Conseil de guerre pour lui faire son procès.

Byng comparut devant ses Juges, & prononça un discours qu'on n'entendit point sans émotion. Il prouva d'abord qu'il n'avoit pu empêcher la prise de Minorque, parce que, 1°. sa flotte étoit bien inférieure à celle des François: 2°. on avoit trop retardé son départ, & ces délais avoient donné le temps au Maréchal de Richelieu de s'établir dans l'Isle. Il démontra ensuite qu'on ne pouvoit l'accuser d'avoir manqué de bonne volonté ni de courage, parce que, malgré l'infériorité de ses forces & le mauvais état de plusieurs de ses vaisseaux, il n'avoit pas hésité à livrer bataille ; qu'il ne s'étoit retiré après la premiere action, que parce qu'il avoit vu ses vaisseaux maltraités, hors d'état d'en soutenir une seconde.

L'Amiral, malgré cette justification, fut condamné à être fusillé : mais ses Juges, en le condamnant à mort, firent son apologie, comme de l'homme le plus digne de vivre ; ils déciderent seulement, *qu'il n'avoit point fait tout ce qu'il auroit pu faire* : négligence que les loix de l'Amirauté Angloise punissent de mort. Ils ne firent pas même difficulté d'insérer, dans leur Arrêt, des dépositions sur sa conduite, d'après lesquelles on ne peut lui refuser de l'admiration & des regrets.

Ces dépositions sont celles des Officiers qui étoient à ses côtés pendant le combat : elles portent, qu'*il n'a laissé voir, ni dans ses actions, ni dans son maintien, aucune marque de crainte ni d'agitation intérieure* ; qu'*on ne s'est point apperçu qu'il ait cherché à éviter l'ennemi* ; qu'*il donnoit ses ordres avec toute la tranquillité & la présence d'esprit possibles ; & qu'on ne peut lui reprocher que le cœur l'ait abandonné un seul instant.*

Le Jeudi, 27 Janvier, lorsque l'Amiral Byng fut conduit à bord du *Saint-Georges*, où ses Juges étoient rassemblés pour lui prononcer son Arrêt, il témoigna quelque inquiétude, & ne put s'empêcher de dire à un de ses amis qui l'accompagnoit : » Je m'attends à » de grandes injustices ; ils auront sûrement résolu de me faire une réprimande sur ma conduite, peut-être » même de me casser. Il faut que leurs » avis aient été partagés sur bien des » points, car ils sont restés long-temps » enfermés. J'ai remarqué, dans presque toutes les questions qu'ils m'ont » faites, qu'ils cherchoient bien plus à » me trouver répréhensible, qu'à s'instruire de la vérité des faits & des » circonstances.... Mais que me préparent-ils ? A quoi se seront-ils décidés ? Il me tarde bien de le savoir «.

A peine fut-il arrivé sur le *Saint-Georges*, qu'un des Juges sortit de la chambre du Conseil, & alla dire tout bas à quelqu'un de la compagnie, que la

Cour trouvoit bon, pour que M. Byng ne fût pas trop saisi à la lecture de sa Sentence, qu'on le prévînt qu'il avoit été jugé coupable d'un crime capital. Celui à qui on s'adressoit étoit un de ses parens; il fit quelques pas pour lui aller apprendre cette fatale nouvelle; mais ses forces l'abandonnerent lorsqu'il revit M. Byng : il s'arrêta & demeura comme interdit, les yeux fixés sur ce trop malheureux Amiral. M. Byng devina la cause de cet embarras : » Qu'a-» vez-vous, dit-il ? Est-ce qu'on m'a » fait l'injustice de me casser « ? Son parent n'ayant pas le courage de lui répondre, » Ah ! j'entends, reprit Byng; » eh bien ! s'il n'y a que mon sang qui » puisse les satisfaire, ils sont les maî-» tres de le verser «. . . . .

Un de ses amis lui observoit que les circonstances de sa condamnation étoient si extraordinaires, qu'il devoit être bien assuré d'obtenir sa grace. » Eh ! » qu'y auroit-il en cela d'avantageux » pour moi, répondit-il ? Pouvez-vous » me supposer le désir de ramper sur » terre pendant quelques années, hon-» teusement courbé sous un fardeau aussi » flétrissant & aussi odieux que l'est tou-

» jours une grace pour un homme qui » n'a rien à ſe reprocher ? Ah ! qu'on » m'ôte plutôt la vie ; car, à ces con- » ditions, je la déteſte «.

On ordonna un ſurſis à l'exécution de ſon Jugement : ſes amis lui rendoient compte de tout ce qui ſe paſſoit de favorable pour ſon affaire à la Chambre des Communes, & lui faiſoient, avec tranſport, leur compliment ſur la certitude où il devoit être qu'il recevroit un pardon des plus honorables. » Je ſuis charmé, leur di- » ſoit-il, que les choſes vous paroiſſent » prendre cette tournure : une pareille » idée doit vous tranquilliſer, & c'eſt » tout ce que je demande. Pour moi, » je ſuis bien perſuadé que mon af- » faire eſt devenue entiérement affaire » de politique, & que ce n'eſt point » à la recherche de ce qu'on me doit, » ſuivant le droit & la juſtice, qu'on » eſt actuellement occupé ; ainſi je ſuis » bien éloigné de penſer comme vous «.

Le ſieur Montague, Capitaine de vaiſſeau, ayant reçu, de l'Amiral Boſcawen, le 13 Mars, l'ordre de l'exécution pour le lendemain, il le remit entre les mains du Maréchal de l'Amirauté, pour en faire lecture à M. Byng. Lorsque cet ordre lui eut été lu en entier, il témoigna, non sans quelque émotion, qu'il lui paroissoit bien singulier que le lieu de son exécution dût être sur le château d'avant. » N'est-» ce pas là en user avec moi, disoit-il, » en s'adressant à ses amis, comme si » je n'étois qu'un simple Matelot? Est-» ce que ma naissance & mon rang » n'exigeoient pas qu'on me marquât » plus d'égards? En vérité, depuis le » premier moment de ma disgrace, il » n'est pas arrivé une seule fois qu'on » m'ait traité comme un simple Offi-» cier, si ce n'est lorsqu'on ma con-» damné à être arquebusé «.

Il parut très-affecté de cette circonstance de son supplice, & la regarda comme un véritable affront. Ses amis, craignant qu'on ne pût la faire changer, parce que l'ordre de l'exécution étoit positif à cet égard, le prioient de ne point s'arrêter à si peu de chose; ils lui représentoient que le lieu de son supplice devoit lui être bien indifférent, & qu'avec autant de courage & de force d'esprit, il étoit étonnant qu'une si légère considération pût l'agiter. Ces

remontrances le calmerent : » Je con-
» viens, répondit-il, qu'il m'importe
» fort peu que je meure en ce lieu-là,
» ou par-tout ailleurs, ou que ce soit
» plutôt à tel genre de mort qu'à tel
» autre que je sois condamné. Mais il
» me semble aussi que les Amiraux que
» je laisse après moi auroient dû, par
» rapport à eux-mêmes, consulter da-
» vantage la dignité de mon rang. Il
» est vrai que je n'ai point d'exemple
» à citer en ma faveur; car il est inoui
» qu'on ait jamais arquebusé un Ami-
» ral ou un Officier-Général d'armée...
» Ils ont fait de moi un exemple qui
» aura peut-être un jour de fâcheuses
» suites pour les Amiraux de la Grande-
» Bretagne «.

Il dîna avec toutes les apparences de sa tranquillité ordinaire. A la maniere dont il servoit ses amis, & les engageoit à manger, on eût dit qu'il avoit entiérement oublié sa malheureuse situation. Dans l'après-midi, il parla encore plusieurs fois du lieu où il devoit être exécuté, & il laissoit toujours voir un très-grand déplaisir de ce que ce devoit être sur le gaillard. Ayant remarqué que ses amis s'étudioient à détourner son attention de dessus cet objet, il leur dit : « Pourquoi ne voulez-vous point, Messieurs, que je » parle d'une chose qui me tient si fort » au cœur ? Vous ne pouvez pas supposer que je n'en sois point occupé » intérieurement, pourquoi m'abstiendrois-je d'en parler « ?

Il regardoit presqu'à chaque quart-d'heure d'où venoit le vent. » Je serois » bien content, disoit-il, si le vent pou» voit rester à l'ouest, parce que ceux » de mes Juges qui ont des escadres » prêtes à appareiller, pourroient en» core assister à mon exécution «.

Sur les six heures, il demanda le thé : c'étoit le temps où il le prenoit tous les jours avec ses amis. Il observa, en même temps, qu'ils étoient étonnés de l'aisance & de la liberté d'esprit avec laquelle il agissoit & parloit aux uns & aux autres. » J'ai remarqué, » leur dit-il à cette occasion, que les » gens condamnés à mourir étoient, » pour la plupart, tourmentés de re» mords ; qu'il y avoit toujours quel» ques points de leur vie passée, sur » lesquels ils n'étoient point tranquilles. » Pour moi, sans prétendre pour cela

» avoir été exempt des foibleſſes humaines, j'ai la conſolation de n'avoir rien à me reprocher dans tout ce que j'ai fait au ſervice de ma Patrie, quoiqu'il y ait long-temps que je la ſerve «.

Un de ſes amis lui repréſenta qu'il n'y avoit aucun homme qui fût exempt des foibleſſes humaines; que les fautes appelées de ce nom étoient réſervées à la connoiſſance du ſouverain Juge, & qu'il étoit permis d'eſpérer qu'elles trouveroient grace devant ſes yeux. » Cela eſt vrai, répliqua M. Byng; mais je ne me ſens coupable d'aucun crime; & ma plus grande conſolation, c'eſt que je ne mourrai pas déshonoré; c'eſt de ne point emporter au tombeau la honte & les opprobres dont mes ennemis avoient voulu me couvrir, car mes Juges au moins m'ont déchargé de tout ce qu'il pouvoit y avoir de criminel & d'infame dans l'accuſation intentée contre moi «.

A neuf heures, il invita ſes amis à boire du punch; lorſqu'ils furent tous aſſis autour de la table, il leur en préſenta un verre à chacun; & en ayant verſé un peu dans le ſien : » Mes amis, » leur dit-il, je bois à vos ſantés, & » que Dieu vous ſoit propice à tous.... » Il m'eſt donc reſté quelques amis » dans mon adverſité ! aſſurément cela » eſt bien capable d'en adoucir l'amer- » tume «. Il but ; &, après avoir poſé ſon verre ſur la table, il continua ainſi : » C'eſt donc demain que je dois » mourir : la Nation demande mon » ſang, qu'elle ſoit ſatisfaite ; mais n'au- » roit-elle pas dû ſe faire mieux inſ- » truire de la nature de mon crime ? » Pourquoi ne la lui a-t-on pas expliquée » plus clairement, auſſi-bien par conſi- » dération pour la Poſtérité, que pour » les Officiers Généraux qui nous rem- » placeront ? Ne reprochera-t-on point » à mes Juges de n'avoir pas mis dans » un aſſez grand jour les fautes dont je » ſuis coupable, afin que d'autres puiſ- » ſent les éviter ? Ni l'Arrêt de ma » mort, ni celui par lequel il a été con- » firmé, n'indiquent aux Amiraux la » conduite qu'ils doivent tenir, pour » ne pas tomber dans la même erreur » que moi «.

Pendant qu'il parloit, il avoit remarqué qu'un de ceux qui l'écoutoient, tenoit conſtamment les yeux attachés ſur lui, & ſembloit occupé de quelques grandes réflexions. Il interpréta à ſon déſavantage cette contenance d'un homme qui donne à quelque choſe une attention extraordinaire. » Mon ami, » dit-il, vous me regardez bien fixement : je m'imagine que vos yeux » m'accuſent de quelque indiſcrétion. » Hélas ! il y a long-temps que je n'ai » parlé auſſi librement ; vous croyez » ſans doute que j'en ai trop dit, & » peut-être n'avez-vous pas tort. Aſſu» rément votre ſoupçon eſt mal fondé, » lui répliqua ſon ami ; bien loin de » trouver rien de blamable dans tout ce » que vous dites, je l'écoute avec ra» viſſement : vous ne nous apprenez ce» pendant rien dont nous ne ſoyons bien » convaincus ; mais il nous ſemble que » ces grandes vérités ont dans votre » bouche quelque choſe de plus frap» pant & de plus lumineux. A la bonne » heure, reprit M. Byng, &, puiſque » cela eſt ainſi, permettez-moi de vous » faire encore une obſervation. On pré» tend que je n'ai pas aſſiſté & ſoutenu » l'avant-garde : mais je voudrois bien » ſavoir par quel autre que moi ont été

» ſecourus les trois vaiſſeaux de cette
» même avant-garde qui avoient été
» démâtés, & ſur leſquels alloit tomber
» toute l'eſcadre des François? Quoi-
» que les ennemis aient tiré pour lors
» ſur ces vaiſſeaux, il ne ſe trouve
» qu'un témoin qui dépoſe que, dans
» ce temps-là, ils ont été maltraités de
» de leur feu. Ce témoin ne peut-il
» pas s'être trompé, d'autant plus que
» ſon vaiſſeau étoit celui des trois vaiſ-
» ſeaux en queſtion qui s'étoit le plus
» éloigné des François, & qu'il étoit
» ſorti de la ligne bien long-temps au-
» paravant, par la raiſon qu'il avoit été
» démâté? Et comment l'ennemi a-t-il
» abandonné la pourſuite de ces trois
» vaiſſeaux, ſi ce n'eſt parce que ma
» diviſion s'eſt préſentée devant lui en
» ligne de bataille «?

Lorſqu'on relévoit la garde de nuit dans la chambre de l'Amiral, il étoit de regle que l'Officier qui ſe retiroit fît voir M. Bing à celui qui entroit en faction. On a remarqué qu'on ne l'avoit que très-rarement trouvé éveillé aux heures où cela arrivoit, & même la nuit qui précéda ſon exécution, il étoit, à minuit & à quatre heures, enfoncé dans un profond ſommeil.

Il ſe levoit ordinairement de très-bon matin, & il plaiſantoit ſouvent avec le Maréchal de l'Amirauté qui commandoit ſa garde, ſur ce que celui-ci n'étoit pas tout-à-fait auſſi diligent. Le jour qu'il fut exécuté, il s'étoit levé à cinq heures; le Maréchal l'étant venu trouver à ſix : » Eh bien, Maréchal, lui dit-il, » pour cette fois vous ne pourrez vous » défendre d'un peu de pareſſe «. Lorſqu'il ſe fit habiller, il donna ſes boutons de manches à ſon valet de chambre: » Je te fais préſent de ces boutons, lui » dit-il, pour que tu les portes en mé» moire de moi : il ne m'en faut pas » de plus beaux que les tiens pour em» porter dans le cercueil «. Il avoit ordonné qu'en l'enſeveliſſant, on lui laiſsât les habits avec leſquels il auroit été exécuté.

Il voulut demeurer ſeul une grande partie de la matinée. Lorſqu'il reçut du monde, il déjeûna avec le Maréchal, & il garda toujours cette grande ſérénité d'ame qui paroiſſoit dans ſes paroles & dans ſon maintien. L'habit qu'il avoit étoit gris-blanc ; c'étoit le même qu'il s'étoit fait apporter le jour qu'il avoit reçu la lettre par laquelle on lui retiroit sa Commission. Il étoit pour lors dans la baie de Gibraltar ; & sa premiere action, après la lecture de cet ordre, avoit été d'ôter son uniforme, & de le faire jeter par-dessus le bord.

Lorsque ses amis furent arrivés, il les prit l'un après l'autre par la main, de l'air du monde le plus tranquille ; il leur demanda comment ils avoient passé la nuit. Lorsqu'il eut appris d'eux que, par considération pour son rang, on avoit changé le lieu de l'exécution, il leur en témoigna la plus grande joie.... Il avoit toujours dit qu'il vouloit mourir le visage découvert, & que ce seroit lui qui commanderoit aux soldats de Marine de tirer. » C'est ma destinée, » dit-il ; qui peut la subir, peut aussi » l'envisager «.

Comme le moment fatal approchoit, ses amis redoubloient leurs efforts pour lui faire abandonner ce dessein. Plusieurs fois il avoit consenti à ce qu'ils vouloient ; mais il se rétractoit toujours. » Non, disoit-il, cela ne peut ni ne » doit être ainsi ; jamais je ne pourrai

» supporter une telle contrainte : il faut » que je voie venir mon sort «. Il ne se rendit que lorsqu'on lui fit appercevoir que, s'il attendoit la mort à visage découvert, cela pourroit ôter aux soldats de Marine chargés de son exécution, l'assurance nécessaire pour le bien ajuster.

Il voulut être informé de toutes les particularités de la cérémonie, afin, disoit-il, de n'y pas faire de fautes; ce qui pourroit bien lui arriver, s'il ne se faisoit pas instruire, n'ayant vu de sa vie une pareille exécution. Il demanda s'il ne seroit pas nécessaire qu'il ôtât son habit; comme on l'eut assuré que non, il répondit en souriant : » Mais on dira » peut-être que je suis resté habillé par » la crainte de sentir les coups «.

Un des assistans lui ayant dit que c'étoit avec la plus grande satisfaction qu'il le voyoit soutenir, dans les derniers momens de sa vie, un aussi beau caractere, & qu'ordinairement les dernieres actions d'un homme étoient celles qui décidoient le plus pour sa réputation : » Cela doit être ainsi, Monsieur, » reprit l'Amiral, & je vous suis obligé » de me remettre devant les yeux cette

» grande vérité. J'éprouve aujourd'hui » qu'une conscience sans reproche est » ce qui assure le plus la tranquillité » de l'ame «.

Il se promena ensuite quelque temps dans sa chambre ; il demanda à quelle heure la mer seroit remontée ; & ayant remarqué qu'il faudroit porter son corps à terre avant qu'il fût nuit, il témoigna quelque crainte que le peuple ne lui fît des insultes après sa mort ; mais, sur les assurances qu'on lui donna qu'il n'y avoit personne à Porstmouth qui eût gardé assez de prévention contre lui pour lui faire quelque outrage, il parut fort tranquille & fort satisfait.

Les Capitaines & les Officiers de chacun des vaisseaux qui étoient à Spithéad, étoient arrivés dans leurs chaloupes à l'entrée du havre, à onze heures du matin, avec un détachement des troupes de la Marine sous les armes. Ce ne fut pas sans beaucoup de difficulté, & sans courir de grands risques, qu'ils avoient pu parvenir jusqu'à l'endroit où étoit le *Monarque*, sur lequel l'Amiral devoit être exécuté. La mer étoit furieuse ; le vent étoit ouest-nord-ouest, & c'étoit le temps du reflux. Il y avoit cependant un nombre presque infini d'autres chaloupes qui environnoient celles des vaisseaux de guerre ; & tous les vaisseaux d'où l'on pouvoit espérer de voir ce qui se passeroit sur le *Monarque*, étoient couverts de monde.

M. Byng sortit, à midi moins quelques minutes, de la chambre du Conseil ; son Aumônier & deux de ses parens marchoient à ses côtés. Un de ses amis qui l'avoit conduit jusqu'auprès du coussin sur lequel il devoit se mettre à genoux, s'étant offert pour lui bander les yeux, il le pria, avec un air plein de reconnoissance, de ne point prendre cette peine : » Je vous suis très-obligé, » lui dit-il : graces à Dieu, je puis le » faire moi-même ; je le puis, au moins » je crois le pouvoir ; mais sûrement » je le puis « ; & il se banda les yeux tout seul. Il demeura quelque temps à genoux, avant que de donner le signal dont on étoit convenu ; c'étoit de laisser tomber son mouchoir. A peine le mouchoir étoit-il à terre, que la décharge fut faite, & il ne donna plus le moindre signe de vie.

Sa constance & son intrépidité remplirent tous les spectateurs d'étonnement

& d'admiration ; il y en eut peu à qui ce spectacle ne tirât des larmes. Un Matelot, qui avoit regardé avec la plus grande attention tout ce qui s'étoit passé, & qui étoit resté en extase quelques momens après l'exécution, comme s'il n'eût pu détacher les yeux de cette malheureuse victime, s'écria avec transport : *Nous venons de perdre un des plus grands & des plus braves Officiers de notre Marine.*

La résolution avec laquelle il avoit marché au supplice, s'accordoit bien avec la maniere dont il avoit fait connoître ses derniers sentimens dans un écrit qu'il avoit remis, avant sa mort, au Maréchal de la Cour de l'Amirauté, & dont voici la traduction :

» Je serai donc délivré, dans quelques instans, de l'odieuse persécution » de mes ennemis, & je n'aurai plus à » craindre de nouveaux traits de leur » méchanceté ; s'ils peuvent jouir de » quelque satisfaction au milieu des re» mords que doivent leur causer les » outrages dont ils m'ont accablé, c'est » un bonheur dont je ne leur porte point » envie. Toute ma consolation se ren» ferme dans la persuasion où je suis

» qu'on rendra juſtice à ma mémoire,
» & qu'on ne reſtera point dans l'igno-
» rance ſur la vraie cauſe de la haine
» & du ſoulévement du peuple contre
» moi, ni ſur les moyens qu'on a em-
» ployés pour l'entretenir dans ſon aveu-
» glement à mon ſujet, & pour l'em-
» pêcher de ceſſer les clameurs par leſ-
» quelles on lui avoit fait demander
» ma mort. On reconoîtra avec combien
» de raiſon je me ſuis regardé comme
» une victime deſtinée à ſouſtraire des
» vrais coupables à l'indignation & au
» reſſentiment d'une Nation qu'ils ont
» trompée, & dont ils ont ſacrifié les
» plus chers intérêts.

» Mais j'ai toujours par-devers moi,
» dans ces derniers momens de ma vie,
» une ſatisfaction bien douce; c'eſt
» d'être aſſuré, & par l'aveu même de
» mes ennemis, & par le témoignage
» de ma conſcience, que je ſuis inno-
» cent des malheurs de ma Nation. Je
» ſouhaite que l'injure qu'elle me fait
» aujourd'hui, puiſſe contribuer, de quel-
» que maniere, à l'avancement de ſa
» gloire & de ſa proſpérité; & en même
» temps je perſiſte à lui demander qu'elle
» me faſſe la juſtice de reconnoître que

» public l'écrit qui les contient : j'en » ai donné une copie à un de mes » parens «.

C'eſt ainſi que périt un des grands hommes de l'Angleterre, qui avoit rendu & pouvoit rendre encore de grands ſervices à ſa Patrie.

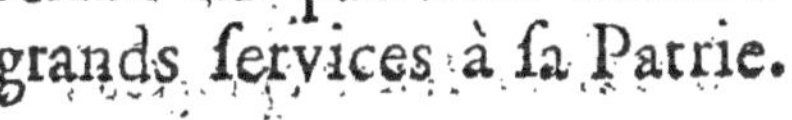

QUESTION D'ETAT.

LES Proteſtans peuvent-ils faire des teſtamens en faveur de leurs épouſes ?

LEURS mariages n'étant pas revêtus des formalités preſcrites par les Loix du Royaume, doit-on les regarder comme des conjonctions illicites ?

CETTE Cauſe, qui a été jugée par le Parlement de Grenoble, eſt intéreſſante par les queſtions qu'elle renferme.

Claude Ytier, fils légitime d'André Ytier & de Marie Roman, élevé par eux dans la Religion Proteſtante, paſſa, le 28 Décembre 1755, des conventions de mariage avec Magdeleine Marin, profeſſant le même culte que lui, & qu'elle tenoit également de ſes peres.

A cette époque, Magdeleine Marin étoit mineure : elle apporta en dot à ſon mari, la ſomme de 500 livres ; il ſe conſtitua une ſomme pareille.

Les

Les parens mutuels & leurs amis parurent aux conventions, ainſi qu'elles l'atteſtent : on y lit la ſignature de *Barbarin*, un des beaux-freres d'Ytier, le ſeul parmi eux qui ſût écrire.

Les parties contractantes placerent au bas de l'acte une croix.

Cet acte fut ſuivi de la célébration du mariage. Elles reçurent, au *Déſert*, le 15 Août 1756, la bénédiction nuptiale des mains d'un Miniſtre de leur Religion; & les parens confirmerent encore la cérémonie par leur préſence.

Durant l'eſpace de vingt ans, Claude Ytier goûta toutes les douceurs du mariage, ſans en eſſuyer jamais les amertumes. Celle que ſes parens lui avoient choiſie, ne fit point, ſur ſon cœur, des impreſſions profondes : elle s'appliqua ſimplement à nourrir cette tendreſſe conjugale que l'eſtime produit, & que le temps acheve d'affermir.

Domiciliés dans le même lieu que Marie Roman leur mere, ils eurent ſans ceſſe pour elle ces égards touchans que la nature rend ſi faciles, lorſqu'elle les inſpire.

Marie Roman vivoit dans la maiſon de ſon fils aîné; & rien ne faiſoit ſentir que ses enfans avoient des droits inégaux à son affection.

Elle ne refusa jamais à Magdeleine Marin le nom de sa fille : tant que son fils vécut, elle ne blâma jamais l'union qu'il avoit formée. Cet engagement, contracté sous ses auspices, consacré par son aveu, qu'elle avoit chéri, qu'elle avoit respecté pendant vingt ans, n'offrit dans la suite à ses yeux qu'une alliance monstrueuse.

Claude Ytier, près de quitter une vie dont Magdeleine Marin avoit constamment partagé les inquiétudes & les douceurs, voulut la sauver de la misere où sa mort alloit infailliblement la réduire. La justice lui dictoit cet acte d'humanité, & le dispensoit d'écouter, pour le remplir, la voix de l'amour.

Il l'institua son héritiere ; mais, comme il avoit ignoré le plaisir d'être pere, il substitua ses biens aux enfans d'André Ytier son frere, & prohiba même à sa femme toute distraction de quarte.

Il seroit difficile de lire un testament plus sage, & de citer une donation plus modérée. Magdeleine Marin n'étoit qu'une héritiere sans propriété. Les biens qu'elle avoit recueillis devoient retomber néceſſairement dans la famille de ſon époux.

Tels ſont les uniques faits qui tenoient à cette Cauſe ; mais on ſoutenoit que la femme Roman étoit née au ſein de la vraie Religion ; &, pour autoriſer cette aſſertion, on avoit produit un acte de célébration de ſon mariage, fait en face de l'Egliſe.

Cependant on la voit paroître aux conventions de mariage de ſon fils ; les ratifier par ſon conſentement ; conduire Magdeleine Marin aux pieds d'un Miniſtre de ſa religion, entendre ſon ſerment, l'accepter pour ſa fille : on la voit habiter la maiſon de ſon fils aîné, marié au Déſert comme ſon frere, époux d'une Proteſtante comme ſon frere, &, comme lui, profeſſant le même culte avec la même publicité.

Auſſi la femme Roman paroiſſoit Proteſtante, malgré ſon acte de célébration, parce qu'elle avoit toujours vécu, parce qu'elle s'étoit toujours conduite comme ayant adopté la réforme.

Voici le plan d'attaque de la mere & de ſes enfans : ils ſoutinrent d'abord que le mariage de Claude Ytier avec Magdeleine Marin étoit illicite, &,

en second lieu, que les dispositions testamentaires faites en faveur de la femme étoient nulles.

Si, dans l'état de nature, disoit leur Défenseur (a), il y a peu de différence entre le mariage & le concubinage, il y en a une très-grande dans l'état civil.

Tous deux commencent par le consentement mutuel des parties; mais l'un se forme par le seul concours des volontés, qui ne consultent que l'instinct de la passion, & dont les vûes indifférentes sur la propagation de l'espece, se bornent uniquement à la possession des deux individus.

Le mariage, au contraire, se forme par l'intervention de l'autorité légitime, qui ajoute à l'union des époux un lien plus fort & plus durable. C'est une promesse publique, faite entre les mains de ceux qui sont préposés pour la recevoir, par laquelle chacun des contractans se charge irrévocablement envers l'Etre suprême, envers la Société, de la personne qu'il s'attache, & du soin des enfans que cette union pourra produire.

Tous les Peuples du monde ont senti

(a) M. Falconnet.

l'importance de cet engagement; aussi tous ceux qui leur ont donné des Loix, en ont-ils réglé les conditions & les formes, pour assurer invariablement le repos des familles & l'harmonie de la société; & toujours ils ont imposé les peines les plus rigoureuses à la violation des solennités prescrites.

Les Religions ont encore scellé les mariages par tout ce qu'elles avoient de plus auguste & de plus sacré : dans tous les siecles, dans toutes les parties de l'Univers civilisé, elles ont présidé à cet engagement. La Religion, qui ne s'interpose dans aucun contrat, s'est réservé celui-ci : elle a eu pour objet d'élever le mariage au plus haut degré d'honneur, en lui conférant la dignité de Sacrement; elle a voulu, en conséquence, que la tradition des deux époux, & le serment de ne se plus quitter se fissent dans ses temples, aux pieds de ses autels, sous les yeux de Dieu même, & que leur union y fût scellée par la bénédiction de ses Ministres.

Cet usage, aussi respectable que la Religion qui l'a introduit, aussi ancien que son origine, fut adopté en France dès les premiers siecles de la Monarchie. Depuis, les propres Curés sont devenus les Ministres essentiels de nos mariages.

Mais ces Loix auroient été fort imparfaites, si elles eussent borné leur prévoyance à régler les conditions & les formes de cet engagement. Le bon sens ne permet pas, en effet, d'abandonner à la foi d'autrui, même à celle des Citoyens d'une réputation entiere, & beaucoup moins à la foi des gens inconnus ou proscrits, le sort & l'honneur d'un seul homme, ni par conséquent le mariage, d'où dépendent l'état & l'honneur des familles.

Nos Souverains ont porté les précautions aussi loin qu'elles pouvoient aller sur cette matiere : toutes nos Ordonnances portent, que les preuves du mariage ne seront reçues que par des registres en bonne forme, qui seront signés par quatre témoins, par les parties, & par celui qui l'aura célébré.

Telles sont les solennités qu'exigent les Loix de l'Eglise & de l'Etat, pour onstituer parmi nous un mariage inéranlable. Une seule de ces solennités st-elle omise? une seule de ces formes rescrites a-t-elle été négligée? la Loi rononce la peine de cette infraction;

il n'existe plus de mariage, le contrat est anéanti, les contractans eux-mêmes sont privés des noms qui doivent faire leur bonheur & leur gloire : il ne reste qu'une union dégradée, avilie, semblable à celles qui n'ont leur principe que dans les passions désordonnées des hommes.

Maintenant une femme paroît dans le sanctuaire, elle ose se décorer du titre d'épouse (& ce n'est qu'à ce titre, en effet, qu'elle peut prétendre à la succession de celui avec lequel elle a vécu dans un engagement réprouvé); elle produit un acte de célébration fait par un Ministre Protestant, par un homme inconnu, sans mission, sans caractere, dont l'existence seule dans le royaume est un crime; un acte dont il n'existe ni double ni minute, & qu'on pouvoit supprimer à volonté; un acte enfin, qui est dénué de toutes les formes nécessaires parmi nous pour la validité des mariages. Comment peut-on demander à la Justice, qu'elle consacre un semblable titre ?

Depuis l'époque où toutes les concessions faites en faveur des Religionnaires ont été révoquées, depuis l'instant où leur secte a été détruite, leurs temples renversés, leurs Ministres proscrits; depuis le moment enfin où toute espece d'assemblées leur ont été interdites, ils n'ont pu contracter, en France, aucun mariage suivant l'usage de leur prétendue Réforme : il n'a pas existé un seul temple où l'on pût les célébrer, plus de Ministre qui eût le pouvoir de les bénir, plus de registres pour les inscrire : en un mot, la secte des Protestans est détruite; ils sont rentrés dans le néant. Depuis la révocation de l'Edit de Nantes, il n'y a plus, en France, qu'une Religion, qu'une Loi; & tous ceux qui vivent sous cette domination, sont obligés de se conformer aux Décrets du Sacerdoce & de l'Empire.

La Marin convient que son engagement a été célébré par un Ministre de la Religion prétendue Réformée : cet aveu suffit pour opérer sa condamnation. Toutes les Loix prononcent, en effet, que cet engagement n'a point de consistance : le Ministre qui l'a célébré n'avoit aucun pouvoir de l'autorité légitime, pour lui ôter la honte & les suites du concubinage : cet exercice de son ministere lui étoit formellement dénié; les parties qui ont contracté devant lui, bravoient des Loix qu'elles ne pouvoient ignorer : tout annonce donc qu'il n'existe aucun mariage entre Claude Ytier & la Marin. Que reste-t-il entre eux ? une union proscrite par la Loi, & qui ne peut produire aucun effet civil en faveur des prétendus conjoints.

Mais il ne s'agit point de prononcer sur la validité d'une union contractée entre deux Protestans ; & c'est en vain que, pour exciter la pitié, on les présenteroit comme des victimes d'une erreur involontaire : on défere un engagement plus coupable encore, dont la séduction & l'artifice ont été le principe, & qui a été consommé par une administration scandaleuse faite à des personnes incapables d'être unies par le lien conjugal.

Claude Ytier professoit les principes de la Religion Catholique, lorsqu'il s'unit avec la Marin. Pour le prouver, on rapporte l'acte de célébration de mariage de ses pere & mere, consigné dans les registres de la Paroisse de Montelus : dans cet acte, ces deux époux s'engagent solennellement envers Dieu d'élever leurs enfans dans la Religion qu'ils avoient le bonheur de suivre. Ils se sont acquittés de leur promesse. André Ytier, leur fils aîné, & Magdeleine Ytier, leur fille, se sont mariés aux pieds de nos autels : ils ont donné par-là des preuves de leurs sentimens & de leur foi : Marguerite Ytier, leur autre fille, a suivi leur exemple. Seroit-il donc possible que, dans une famille où les pere & mere & trois enfans professent la même Religion, un seul des enfans eût été instruit dans les principes d'une Religion différente ? Ne sait-on pas que les parens ont également à cœur le salut de tous leurs enfans, & qu'ils font consister leur gloire à leur voir suivre leur croyance pendant leur vie, & à la leur laisser après leur mort, comme la portion la plus précieuse de leur héritage ? C'est donc une vérité constante, que, puisque les pere & mere, les frere & sœurs de Claude Ytier ont toujours professé la Religion Catholique, il la professoit également lui-même lorsqu'on a abusé de sa jeunesse pour l'égarer. Ainsi il étoit incapable de s'unir à la Marin.

Tout le monde sait que le lien conjugal, qui dépend des Loix de l'Etat & de la Religion, ne sauroit s'adapter aux personnes qu'elles réprouvent.

Or, l'un des obstacles les plus dirimans, c'est la disparité de culte. Les Protestans sont nos freres dans le Christianisme, & nos concitoyens dans l'Etat; &, quoique leurs autels soient abattus dans le royaume, chacun d'eux a conservé personnellement son existence légale & son aptitude à la plupart des effets civils. Mais l'aversion secrete qu'ils ont presque tous pour la Religion Catholique, les regrets qu'ils éprouvent lorsqu'ils se soumettent à l'autorité légitime, l'empressement avec lequel ils se rallioient autrefois au premier signal, & pour le plus léger intérêt; cette tendance perpétuelle à former un Etat dans l'Etat, une République dans le sein d'une Monarchie, les a fait déchoir de tout emploi civil, & même de l'honneur d'être admis dans nos alliances : nos Loix déclarent nuls tous mariages contractés entre Catholiques & Protestans, sans qu'il soit besoin de recourir aux Tribunaux pour en faire prononcer la dissolution.

La Déclaration du 18 Juin 1685

vouloit même que les mariages qui seroient faits en contravention à cette Loi, fussent expiés par la démolition des temples, & par l'interdiction de tout exercice de la Religion prétendue Réformée, dans les villes où ils auroient été célébrés.

L'Edit d'Octobre 1685, qui a proscrit la secte des Protestans, a confirmé de nouveau la prohibition de former avec eux des alliances. Cette proscription est toujours subsistante; elle est confirmée par la volonté de Louis XV, consignée dans la Déclaration de 1724. Il répugneroit donc que le sang des Catholiques devînt un germe qui servît à la perpétuer jusqu'à nos dernieres générations.

Tout se réunit donc pour faire proscrire l'engagement formé par Claude Ytier & la Marin; la différence des Religions qu'ils professoient, avoit mis entre eux une barriere invincible; la Marin a osé la franchir; elle a profité d'un moment d'ivresse, pour ravir un jeune homme à la Religion; elle l'a précipité dans un engagement qu'il ne pouvoit accepter sans remords. Quel fruit ose-t-elle en attendre? aucun: la

Loi lui répond que ſon mariage eſt illicite, & qu'elle eſt incapable de recueillir les libéralités de celui avec lequel elle a vécu dans une union réprouvée.

Dans la ſociété, l'état des femmes, relativement à la propagation de l'eſpece, ne peut être conſidéré que ſous deux rapports, ou ſous celui d'épouſe légitime, ou ſous celui de concubine. Les Loix civiles, qui ont poſé les limites qui les ſéparent, & qui ont indiqué les ſignes auxquels on peut les reconnoître, ne conferent ce titre honorable d'épouſe, qu'à celles qui ſe ſont conformées, dans leurs engagemens, aux préceptes du Souverain. Le nom de *concubine* devient le partage de toutes les femmes qui vivent dans une union illégitime, ſoit que cette union ait ſon principe dans la débauche, ou ſeulement qu'elle ait été formée contre le vœu de la Loi politique.

Ces dénominations de dignité ou d'opprobre dérivent donc de la nature des engagemens qu'on a contractés; & comme on ne peut en former d'autres que ceux qui ſont licites, ou ceux qui ſont prohibés, il ne peut exiſter un état mitoyen entre celui d'épouſe & celui de concubine; tout comme il ne peut exister de milieu entre le juste & l'injuste, le crime & la vertu. C'est donc une conséquence nécessaire, que, puisque la Marin n'est point épouse de Claude Ytier, elle ne peut être que sa concubine.

Si l'on consulte maintenant les Loix du Royaume, l'on y découvre que les conjonctions illicites des Protestans ne peuvent être qualifiées que du nom de *concubinage*.

Personne n'ignore que, chez les Romains, le concubinage étoit autorisé; on le regardoit comme une image du mariage même; &, par cette raison, les donations faites aux concubines, loin d'être réprouvées, étoient permises par les Loix, pourvu qu'elles ne fussent pas universelles.

Mais, dans nos mœurs, le concubinage étant regardé comme un désordre qui blesse également l'honnêteté publique, & l'intérêt de la société même, on a cru devoir prévenir tout ce qui pouvoit le fomenter : on a proscrit, en conséquence, toutes donations faites entre personnes qui ont vécu dans une union qui n'est pas avouée par la Loi.

Dans le Droit politique, le plus ſimple contrat que font entre eux les Citoyens, eſt ſoumis à l'inſpection du Légiſlateur : c'eſt lui ſeul qui en détermine les conditions & les formes, & leur volonté ne peut avoir ſon effet, qu'autant qu'elle eſt conforme à la volonté de la Loi. Un engagement qui eſt d'une bien plus grande importance, le mariage, qui ſert de baſe à la reproduction des familles, ne pouvoit donc être abandonné au caprice & à la légéreté des paſſions : auſſi il n'eſt point d'Etat policé où l'on n'ait réglé les formes qui doivent en aſſurer la foi : il n'eſt point de Légiſlateur qui n'ait privé de tous effets civils dans l'Etat, les mariages dans leſquels on a violé les ſolennités preſcrites.

Ces maximes ſont conſignées dans les Codes de toutes les Nations, elles ſont avouées par tous les Publiciſtes ; elles ſont reconnues par les Proteſtans eux-mêmes.

Les Romains, qui ne reconnoiſſoient de mariages légitimes que ceux qui avoient été formés ſuivant le précepte des Loix, privoient des effets civils tous ceux qui avoient été contractés contre leur défenſe. Ainſi, lorſqu'un affranchi avoit épouſé ſa patrone, lorſqu'un fils de famille s'étoit marié ſans le conſentement de ſon pere, lorſqu'un Sénateur avoit formé des nœuds avec une femme du peuple, un Préfet d'une province avec une femme de la province dans laquelle il commandoit, un raviſſeur avec une fille enlevée à ſa famille, ou enfin lorſqu'un tuteur s'étoit uni à ſa pupille, avant de lui avoir rendu ſes comptes & qu'elle eût atteint ſa majorité; dans tous ces cas, il n'y avoit ni dot, ni noces, ni mariage; les enfans provenus de ces unions prohibées, n'étoient point en la puiſſance de leur pere, & les contractans eux-mêmes ne pouvoient ſe faire réciproquement aucune libéralité.

La Juriſprudence & le ſentiment des Auteurs viennent encore à l'appui des Loix; & il ne reſte à la Marin aucun prétexte qui puiſſe la ſouſtraire à la rigueur de leurs diſpoſitions. Il ſuffit qu'elle ait formé ſon engagement au mépris de nos Ordonnances, pour qu'elle ſoit indigne des libéralités de celui qu'elle appelle ſon époux. Il faut donc que la Juſtice anéantiſſe l'inſtitution faite à ſon profit, puiſque ſon Arrêt eſt écrit dans le Code qui nous dirige.

Enfin, voilà nos Loix : entreprendre de les venger des reproches que leur fait une aveugle tolérance, ce ſeroit tout à la fois douter de leur juſtice, & méconnoître leur empire.

Conſidérons d'abord, diſoit le Défenſeur de la veuve, conſidérons le mariage en lui-même. Rappelons-nous ce moment ſi intéreſſant dans la vie de l'homme, où, pour la premiere fois, ſes regards enchantés vont s'arrêter ſur une perſonne de l'autre ſexe : aux ſenſations animées & tumultueuſes qui font frémir tout ſon être, il éprouve déjà confuſément que l'Univers n'eſt plus pour lui une ſolitude. La Nature parle à ſon cœur, & lui dit : Voilà ta compagne ; il cede avec tranſport aux charmes de cette voix impérieuſe, il obéit aux divers mouvemens qui le ſubjuguent, & l'homme devient époux.

Qu'on ne nous objecte pas que le charme qui l'attire s'éteint avec le plaiſir qui l'a produit : les rapports moraux naiſſent évidemment des rapports phyſiques : l'homme acquieſce ou réſiſte, ſelon l'impreſſion que ſes ſens ont reçus ;

il aime ou répugne, ſelon que ſa vue eſt différemment affectée. Or, ſi, dans le principe, un inſtinct aveugle l'entraîne, il eſt indubitable que cet inſtinct pénétrera bientôt juſqu'à ſon ame, & y développera les plus douces émotions.

Qu'on ſe peigne le raviſſement de ces deux êtres étonnés l'un & l'autre d'une rencontre marquée par tant de délices : imaginera-t-on que des impreſſions ſi vives paſſeront rapidement ſur leurs ames, comme ſur une glace immobile, qui réfléchit froidement les objets, ſans s'identifier avec eux ? Ah ! ne calomnions pas ainſi la Nature ! dans le cœur de l'homme, tous les ſentimens ſe touchent & ſe confondent. Ces deux êtres s'aimeront par l'unique ſouvenir de leur union ; ils s'aimeront conſtamment, ils formeront une ſociété inſéparable, parce qu'on ne quitte point ce qui nous plaît : & ſi l'on oppoſe qu'ils n'ont pas pu ſe promettre de ne jamais ſe ſéparer, je répondrai qu'ils ont fait bien davantage ; car ils vivent enſemble ſans prévoir qu'ils peuvent ſe déſunir.

Je ne donnerai point cependant à

leur amour cette ardeur impétueuse qui dévore le cœur de l'homme soumis à toutes les passions. Qu'ont-ils besoin de cette fievre brûlante ? Laissons-la consumer les sens dégradés de l'homme corrompu ; c'est un malheur pour lui de ne pouvoir aimer sans délire.

Le pur & doux sentiment d'une reconnoissance mutuelle, sera seul assez fort pour assurer la durée de leur lien. De ce sentiment dérivera l'obligation de se revoir, de se chercher, de se réunir ; obligation qu'ils auront contractée sans y songer, & qu'ils rempliront pourtant avec fidélité, parce que leur devoir ne sera autre chose que leur plaisir.

De là découleront enfin toutes les affections morales qui naissent entre deux personnes, à mesure que les rapports qui les unissent se multiplient. Jusqu'à ce que l'épouse devienne mere, l'engagement qu'elle a formé n'a, pour ainsi dire, qu'une force abstraite. Comment retiendra-t-elle son époux, s'il veut briser sa chaîne ? Lui opposera-t-elle la foi trompée, sa jeunesse sacrifiée, fera-t-elle parler ses larmes, son désespoir ? Oui, sans doute : si l'époux, en rompant un lien qui lui fut cher, cause tant de maux, la Loi naturelle elle-même lui ordonne de les réparer : elle fait plus, elle exige qu'il reprenne ses premiers nœuds; car si c'est une obligation naturelle de réparer le mal qu'on a fait, il en existe encore une autre plus sacrée, c'est celle de s'abstenir du mal auquel on ne peut pas remédier.

Or, comment dédommageroit-il celle qu'il auroit trahie? Quoi qu'il fasse, il restera toujours lié par une dette immense envers l'infortunée qui gémira sur son abandon. Tant que cette dette fatiguera son cœur, & le livrera au supplice des remords, il ne pourra pas dire : Je n'ai formé qu'un engagement fugitif, dont le plaisir étoit le gage, & ma volonté le terme; sa conscience déposeroit contre ses discours.

Voilà donc un lien qui présente un véritable contrat, par cela seul qu'il seroit impossible de le violer sans commettre une injustice : mais la Nature va faire oublier nos froids raisonnemens, & son cri sera plus puissant que toutes nos preuves. La femme a donné à son époux un second titre, elle l'a rendu pere. Un nouvel amour pénetre dans son cœur ; de nouveaux devoirs l'embrassent ; ce n'est plus de son épouse que vous le sépareriez, ce seroit de son propre sang ; &, à moins que vous ne le divisiez lui-même, vous ne pourrez plus l'arracher du sein qui vient de le reproduire.

Aurois-je à redouter qu'on m'accusât d'avoir créé des rapports chimériques entre l'homme & la femme, dans leur union ? Je n'ai rien avancé dont nos Loix ne renferment le principe. Comment définissons-nous le mariage ? Ecoutons la Loi : » Le mariage est une union » qui engage dans une vie individuelle » ceux qui l'ont contracté «. Ainsi la Loi civile nous ramene à la Loi inaltérable de la Nature.

La Loi prononce encore, que le consentement des deux personnes qui contractent, suffit pour légitimer leur union.

Tel est le mariage dans l'ordre de la Nature. Or, les Loix qui reglent la forme de nos mariages, ne soumettant point les Protestans à leur observation, il en résulte nécessairement que, n'étant soumis, sur le fait des mariages, à aucunes formalités, ils rentrent, à cet égard, dans le droit commun, qui n'eſt autre choſe que le droit naturel.

Ouvrons l'Hiſtoire; prenons les Etats dans l'origine de leur conſtitution; nous verrons le mariage, libre de toutes formalités civiles, ſe former par une ſimple aſſociation, & ſe préſumer par elle. Juſqu'à l'Ordonnance de Blois, nous avons accordé la ſanction publique aux engagemens qui ne préſentoient, pour leur validité, que la poſſeſſion & la bonne foi des contractans.

Si donc les Proteſtans ſont retombés dans le droit commun, à l'égard des unions qu'ils peuvent former entre eux, ne ſont-ils pas autoriſés à alléguer cette *raiſon naturelle*, pour en obtenir la légitimité?

C'eſt une queſtion importante qu'il faut examiner.

La néceſſité, la foibleſſe du Gouvernement, ou peut-être un eſprit de tolérance inſpiré par le Chancelier de l'Hôpital, ou enfin toutes ces cauſes réunies, procurerent aux Proteſtans une exiſtence légale.

L'Edit de 1562 fut le premier qui leur accorda l'exercice public de leur Religion. Le maſſacre de Vaſſy ralluma la guerre que cet Edit venoit d'éteindre;

mais le génie du Chancelier arrêta encore une fois la fureur des partis ; & son Edit de pacification, du 19 Mars 1563, ramena le calme au milieu d'un peuple battu par tous les orages d'une guerre civile.

Il est vrai que, jusqu'au fameux Edit de Nantes, les Catholiques & les Protestans firent plutôt des treves que des traités. Ils quittoient les armes par épuisement ; ils les reprenoient à la premiere étincelle de vigueur. Henri IV devoit mettre un terme à ces alternatives sanglantes d'amnisties & de carnages. Son Edit de 1598, en permettant l'exercice public de la Religion prétendue Réformée, & accordant aux Calvinistes une discipline particuliere pour leurs mariages, détruisit toutes les sources de division.

Le Gouvernement conserva près d'un siecle ce systême de tolérance.

En 1685, dans un moment où Louis XIV dominoit l'Europe par son génie & sa fortune, ce Monarque révoqua l'Edit de Nantes.

L'Edit du mois d'Octobre 1685, en abolissant l'exercice public de la Religion prétendue Réformée, permit *aux*

Proteſtans qui ne s'étoient point encore convertis, de demeurer dans le royaume, d'y faire leur commerce, & d'y jouir de leurs biens, en attendant qu'il plût à Dieu de les éclairer.

Que prononce le Légiſlateur? la proſcription du Calviniſme; mais en même temps qu'il en renverſe les autels, il offre des conſolations touchantes aux infortunés qui les avoient élevés; il ne leur dit point : Abjurez, ou mourez; mais il leur dit : Vivez parmi vos freres, habitez en paix le ſol qui vous a vu naître, couvrez la terre de vos travaux, enrichiſſez-vous par votre induſtrie; & puiſſe le Dieu qui remplit mon cœur, frapper un jour vos yeux du rayon de la vérité!

Le Prince aſſure d'abord aux Proteſtans la jouiſſance de leurs biens, la poſſeſſion paiſible de leur territoire; & s'il les invite à ſe convertir, c'eſt par de ſimples vœux; c'eſt un ſouhait pieux échappé de ſa bouche paternelle, & dans la tendre inquiétude qu'éprouve ſon cœur ſur la déplorable prévention qui les abuſe.

En ſecond lieu, il promet qu'ils ne ſeront

seront jamais *troublés ni inquiétés sous prétexte de leur Religion.*

Or, si on ne leur impose point la nécessité d'abandonner leurs dogmes, on n'a donc point voulu qu'ils les abjurassent par des actes publics.

Si le Souverain a permis à ses sujets Protestans de rester dans le royaume, il ne leur a pas refusé des moyens de subsistance. S'il leur a conservé leurs habitations, il les a donc soumis à les entretenir, à s'y perpétuer : s'il les a favorisés jusque-là, il a donc favorisé leurs unions ; mais s'il leur a laissé une liberté tacite de conscience, il s'est donc engagé à ne pas les gêner par des formalités incompatibles avec leurs dogmes : conséquence inévitable, & que personne ne rejettera, à moins que ce mot d'un homme célebre (a) ne soit décidément vrai, *que lorsqu'il s'agit de prouver des choses si claires, on est sûr de ne pas convaincre.*

Tous les Edits qui suivirent, conserverent le même esprit : on enlevoit aux Calvinistes des prérogatives d'honneur,

(a) Montesquieu.

on rétrécissoit leur existence, on bornoit leurs facultés civiles, pour les priver de toute influence politique dans l'Etat; mais on ne prononça point sur cette faculté précieuse que reçoit tout homme des mains de la Nature, la liberté de se reproduire.

Il est incontestable que l'existence des Protestans est avérée par les dispositions de nos Loix. Eh! comment voudroit-on faire passer pour des êtres chimériques ceux qui, dans le fait, peuplent nos ateliers & cultivent nos campagnes? Citoyens utiles, colons laborieux, ils prouvent, par leur soumission, qu'ils ont en horreur ce fanatisme furieux de leurs peres, qui alluma, pendant un siecle, le flambeau des guerres civiles. Déplorons l'aveuglement funeste qui les éloigne encore aujourd'hui du sein de la vérité; mais cessons de persécuter pour des erreurs.

Mais pourquoi userions-nous d'une rigueur qui n'est point dans le texte de nos Loix? Toutes, en renversant le culte, ont séparé la Religion de l'individu. Dans ces Loix, on reconnoît que le Protestant est un Citoyen qui ne peut vendre ses immeubles, exercer de certaines professions, parvenir aux honneurs dont le Souverain récompense la fidélité des autres sujets; qui ne peut s'exiler du royaume sans risquer la perte de ses biens; à qui un culte public est défendu, & dont la croyance est reléguée au fond de son cœur.

Mais ce même homme est un Citoyen qui peut donner & recevoir par testament, même entre vifs; qui peut contracter, hypothéquer ses biens, délibérer dans les assemblées de parens, nommer un tuteur, l'être lui-même, remplir, en un mot, tous les actes civils; & on l'auroit privé de l'exercice du plus naturel de tous les droits! il pourroit être tuteur, & ne seroit jamais pere! il gouverneroit les enfans d'autrui, & n'auroit jamais d'autorité sur les siens! il disposeroit de sa fortune en faveur d'un étranger, & ne pourroit la léguer à sa postérité! Je le répete, tous les Edits promulgués contre les Protestans, n'offrent point ces contrariétés, qui, si elles existoient, ne seroient qu'une inconséquence arrachée par le malheur des temps, & qu'un regne plus heureux devroit faire évanouir.

Ainsi il est impossible de se refuser

à cette conclusion, que, puisqu'il fut un Siecle où les mariages des Protestans ont été autorisés par une Loi expresse, il faudroit aujourd'hui, pour les annuller, une Loi expresse qui portât cette peine. Nous venons de démontrer qu'elle n'existoit pas. Les Calvinistes rentrent donc, à cet égard, dans toute la liberté du droit commun ou naturel.

2°. De ce que la Marin ne seroit pas légitimement liée, en résulteroit-il qu'elle fût incapable de recueillir la succession de celui qu'elle croyoit son époux? Telle étoit la seconde question.

On a dit, & l'on a écrit : Magdeleine Marin est une concubine. Mais c'est faire un abus coupable des termes : ne tolérons pas ces applications dangereuses, où l'expression violée dans tous ses rapports, ne ressemble plus à elle-même. Une concubine est une femme qui, calculant ses plaisirs au poids de l'or, a mis un tarif honteux à ses caresses. La prodigalité de son amant est la mesure de son affection; elle sait se passionner tant qu'il donne; il est méconnu quand il s'est épuisé. Qu'on ne croie pas que ses foiblesses prennent leur source dans les douces émotions du cœur; il eſt bien queſtion de tendreſſe & d'amour ! Le vil intérêt, dans ſes mains corrompues, ſuſpend la balance, & c'eſt l'or qui la fait pencher. Qu'on croie encore moins qu'elle cherche à revêtir ſon engagement de quelques formalités civiles ; elle en calculoit d'avance la durée ; elle eût dit, à qui auroit voulu la connoître : Ma fidélité ſe vend, on ſe l'aſſure par des largeſſes ; elle n'appartient qu'à celui qui peut l'acheter. Ainſi la concubine eſt celle qui, ſe jouant ouvertement des mœurs, eſt devenue le prix d'une enchere ſcandaleuſe ; qui, livrée à un commerce infame, le prolonge avec ſécurité au milieu des Loix qui s'en indignent, & de la Religion qu'elle outrage.

Seroit-il poſſible que l'on confondît Magdeleine Marin avec cet ordre de femmes ? A-t-on pu ſe flatter que ce titre affreux de concubine s'imprimeroit ſans réſiſtance ſur la tête de cette veuve infortunée ? Oublieroit-on donc ſi rapidement, que c'eſt ſous les yeux d'un Miniſtre de ſa Religion, en préſence d'un pere, d'une mere, d'une foule de parens & d'amis, qu'elle a reçu ſon époux ? Eſt-ce ainſi que contracte une concubine ? Va-t-elle aux pieds des autels ſerrer des nœuds que le plaiſir a fragilement tiſſus, & que le dégoût s'empreſſera bientôt de rompre ? En vain objectera-t-on que les Loix ont frappé ſur ces inutiles cérémonies d'une ſecte anathématiſée : ces cérémonies, on en convient, ne ſont pas régulieres ; mais elles ſont les garans de la pureté du cœur qui les adopta ? Oui, cette femme étoit honnête, qui, ſe repoſant ſur ſa Religion, confioit à ſon époux, au nom du Dieu qu'elle adoroit, ſon honneur & ſa vie. On ne doit examiner que ſa bonne foi. Or ſa bonne foi eſt réelle : on ne ſe ſoumettroit pas avec autant d'appareil à des formes dont on ſoupçonneroit l'impuiſſance. Magdeleine Marin crut donc former un lien indiſſoluble ; ce fut le vœu de ſa conſcience ; & , par cela ſeul, il ſeroit intolérable de dire qu'elle n'eſt qu'une proſtituée.

De quel principe eſt-on parti pour proſcrire toutes les donations faites entre des concubinaires ? De ce principe de mœurs, que toute convention qui les offenſe, & qui a été formée *ſans liberté*, eſt indigne d'une ratification légale.

Le Législateur a dit *sans liberté*, & ce mot doit se prendre littéralement & figurément.

La violence est, au moral, ce qu'elle est exactement au physique. On ne condamnera point un homme à remplir un engagement qu'il aura contracté le poignard sur la gorge. En vain opposera-t-on une signature à ses justes refus; c'est la foiblesse qui a succombé sous l'empire de la force, & la Loi se hâte de lui restituer sa liberté. De même, quand une victime de ces femmes dévouées à la prostitution a, dans l'égarement de son cœur, dicté une donation extravagante, la Loi rejette avec un profond mépris des libéralités produites au sein du délire.

Il ne falloit pas moins que cette considération puissante, pour anéantir dans l'homme le droit qu'il tient de la Nature, de disposer à son gré de son patrimoine; mais c'est la seule exception que la Loi lui ait imposée; & cette exception, qui est devenue la sauvegarde de l'honnêteté publique, on veut l'appliquer à Magdeleine Marin! C'est renverser toute idée de justice & d'équité.

De l'aveu même de ses Adversaires, Magdeleine Marin, imbue des erreurs du Calvinisme, les a toujours suivies avec obstination. Puisque c'est un fait certain, ils en admettront la conséquence, que cette femme, dans toutes les actions de sa vie, a dû se diriger d'après les préjugés qui dominoient sa conscience. Que lui prescrivoient-ils? De se marier selon les formes qu'ils établissent.

Si, victime d'une erreur involontaire, Magdeleine Marin s'est conduite par le sentiment de cette erreur, elle a agi nécessairement : c'est une fatalité, si l'on veut, mais ce n'est pas un crime.

Si elle blessoit nos Loix, ce n'étoit pas pour les transgresser toutes, à l'imitation de la concubine; elle respectoit celles qu'on lui avoit appris à respecter, & la concubine méprise celles qu'on lui a prescrit de suivre. Elle pensoit se lier par un engagement irrévocable, & la concubine n'ignore pas que le sien repose sur le souffle léger du caprice. L'une commet un crime par erreur, l'autre l'exécute par choix : l'une, qu'entraîne une impulsion aveugle, s'égare, mais conserve ses mœurs; l'autre en affiche indécemment l'oubli, & de ses désordres se forme des titres d'impunité.

Ces différences sont trop frappantes, pour qu'elles n'influent pas sur le sort de Magdeleine Marin ; & lorsqu'elle représente qu'à l'époque de son mariage, elle étoit encore dans cét âge tendre, où les Loix promettent d'avance le pardon des fautes qui échappent à la foiblesse, sera-t-on plus inflexible qu'elle? Née dans la derniere classe des Citoyens, son état, son âge, son sexe, tout confirme qu'elle ne pouvoit connoître dans leur étendue les Loix qui devoient anéantir ses sermens.

Pour que Magdeleine Marin fût une concubine, il ne suffiroit pas de prouver que son engagement est illégitime, il faudroit démontrer qu'elle le croyoit tel. Or, à son âge, au milieu de ses parens, investie de tout l'appareil que sa Religion déploie dans la cérémonie des mariages, dira-t-on qu'elle savoit n'obéir qu'à de vaines formalités?

A-t-elle effarouché les mœurs par une conduite scandaleuse? L'union qu'elle a formée a-t-elle jamais annoncé le caractere de la débauche & le mépris de la vertu? Un engagement dont la licence du vice ſeroit la honteuſe origine, ne ſe perpétueroit pas vingt ans dans une douce égalité. Or, ſi les Loix rigoureuſes portées contre les concubinaires, ſont des Loix dictées pour la conſervation des mœurs, Magdelaine Marin les ayant toujours reſpectées, ne ſauroit encourir la peine de ces mêmes Loix.

Mais la Juriſprudence a conſacré dans tous les Tribunaux cette maxime, que lorſque les mariages ſont privés des formalités qui les conſtatent, la poſſeſſion les ſupplée.

Et qu'eſt-ce qui détermine la poſſeſſion d'état ?

C'eſt un mariage approuvé des deux familles, comme celui de Magdeleine Marin, une cohabitation publique de vingt ans, & non interrompue; l'intimité la plus étroite avec la mere, tant que le fils a vécu; une liaiſon auſſi marquée avec les parens de ſon époux, avec ces mêmes collatéraux qui la couvrent aujourd'hui d'opprobre, dont autrefois elle étoit la ſœur, & qui ne la déſignoient jamais par un autre titre.

Mais le titre le plus reſpectable de ſa poſſeſſion d'état, eſt le teſtament de ſon mari. On a ſoutenu que ce teſtament étoit le fruit d'une odieuſe ſéduction. Cette femme avoit donc un art bien dangereux, qui, après vingt ans de mariage, entouroit encore ſon époux de tous les preſtiges d'une paſſion naiſſante? Cet époux avoit donc des ſens bien combuſtibles, puiſqu'au moment où ils alloient s'éteindre, il s'abandonnoit fougueuſement aux impreſſions de l'amour?

Claude Ytier aimoit ſa femme : il voulut la récompenſer des douceurs qu'il avoit goûtées dans une union dont ſes maux lui annonçoient le terme. Il attendit, pour ainſi dire, l'heure de ſa mort; imprudence que Magdeleine Marin auroit eu l'adreſſe d'éviter, puiſqu'on ſe récrie tant ſur la force de ſes manéges; mais elle aimoit ſon mari, & non pas ſa fortune. Le danger de ſon état lui déroboit le ſien propre. Elle laiſſa agir ſa tendreſſe, & n'en dirigea point les impulſions : & lui, dans cet inſtant où le préſent qui s'échappe s'abîme dans la nuit d'un avenir incertain, où toutes les foibleſſes du cœur s'effacent par les larmes du repentir, il l'inſtitua ſon héritiere, & la qualifia du titre honorable de ſon épouſe.

De ce teſtament ſeul dérive un titre qui conſtate invinciblement la poſſeſſion d'état. Mille Arrêts en fourniroient la preuve.

Aux Loix Romaines ſur les concubines, qu'on oppoſoit à la veuve, ſon Défenſeur répondoit : Sommes-nous à Rome, ou ſommes-nous en France ? Une ſurpriſe involontaire s'empare toujours de notre eſprit, lorſqu'on agite parmi nous ces grandes queſtions ſur l'état des hommes : c'eſt de voir que nous admettons les principes politiques d'un Peuple dont la conſtitution n'offre aucun rapport avec la nôtre ; c'eſt de voir que nous nous décidons, dans une Monarchie, d'après des vûes priſes au ſein d'une République.

Comment un Peuple a-t-il pu adopter des Loix qui n'étoient pas faites pour lui ? Comment un Peuple nouveau, tel que l'étoient les Francs nos ancêtres, ſe ſont-ils accommodés des principes d'une Nation corrompue, & qu'ils devoient accabler de ce mépris inſultant qu'inſpire l'orgueil des conquêtes ? La ſolution de ces intéreſſans problêmes appartient au Philoſophe qui veut écrire l'Hiſtoire (a).

C'eſt donc choquer la raiſon de l'Etat, méconnoître les maximes politiques qui nous dirigent, & violer l'eſprit de nos Ordonnances ſur le fait des mariages, que de vouloir les ſoumettre à une diſcipline étrangere, qui ne peut nous convenir, & à laquelle nos Loix ont ſagement dérogé.

L'exceſſive ſévérité des Loix Romaines à refuſer aux unions prohibées toute eſpece de privilége, & même ceux qui n'entrent point dans les effets civils du mariage, comme la faculté de ſuccéder, paroît dériver de trois cauſes principales qui n'exiſtent point en France. I. L'importance du mariage dans une

---

(a) Perſonne n'a mieux ſaiſi l'eſprit des Loix Romaines, que le Préſident de Monteſquieu. Nul n'en a été plus enthouſiaſte admirateur. Cependant voici la réflexion qui lui eſt échappée : » Qui peut penſer qu'un Royaume, le plus ancien & le plus puiſſant de l'Europe, ſoit gouverné, depuis plus de dix ſiecles, par des Loix qui ne ſont pas faites pour lui ? Si les François avoient été conquis, cela ne ſeroit pas difficile à comprendre ; mais ils ſont les conquérans «.

République belliqueuse, où il est de l'intérêt le plus vif que la population résiste à l'épuisement d'hommes que la guerre occasionne; où les mœurs seroient perdues, si le goût du célibat venoit à naître; où l'amour de la Patrie s'éteindroit dans les ames, si le Citoyen séparoit un instant son intérêt de l'intérêt général. II. Les prérogatives immenses attachées à la qualité de Citoyen, qui, membre réel du souverain pouvoir, ne devoit pas offrir une naissance honteuse ou incertaine. III. La nature des testamens parmi les Romains, qui étoient plutôt des actes de droit politique que de droit civil; d'où il résultoit qu'on n'envisageoit jamais en eux que l'intérêt de tous, devant lequel disparoissoit l'intérêt particulier.

I. Les Romains, sans cesse aux prises avec les Peuples voisins, auroient péri au sein de la victoire même, si de bonnes institutions n'avoient réparé les hommes que la guerre dévoroit. Leurs premieres Loix exciterent la population; mais dès le principe, regardant le mariage comme une affaire d'Etat, elles ne songerent point au bonheur particulier des individus, elles ne crurent pas même que le mariage pût le produire : cet esprit se conserva, & se retrouve dans toutes les Loix Romaines.

On ne s'occupa qu'à multiplier les mariages, qu'à forcer tous les Citoyens à s'y résoudre, en les intimidant par des peines, en les encourageant par des récompenses.

On apperçoit déjà l'étonnante disparité entre les principes de notre Gouvernement & celui de Rome. Rien parmi nous n'en représente l'image. Nos Loix veillent sur le Citoyen avec un amour plus particulier; elles aiment son bien-être, elles veulent le rendre heureux. Les Loix Romaines rapportent tout à l'Etat, elles n'envisagent jamais le peuple dans ses parties ; elles semblent tout faire pour la République, & rien pour l'individu.

De là, les conditions si dures, si bizarres, imposées aux Romains dans leurs mariages; de là, l'absurdité de vouloir nous y soumettre, puisque nous ne sommes pas les Romains.

On gênoit d'une maniere extraordinaire la liberté des époux dans leurs institutions réciproques. S'ils n'avoient point d'enfans, ils ne pouvoient se donner qu'un dixieme de leurs biens. Si un mari s'abſentoit ſur des raiſons qui n'avoient point l'intérêt de l'Etat pour motif, il perdoit la faculté d'hériter de ſa femme.

On ſent que cette diſcipline, excellente pour les vûes qu'on ſe propoſoit, ne peut être introduite dans un Etat Monarchique. On y aſſure la propagation de l'eſpece par des moyens plus doux.

D'ailleurs, pour nous y aſſujettir, il faudroit nous dédommager par de belles prérogatives qui étoient attachées aux unions marquées par la fécondité chez les Romains. Mais, dans notre Gouvernement, nous n'avons ni des peines ſi ſéveres, ni des récompenſes ſi brillantes.

C'eſt pourtant de ce mélange de peines & de récompenſes, ou plutôt du ſyſtême politique qui les avoit fait admettre, que ſont découlées ces prohibitions de s'inſtituer dans un mariage illégitime.

Il eſt certain que le concubinage eſt contraire à la population. Il n'y a pas loin de l'amour de ce déſordre à l'amour du célibat. Lorſqu'il eſt le fruit de la débauche, & que ſa contagion s'eſt étendue dans tous les ordres de la Société, on peut aſſurer que les mœurs n'ont plus de dégradation à eſſuyer.

C'eſt un principe également avoué, que le luxe des femmes corrompt leur vertu, & que l'autre ſexe bientôt en profite.

C'eſt une maxime infaillible, que, pour maintenir la population dans une République, il faut conſerver, autant qu'on peut, l'égalité des fortunes.

Enfin, c'eſt une regle de tous les temps, que, pour aſſurer la durée d'une inſtitution quelconque, il faut que les plus grandes récompenſes invitent à la ſuivre, & que les peines les plus fortes éloignent le déſir de s'en écarter.

Voilà ce qu'ont fait les Romains; ils n'ont pas flétri le concubinage, mais ils ont privé les concubinaires de tous les avantages de la Société. Ils ont promulgué des Loix qui ne permettoient point aux maris d'inſtituer leurs femmes héritieres, pas même leurs filles uniques. C'étoit la diſpoſition de la célebre Loi *Voconienne*, qui ne fut jamais entiérement abrogée. Par-là, on arrêtoit le luxe des femmes; par-là, on maintenoit l'égalité des fortunes, en les fixant dans les mêmes familles. De là s'ensuivoit naturellement la défense aux époux illégitimes de s'instituer, parce qu'en formant des nœuds qui faisoient soupçonner la débauche, ils avoient enfreint toutes les Loix de la République.

Offrons-nous, en France, les mêmes rapports, pour nous faire subir des Loix qui n'avoient, comme toutes les Loix possibles, qu'une bonté relative? N'est-il pas étrange qu'on veuille nous y soumettre, ne présentant aucun des motifs qui puissent nous les rendre applicables?

II. Le Citoyen Romain participoit réellement à l'autorité souveraine. C'étoit donc une grande prérogative que celle de la Cité? Il est évident qu'elle devoit être la source de mille autres. C'est pourquoi la condition des bâtards étoit si dure; c'est pourquoi les époux illégalement unis ne pouvoient s'instituer, afin que les véritables Citoyens ne perdissent jamais leurs droits de famille.

III. Dans les premiers temps de Rome, le désir d'assurer l'égalité des biens, apporta beaucoup d'entraves dans la liberté de tester; elle devint, pour ainſi dire, nulle. Un particulier ne pouvoit pas diſpoſer, ſans qu'on craignît qu'il ne heurtât l'eſprit des Loix Agraires. Cependant, pour ne pas le priver du droit de teſter, & le concilier en même temps avec l'ordre politique, on lui permit de dicter ſes volontés dans une aſſemblée du Peuple, qui jugeoit ſi elles pouvoient s'allier avec la Loi. On ſent que les teſtamens ne furent qu'une affaire d'Etat, où les intérêts des particuliers étoient peu reſpectés, & n'obtenoient des ménagemens, que lorſqu'ils ne contrarioient pas l'intérêt général. Rome s'étant accrue, cette maniere de teſter devint impoſſible; on le fit devant cinq Citoyens, qui repréſentoient la Nation.

Ainſi, pendant long-temps les teſtamens des particuliers furent ſoumis à une inſpection politique, qui les dirigeoit à ſon gré. Si, à l'anéantiſſement de la République, ces belles Loix tomberent en déſuétude, on s'en rappeloit toujours l'eſprit; & Juſtinien, qui les a ſi ſoigneuſement mutilées, en a cependant laiſſé encore de grands veſtiges dans ſon vaſte Recueil de Loix.

Qu'importe donc ce qu'un Peuple

étranger a décidé, il y a deux mille ans, relativement à des unions inceſtueuſes ou prohibées? Les Romains avoient des motifs politiques, des motifs attachés à leur conſtitution républicaine, pour flétrir de pareils engagemens par l'incapacité abſolue de recueillir. Or, ces motifs nous ne les connoiſſons plus : notre Gouvernement n'eſt pas organiſé de maniere à les admettre ; c'eſt vouloir embarraſſer la machine par des reſſorts inutiles.

C'eſt donc à nos Loix ſeules qu'il faut recourir ; c'eſt à elles à nous juger. Or, il n'exiſte point de Loi Françoiſe qui prive une Proteſtante de la ſucceſſion de ſon mari. En vain oppoſe-t-on la Déclaration du 14 Juin 1697, qui ordonne que les conjonctions faites en contravention de cette Loi & de l'Edit de 1697, *n'emporteront ni communauté, ni douaire, ni aucuns autres effets civils, de quelque nature qu'ils puiſſent être, en faveur des prétendus conjoints, & des enfans qui en peuvent naître, leſquels ſeront privés de toute ſucceſſion, tant directe que collatérale.*

Pour y répondre, il faut ſe former une idée juſte des effets civils. On en diſtingue de deux ſortes, les effets civils abſolus, & les effets civils relatifs.

Par les effets civils abſolus, on entend le pouvoir que chaque Citoyen a de faire tous les actes quelconques attachés à un titre. Tant qu'il jouit des effets civils abſolus, il eſt dans la plénitude de l'autorité que lui confie la Loi; il participe à tous les bienfaits de la Cité; il eſt plus qu'homme (ſi on peut s'exprimer ainſi), il eſt Citoyen. Il ne peut perdre ſes effets civils qu'en commettant les délits les plus graves: le meurtre, l'empoiſonnement, enfin tous les crimes qui ſont réprimés par des peines capitales & afflictives, le privent des effets civils abſolus. On le dépouille de toutes les prérogatives du Citoyen, on le rabaiſſe à la nudité de l'homme, on le ſépare du corps ſocial, on lui fait ſubir une mort civile, on ne protege plus que ſon exiſtence naturelle; il tombe, en un mot, dans cette dure condition de ne pouvoir ni teſter, ni donner, ni recevoir.

Les effets civils relatifs, comme leur dénomination l'annonce, ne portent que ſur des objets limités; leur privation ne s'étend que ſur les objets de leur relation : ainſi, lorſqu'un Citoyen eſt privé des effets civils relatifs au mariage, il faut examiner en quoi conſiſtent ces effets civils. Conſultons le Traité du Contrat de mariage par Pothier.

1°. Le mariage, dit cet Auteur, confirme toutes les conventions matrimoniales, les donations portées dans le contrat, & toutes les libéralités qui l'ont précédé ou ſuivi, & qui l'ont eu pour objet, telles que l'augment, les bagues & joyaux, le douaire, &c.

2°. Il établit la communauté des biens, dans les pays où elle eſt reçue.

3°. Il produit l'affinité civile.

4°. La puiſſance paternelle.

5°. La puiſſance maritale.

6°. La communauté de nom & d'honneur entre les conjoints.

7°. Le droit de famille & de parenté civile, qui n'eſt autre choſe que le droit donné aux enfans de ſuccéder, non ſeulement à leurs peres & meres, mais encore aux parens de tous les deux.

8°. Enfin, le droit de légitime attribué aux enfans dans les ſucceſſions paternelles & maternelles.

D'après cette énumération, ſi un mariage eſt nul, qu'en réſultera-t-il?

Que tous les actes quelconques qui auront trait à la qualité d'époux & d'épouse, deviendront sans valeur; mais on ne trouve, ni dans les Auteurs, ni dans les Loix, que l'impuissance de s'instituer réciproquement entre des conjoints illégitimes, soit rangée parmi la privation des effets civils relatifs au mariage.

Ainsi, qu'on oublie dans la femme Marin sa qualité d'épouse, qu'on suppose son mariage nul, qu'on la relegue dans la classe de la plus vile étrangere, & qu'on demande si elle a pu être instituée par Claude Ytier; toutes les Loix vont répéter ce cri : Liberté de disposer; toutes répondront, qu'il n'y a que le concubinaire public qui soit indigne de ce privilége commun à tous les Citoyens. Mais on a prouvé que Magdeleine Marin n'offre aucun rapport, dans son union, qui ressente la flétrissure du concubinage; elle ose donc se flatter qu'on lui conservera ses droits.

L'Orateur (*a*) termina sa défense par cette éloquente péroraison : » Voyez, dit-il aux Juges, des hommes épouvantés

---

(*a*) M. Savoye.

par la rigueur de nos Loix, forcés à combattre le plus doux penchant de la Nature; voyez-les, s'ils ne peuvent résister à son impulsion, ne s'y livrer qu'en tremblant, mêler les larmes de la douleur aux plaisirs d'un chaste amour, suspendre d'innocentes caresses par des réflexions sinistres, & quand leurs bouches ont nommé l'épouse que le cœur a choisie, ne trouver ni des autels, ni des Loix qui veuillent accepter leurs sermens. Voyez cette femme éplorée maudire le jour qui la rendit féconde, attendre dans les angoisses de l'effroi celui qui la rendra mere, repousser de son sein avec horreur l'enfant qui vient d'y puiser la vie, le reprendre, l'accabler des noms les plus touchans dans les illusions d'une tendresse ardente, retomber sur l'effroyable réalité, & frémir d'avoir donné l'être à celui qui n'héritera que de son opprobre. Et qui sait ce que peut produire l'égarement du désespoir! Qui sait si ces femmes, courbées sous le joug de tant d'ignominies, n'iront pas jusqu'à outrager la Nature même, retracer ces scenes épouvantables qui se passent chez quelques Peuples de l'Asie, où, pour soustraire leur

leur postérité à une tyrannie désolante, des femmes, dans leur rage insensée, se font fouler aux pieds, pour s'épargner de plus longs remords !

» Le cœur saigne & se partage à ce tableau déchirant des malheurs de l'espece humaine. Mais il en est encore d'aussi affreux, dont nous la rendrions la déplorable victime. Combien de maris infideles laisseront leurs épouses gémir inutilement sous l'oppression de la Loi ! Lâche déserteur d'un lien que le seul amour aura contracté, l'époux insultera, dans les bras d'une autre femme, à la douleur de la premiere ; la mere trahie lui présentera le gage d'une tendresse qui n'est plus ; il sourira dédaigneusement à tous les deux, & leur dira : Si je suis parjure envers vous, je suis protégé par des Loix qui applaudissent à ma perfidie : j'ai prononcé le serment de vous aimer toujours ; mais ignoreriez-vous qu'il est frivole, & que mon cœur volage en a perdu le souvenir : vous, que j'appelai quelque temps *mon fils*, sachez que je me trompois en vous accordant ce titre, & c'est encore les Loix qui m'ont révélé mon erreur. Qui tiendra ce langage horrible ? Un homme fatigué de ses premiers nœuds, qui, dans le coupable désir de les rompre, se précipitera vers notre Eglise, la souillera par l'imposture, n'aura d'autre zele que son incontinence, & n'offrira à notre Religion qu'une foi mercenaire, avec tous les vices d'une ame corrompue. Qu'on ne m'interrompe pas, pour me dire que je cherche à effrayer par des dangers chimériques. Faut-il répéter que tous les Tribunaux ont retenti des réclamations scandaleuses de ces hommes audacieux, qui nous forçoient à croire leurs abjurations sinceres, & à briser des liens qui ne leur convenoient plus ? Quel débordement hideux dans les mœurs, si nous ne cessons point de les accueillir ! Tous les mariages dissous aussi-tôt que formés, les promesses rendues incertaines, l'existence devenue précaire, des enfans sans noms & sans états, des meres déshonorées, la débauche impunie, la vertu opprimée, les successions bouleversées, l'ordre des familles interrompu, tous ces désordres inouis se propageant, s'affermissant dans une classe nombreuse d'hommes qui, la plupart, abuseront de la complaisance fatale de nos Loix, & seront plus odieusement criminels que les scélérats qui pourrissent dans nos cachots.

» Et comment de tels sujets formeroient-ils jamais de bons Citoyens? Ne vaudroit-il pas mieux les étouffer à leur berceau, & prévenir la multiplicité des crimes, en se livrant d'abord à une barbarie nécessaire? Mais si l'on m'accuse de n'avoir présenté que des exagérations, retombons, j'y consens, dans l'analyse de ce qu'on ne peut éviter d'admettre. Il est certain qu'en laissant aux unions des Protestans ce vague, cet arbitraire qu'elles ont eu jusqu'ici, on refroidit infailliblement l'affection des époux, on diminue leur attachement pour leur postérité, on les dégoûte de se perpétuer, parce qu'ils ne le peuvent sans craindre de dévouer leurs enfans à un opprobre ineffaçable. Or, cette froideur dans le vœu de se reproduire, cette incertitude de leur existence relâchent tous les liens qui unissent les hommes entre eux; on s'isole, on se concentre, on se retire de la société, on s'accoutume à être seul, à ne voir que soi; un égoïsme funeste seche l'ame, lui ravit tous ses épanchemens, & il est impossible qu'un homme ainsi constitué ne fasse un mauvais mari, un mauvais pere, un mauvais Citoyen.

Par Arrêt du Parlement de Grenoble, rendu le 16 Février 1778, sur les conclusions de M. l'Avocat-Général de Sayve, le testament fait en faveur de la femme Marin par son mari, a été confirmé, & les Adversaires de cette femme ont été condamnés aux dépens.

AFFAIRE de Tavant.

LA famille du sieur Dupin de la Geriniere, originaire d'Autun, tient depuis long-temps un rang distingué dans la Noblesse.

Joseph Dupin épousa la demoiselle de Borel, veuve du sieur Maucler, & fille du sieur de Borel & de la dame Desvieux. Il fut un des Menins de M. le Duc d'Anjou, qui monta sur le trône d'Espagne, & devint Brigadier des armées du Roi.

Il eut deux enfans; un fils nommé *Joseph Dupin*, Lieutenant-Colonel au régiment de Dauphiné, & Lieutenant de Roi de Sainte-Menehould; & une fille, Françoise-Marguerite Dupin, née en 1673, qui va jouer un des principaux rôles dans cette affaire.

En 1680, le sieur Dupin pere prit à son service le nommé *Jean Tavant*, dit *Saint-Jean*. Il avoit dix-sept ans, & étoit né à Hui, petite ville des Pays-Bas. Il avoit deux freres, dont l'un étoit mort laquais d'un Officier de Dragons:

on ignore ce qu'eſt devenu l'autre. Il avoit deux ſœurs; l'aînée, après avoir erré aſſez long-temps, épouſa un pauvre Vigneron de la ville d'Epernay; l'autre étoit domeſtique du ſieur Varlet, Curé de Saint-Loup en Champagne. Elle eſt morte chez lui.

Tavant ſuivit le ſieur Dupin pere, en qualité de laquais, & portant la livrée, dans pluſieurs campagnes. La paix ayant été rétablie en 1697, par le traité de Riſwick, le ſieur Dupin de la Geriniere eut ordre de paſſer d'Hunningue à Perpignan. Son épouſe venoit d'être attaquée d'une paralyſie, qui la priva de la faculté d'adminiſtrer ſes affaires domeſtiques. Le fils commençoit à peine à porter les armes, & le pere le tenoit auprès de lui, pour le guider dans la route de la gloire. Sa fille n'avoit ni l'âge, ni l'expérience qu'exige la direction d'une maiſon. Le ſieur de la Geriniere avoit remarqué dans Tavant, du zele, de l'activité, & de l'intelligence; il jeta les yeux ſur lui, pour lui confier l'intendance de ſa maiſon. Il l'envoya au château de Dommartin, lieu de ſa réſidence & de celle de ſa famille; lui donna le pouvoir le plus étendu, & voulut qu'il le repréſentât en tout; en ſorte que la mere & la fille étoient abſolument, quant aux beſoins de la vie, dans la dépendance de ce valet.

La demoiſelle de la Geriniere commençoit à atteindre l'âge où les filles ſouhaitent un établiſſement, & où les parens s'en occupent. Mais, ſoit qu'il ne ſe préſentât pas de parti ſortable, ſoit qu'on les écartât, pour conſerver toute la fortune de la maiſon à ſon frere, il n'étoit nullement queſtion de mariage pour elle. Tavant imagina que le délaiſſement où ſe trouvoit la fille de ſon maître, & l'avantage qu'il avoit d'être le ſeul homme qui pût, par ſes aſſiduités, lui inſpirer des déſirs, pourroient lui donner la facilité de la corrompre, & de réuſſir, en la déshonorant, à devenir ſon époux.

Afin de parvenir plus ſûrement à ſon but, ſous prétexte de l'économie que ſon maître lui avoit recommandée, il écarta du château toute eſpece de ſociété. Il s'aſſuroit ainſi que le cœur de la perſonne qu'il vouloit ſéduire, n'ayant pas l'occaſion de choiſir, s'attacheroit à lui. Il éloignoit d'ailleurs les perſonnes qui, ſoit par leurs conſeils, ſoit par des plaintes éclatantes, auroient pu mettre obstacle à ses projets.

Malgré ces précautions, il trouva plus de résistance qu'il ne s'y étoit attendu. Le prétexte de l'économie vint encore à son secours. Il ne donnoit qu'à peine à la mere & à la fille les choses les plus nécessaires à la vie; il supposoit des ordres de tout refuser, des vêtemens, des souliers, le vin, & même le pain. Ces faits étoient constatés au procès. La nécessité, l'obsession, l'ascendant que son âge, la confiance du pere, & près de vingt années de service lui donnoient sur la demoiselle de la Geriniere, les occasions fréquentes, & qu'il faisoit naître à son gré, d'échauffer un tempérament naissant, tout se réunit contre elle. Il la séduisit, lorsqu'elle étoit encore mineure, & continua sourdement avec elle, pendant plusieurs années, un commerce criminel. Ce commerce eut enfin des suites qui ne purent se cacher. C'étoit dans le cours de l'année 1701. La demoiselle de la Geriniere étoit alors âgée de vingt-sept ans; Tavant en avoit trente-sept.

Au mois d'Octobre de cette année, les affaires du Régiment du sieur de la Geriniere, qui étoit en garnison à Alais, l'appelerent à Paris. Il y reçut ordre de se rendre en Italie, pour y servir dans la guerre qui désoloit alors l'Europe, à l'occasion des droits & de l'avénement de Philippe V au trône d'Espagne.

Il obtint un congé d'environ trois semaines, pour aller voir sa famille. Tavant, prévenu de ce voyage, & du peu de temps que son Maître devoit rester chez lui, disposa tout ce qui pouvoit servir à maintenir son autorité. La dame de la Geriniere, qui ignoroit l'état de sa fille, & ne soupçonnoit même rien de ses liaisons avec Tavant, n'osa s'armer contre lui : dans l'état d'infirmité où elle étoit, pouvoit-elle entreprendre d'attaquer la confiance aveugle que son mari avoit placée dans son domestique ? La fille n'étoit occupée que du soin de cacher sa honte & sa situation. Les comptes ne furent point contredits, & la forme séduisante sous laquelle ils furent présentés, ne fit qu'affermir Tavant dans l'estime de son Maître.

Il partit sans avoir apperçu, sans avoir soupçonné l'état de sa fille. Enfin la maturité de la grossesse ne permit plus de la cacher. La dame de la Geriniere en eut connoissance. Les premiers mouvemens de colere & d'indignation firent place aux conseils de la prudence. Elle se prêta à tenir l'accouchement secret; elle fit plus : une fille, domestique de la maison, déposa qu'elle avoit donné des secours à la demoiselle de la Geriniere, lors de son accouchement, *conjointement avec la dame sa mere*. Un frere de Tavant porta l'enfant, pendant la nuit, à dix-huit lieues de Dommartin, au village de Saint-Loup, où il le remit entre les mains de celle de ses sœurs qui étoit servante chez le Curé de cette Paroisse.

Tavant, certain de l'impunité que lui assuroit le despotisme qu'il exerçoit dans le château, continua de vivre dans son habitude criminelle avec la demoiselle de la Geriniere. Leur débauche donna naissance à un second enfant, que le pere alla exposer, pendant la nuit, à la porte de l'Hôtel-Dieu de Sainte-Menehould; on prétend même qu'au lieu de le poser sur le pavé contre cette porte, il le suspendit de maniere qu'il paroissoit qu'il avoit eu intention de le faire périr; & l'on verra, dans la suite, que cette imputation n'étoit pas ſans fondement. Cet enfant fut introduit dans l'hôpital, & y mourut bientôt.

Enfin, les déportemens de Tavant furent portés à un tel excès, qu'il ne put les tenir ſecrets. Le bruit en alla jusqu'aux oreilles de la demoiſelle de Dommartin, ſœur du ſieur de la Geriniere pere. Elle informa ſon frere, qui étoit à Naples, de ce qui ſe paſſoit. Il écrivit qu'il alloit ſolliciter un congé, & qu'à ſon arrivée il feroit pendre Tavant, ou que ce malheureux périroit de ſa main. Mais une mort trop prompte ne lui permit pas de réaliſer ce deſſein: il fut tué, faiſant des prodiges de valeur, à la bataille de Caſſano, le 16 Août 1705.

La nouvelle de cette mort mit le comble à l'audace de Tavant. Tant que ſon Maître avoit vécu, il avoit fait ſon poſſible pour tenir ſon crime ſecret; & ſi, depuis quelques mois, il avoit retiré au château l'enfant qu'il avoit confié à ſa ſœur à Saint-Loup, cette petite fille y vivoit ſous le nom de ſa niece. Mais la mort du ſieur de la Geriniere lui fit croire qu'il pouvoit aſpirer hautement à la récompenſe de ſes forfaits.

Il commença par affecter de publier la naissance de sa fille ; il fait plus, il ose la présenter à la famille même, comme un titre qui doit lui mériter la main de la demoiselle de la Geriniere.

Mais il s'étoit vainement flatté de conserver encore le pouvoir despotique qu'il avoit si long-temps exercé sur la veuve de son Maître. En changeant d'état, elle prit l'exercice de tous ses droits, & secoua le joug odieux auquel ses infirmités & son respect pour les volontés de son mari l'avoient soumise. Tavant éprouva un refus auquel il ne s'attendoit pas.

Accoutumé à donner des ordres, au lieu de s'abaisser à des prieres, il imagina que les excès de l'audace & de la violence conjureroient l'orage qu'il voyoit se former. Il menace de tout tuer, de mettre le feu par-tout. Toujours armé de deux pistolets de poche, il les présente à quiconque veut s'opposer à ses entreprises. Il déclare hautement que la dame de la Geriniere fera de vains efforts pour l'empêcher d'épouser sa fille : il achete, des deniers de la succession du sieur de la Geriniere, une maiſon à Dommartin ; il la meuble des effets qu'il tire du château ; il exige que la malheureuſe victime de ſa débauche & de ſon ambition le ſuive dans cette nouvelle habitation ; il compoſe avec les débiteurs & les fermiers ; il leur donne des quittances, & leur fait ſouſcrire des billets à ſon profit ; il porte aux derniers excès les duretés envers la veuve de ſon Maître.

Elle prend enfin le parti de fuir un tyran ſi ſévere, & ſe retire à Sainte-Menehould, chez la demoiſelle de Dommartin, ſa belle-ſœur.

Le premier uſage qu'elle crut devoir faire de ſa liberté, fut de déférer ce monſtre à la Juſtice. Le 30 Octobre 1705, environ deux mois après la mort de ſon mari, elle rendit plainte au Lieutenant-Criminel de Sainte-Menehould. Elle expoſa dans cet acte, que *Tavant eſt entré au ſervice de ſon mari, d'abord en qualité de laquais ;* que *depuis il eſt parvenu à être ſon homme de confiance ;* qu'*abuſant de ce titre, il n'a conſervé ni reſpect ni bienſéance ;* il *s'eſt arrogé un pouvoir deſpotique ; l'a privée, ainſi que ſa fille, des choſes les plus néceſſaires à la vie ;*

que par tous *ses artifices*, *il étoit parvenu à séduire cette derniere*, *lorsqu'elle étoit encore mineure*; que *son mari ayant reçu cette chagrinante & funeste nouvelle*, *avoit écrit qu'il demandoit à M. de Chamillart un congé à l'effet de revenir en France*, *pour faire* pendre ce scélérat; *que ses lettres devoient être considérées comme son testament & disposition de sa derniere volonté*, *puisqu'il avoit été tué*, *quelques jours après*, *à la bataille de Cassano*; que, *depuis la nouvelle de cette mort affligeante*, *Tavant avoit l'effronterie de vouloir épouser sa fille*; qu'*il menaçoit de tuer les personnes qui s'opposeroient à son dessein*; qu'*il avoit même voulu mettre le feu au château de Dommartin*; *de sorte que*, *pour sa propre sûreté*, *elle avoit été obligée de fuir*; qu'*il* enlevoit *journellement & furtivement tous les effets qui garnissoient le château.* Elle demanda *la permission de faire saisir & revendiquer ces effets*, *pour servir à conviction.* Les lettres de son mari furent annexées à la plainte.

Il y eut permission d'informer. Seize témoins constaterent & les faits contenus dans la plainte, & ceux que l'on a rapportés plus haut. Sur le vu des premieres charges, Tavant fut décrété de prise de corps, & constitué prisonnier à Sainte-Menehould.

Les témoins, récolés & confrontés, persistent dans leurs dépositions. En un mot, Tavant étoit convaincu, & la Justice le comptoit déjà au nombre de ses victimes, lorsqu'un événement inattendu le soustrait tout-à-coup à sa vengeance. Tavant trouve le moyen de briser ses fers; il s'échappe des prisons, & ne laisse à la dame de la Geriniere d'autre ressource que celle de poursuivre un jugement par contumace. Il fut rendu le 15 Janvier 1706, qui déclare Jean Tavant, dit *Saint-Jean*, convaincu d'avoir séduit & suborné demoiselle Françoise-Marguerite Dupin, fille dudit défunt sieur Dupin de la Geriniere, de ladite dame Borel, son épouse, ses maître & maîtresse, pendant le temps qu'il étoit à leur service audit château de Dommartin; desquelles débauches sont nés deux enfans: d'avoir disposé, à son profit, de partie des effets desdits sieur & dame de la Geriniere, dans le temps qu'il étoit à leur service, contre les ordres précis dudit défunt sieur de la Geriniere, & à son préjudice, joint ses propres confessions : le déclare aussi violemment soupçonné d'avoir lui-même exposé, au devant de la porte de l'église de l'Hôtel-Dieu de cette ville, nuitamment, le puîné desdits deux enfans, & de l'y avoir attaché & suspendu avec péril de la vie dudit enfant. En conséquence le condamne à être pendu & étranglé tant que mort s'ensuive; ce qui sera exécuté par effigie, *attendu ladite évasion*, &c.

Le 23 du même mois, procès-verbal d'exécution en effigie.

La demoiselle de la Geriniere avoit aussi à expier sa chute, & les amertumes qu'elle causoit à sa famille. Il falloit l'arracher à son ravisseur, & prévenir les effets des stratagêmes & des entreprises dont on savoit que Tavant étoit capable. Des ordres du Roi lui assignerent pour retraite un couvent dans la ville de Châlons.

Cependant Tavant s'étoit retiré en Lorraine, pays voisin de Sainte-Menehould, & qui n'étoit point alors sous la domination de France. A l'abri de cet asile, il ne perd point de vue le mariage qu'il avoit projeté. Le charme n'étoit pas effacé ; cet indigne corrupteur régnoit encore sur le cœur qu'il avoit séduit ; & il détermine cette infortunée à la fuite : elle réussit à s'évader, & vient se jeter dans les bras de son séducteur.

Le 12 Mai 1706, trois mois & demi après l'exécution du jugement de condamnation à mort, on obtint, sous le nom de Tavant, un Arrêt sur Requête, qui le reçut appelant de toute la procédure. Il fut ordonné en même temps, *que le procès seroit apporté au Greffe criminel de la Cour.*

Cet Arrêt fut signifié le 27 Mai 1706, au Greffier de Sainte-Menehould.

Pour que cet Arrêt pût produire quelque effet, du moins relativement à la dame de la Geriniere, partie civile, il étoit nécessaire de lui en donner connoissance par la voie de la signification. On soutenoit, au procès, que cette signification avoit été faite, mais qu'on n'avoit pu en recouvrer l'original ; qu'on ne pouvoit pas espérer d'en voir paroître la copie, qui étoit entre les mains de ceux qui avoient intérêt de la soustraire. On auroit pu la trouver au Bureau du Contrôle : mais ce Bureau ayant été incendié en 1719, les registres dont la date remonte à des temps antérieurs, ne subsistent plus.

Quoi qu'il en soit, il paroît que la signification faite au Greffier de Sainte-Menehould n'eut aucune suite ; les charges & information ne furent point portées au Greffe de la Cour, & cette affaire n'a été suivie d'aucune procédure ultérieure. Tavant, toujours résidant en Lorraine, sut se concilier la protection de la Duchesse de cette Souveraineté : elle lui donna une place dans ses Gardes du Corps.

Depuis sa réunion avec la demoiselle de la Geriniere, il demeura avec elle à Nancy, qui est du Diocese de Toul. Il est prouvé, par l'époque de la naissance des enfans qui prétendoient à la légitimité, & par une Déclaration insérée dans l'acte de célébration du mariage dont on va parler, que la demoiselle de la Geriniere étoit toujours gouvernée par la passion qui l'avoit attachée à Tavant.

Après un séjour de huit mois à Nancy, ils transférerent leur demeure à Saint-Nicolas-de-Port, qui est aussi du

Diocese de Toul. Au bout de neuf mois de séjour dans leur nouveau domicile, ils scellerent leur union au pied des autels, par un mariage que célébra le Curé de cette Paroisse, le premier Décembre 1708. L'acte, outre la reconnoissance de l'enfant dont la mariée étoit accouchée en 1702, qui est le même qui avoit été élevé publiquement à Dommartin, & qui s'est marié depuis, en 1743, sur la Paroisse de S. Sulpice à Paris, contenoit encore celle d'un autre enfant né en Lorraine avant le mariage. Le même acte contient encore la mention que *la célébration a été faite pour obéir aux intentions & au désir de son Altesse Royale Madame, Duchesse de Lorraine.*

On a donné cette mention comme la preuve de la protection & des bontés dont cette Princesse honoroit les contractans. Ne seroit-elle point, au contraire, la preuve que cette Princesse, scandalisée de voir Tavant & sa maîtresse vivre publiquement dans la débauche, voulut faire cesser ce scandale, en leur ordonnant de légitimer leur union? Les termes, en effet, dans lesquels cette circonstance est exprimée, indiquent plutôt un ordre qu'une simple protection.

Au reste, il est bon d'observer que la demoiselle de la Geriniere, quand elle contracta ce mariage, étoit âgée de trente-cinq ans & plus. A l'ombre de cette union, naquirent les deux enfans qui soutinrent ce procès. L'un prétendoit à la légitimation qu'opere le mariage subséquent des pere & mere; l'autre étoit né pendant le mariage.

Depuis ce temps, les deux époux jouirent publiquement de leur état, jusqu'à la mort de Tavant, qui arriva le 16 Juin 1720, dans le village de Minaucourt, à une lieue de Dommartin. Le Curé de cette Paroisse assista à la sépulture : l'extrait mortuaire en fait foi. Sa femme étoit alors à Bouconville en Lorraine, & l'on ignore ce qu'elle est devenue.

Cependant, par acte du 23 Novembre 1708, la dame de la Geriniere, & la demoiselle Mauclert, sa fille d'un premier lit, firent une donation universelle de tous leurs biens au sieur de la Geriniere fils, qui, ayant terminé ses campagnes en Italie, résidoit alors au château de Dommartin. Par le même acte, la dame de la Geriniere prononça la peine de l'exhérédation contre sa fille.

Les enfans de Tavant, depuis la mort de leur pere, ont gardé, au moins judiciairement, le silence le plus profond sur les droits qu'ils ont réclamés depuis comme héritiers de leur mere.

Ils prétendirent qu'après être devenue veuve, elle fit des instances auprès de son frere, pour obtenir sa portion dans la succession de leur pere commun, & qu'elle fit tous ses efforts pour exciter sa compassion en faveur d'une mere chargée d'enfans, que son mari avoit laissée sans aucune ressource, & qu'il fut sourd à ses représentations.

Elle se détermina enfin à le poursuivre judiciairement. Elle envoya, à cet effet, une procuration en blanc à Sainte-Menehould. Il y avoit quatre successions échues ; & ses prétentions montoient alors, suivant un mémoire qu'elle fit dresser, à 42000 livres.

Mais le sieur de la Geriniere trouva le moyen, par son crédit, d'empêcher qu'aucun Officier de Justice ne se chargeât de cette procuration, & rendit tous les efforts de sa sœur inutiles. Après ſa mort, ſon fils alla trouver le ſieur de la Geriniere, ſon oncle, qui le reçut avec accueil, & ne le méconnut pas pour le fils de ſa ſœur. Mais quand il fut queſtion d'intérêts, le ſieur de la Geriniere changea de ton, & lui ôta tout eſpoir de ſecours.

Tavant vint à Paris, & trouva une reſſource dans la charité d'une demoiſelle Bourſier, qui, en 1738, lui prêta 1000 liv. ſur ſon billet. Ayant appris qu'il avoit, du chef de ſa mere, des prétentions ſur les biens que poſſédoit le ſieur de la Geriniere, elle fit, le 16 Avril 1740, une ſaiſie-arrêt entre les mains de ce ſieur de la Geriniere, & lui fit donner aſſignation à Paris, en la premiere Chambre des Requêtes du Palais, en vertu d'un *committimus* qu'elle avoit, on ne ſait pas à quel titre.

Le ſieur de la Geriniere répondit par une procuration affirmative, dans laquelle il ſoutint qu'il ne devoit rien aux Tavant.

La demoiſelle Bourſier ayant dénoncé cet acte à Tavant, celui-ci intervint dans la cauſe, & adhéra aux concluſions que la demoiſelle Bourſier avoit priſes comme exerçant ſes droits en qualité de sa créanciere. Ces conclusions tendoient à ce que le sieur de la Geriniere fût tenu de lui donner partage des successions échues à sa mere, & à lui communiquer les inventaires de ces successions, ou de lui payer, & à ses sœurs, la somme de 150000 livres.

Le sieur de la Geriniere demanda d'être renvoyé des demandes formées contre lui, attendu que le pere de ses parties adverses n'ayant contracté son mariage qu'après une condamnation qui le mettoit dans les liens de la mort civile, il n'avoit pu valablement se marier, ni transmettre à des enfans une capacité civile qu'il n'avoit pas lui-même, & qu'il n'avoit pu reprendre, ne s'étant pas mis en état pour purger la contumace.

Par Sentence du premier Juillet 1756, rendue sur délibéré, au rapport de M. Rolland d'Erceville, il fut ordonné que les quatre successions réclamées par les enfans de Tavant, du chef de leur mere, seroient partagées comme elles l'auroient été entre le sieur de la Geriniere & sa sœur, & que la part qui seroit revenue à celle-ci, appartiendroit à ses enfans; &, dans le cas où le sieur de la Geriniere ne procéderoit pas au partage dans le délai de trois mois, il fût condamné à payer à ses Parties adverses une somme de 150000 livres.

Le sieur de la Geriniere interjeta appel de cette Sentence : à cet appel simple, il en joignit un comme d'abus de la célébration du mariage de sa sœur avec Tavant, & forma en même temps opposition à l'Arrêt obtenu sur Requête le 12 Mai 1706.

Après cet appel, le sieur de la Geriniere vint à décéder, & transmit ce procès à deux enfans qu'il laissa ; un fils, qui portoit le nom de son pere, & une fille, qui avoit épousé le sieur Darimont, Chevalier de Saint-Louis, & Maréchal des Logis de la Gendarmerie.

Les plaidoiries ne commencerent qu'en 1759, après que la Cour eut fait apporter à son Greffe les informations faites en 1705 à Sainte-Menehould, contre Jean Tavant.

Les Tavant soutinrent deux propositions. 1°. Le mariage de leurs pere & mere valable; 2°. que ce mariage devoit produire des effets civils.

Les prétextes dont on colore l'appel comme

comme d'abus, disoient les Tavant, sont l'inégalité des conditions, le défaut de présence du propre Curé, le défaut de consentement de la dame de la Geriniere mere, & enfin le rapt.

Quelle est la Loi qui prohibe & annulle les mariages contractés entre gens de condition inégale? En tout cas, s'il en existe une, elle est tombée en désuétude. Combien, en effet, de mariages qui existent sous nos yeux, seroient annullés, si, en cas qu'elle existe, on vouloit la faire revivre?

Le reproche de défaut de présence du propre Curé est plus sérieux; mais il n'en est pas mieux fondé. Il se réduit au fait de savoir si le Curé de Saint-Nicolas-de-Port étoit le propre Curé des Parties. Or le propre Curé, relativement au mariage, est celui sur la Paroisse duquel on a son domicile depuis six mois, quand on a déjà demeuré six autres mois dans une Paroisse du même Diocese. Les Parties avoient résidé huit mois à Nancy, qui est dans l'étendue du Diocese de Toul; &, lors de leur mariage, il y avoit neuf mois qu'ils étoient domiciliés sur la Paroisse de

Saint Nicolas. Le Curé de cette église étoit donc, aux termes de toutes les Loix, le vrai Pasteur des contractans?

L'avantage que l'on prétend tirer du défaut de consentement de la dame de la Geriniere, se détruit par deux observations bien simples.

Il est certain d'abord que le mariage a été contracté en Lorraine; que la Lorraine n'étoit pas alors sous la domination de la France, & qu'on y suivoit la disposition du Concile de Trente, qui n'exige pas le consentement des pere & mere pour la validité des mariages de leurs enfans.

Quand le mariage auroit été contracté dans le royaume, il seroit inattaquable, nonobstant le défaut de consentement de sa mere.

Une fille âgée de vingt-cinq ans est autorisée, par nos Loix, à se marier sans le consentement, & même contre le gré de ses parens, qui peuvent, il est vrai, se venger par l'exhérédation, mais sans pouvoir toucher au mariage dont ils se plaignent, & qui les irrite. Le défaut de consentement de la dame de la Geriniere mere n'est donc pas un moyen d'abus contre le mariage de sa fille.

Il ne reſte plus que le prétendu rapt que l'on impute à Tavant.

Il eſt conſtant, par les faits mêmes avoués entre toutes les Parties, que le ſieur Tavant ne s'eſt pas rendu coupable d'un rapt de violence ; il n'a point enlevé la demoiſelle de la Geriniere. C'eſt dans le château de Dommartin, ſous les yeux de la mere même, qu'il a eu commerce avec la fille. Le rapt dont on ſe plaint, n'a donc pu produire un moyen d'abus.

L'appel comme d'abus écarté, il ne reſte qu'à examiner ſi cette union, valable en elle-même, doit être privée des effets civils.

II. Cette queſtion exige l'examen de deux points de fait. 1°. Tavant étoit-il un raviſſeur ? 2°. Etoit-il mort civilement quand il a contracté ſon mariage ?

1°. Il eſt conſtant, entre toutes les Parties, que la demoiſelle de la Geriniere eſt accouchée de ſon premier enfant en 1702, étant alors dans ſa vingt-neuvieme année. Son commerce avec Tavant avoit donc commencé long-temps après ſa majorité ; ce qui écarte toute idée de rapt de ſéduction.

En effet, il n'y a de ſéduction que

pour les personnes que la foiblesse de leur âge ne peut garantir des piéges qu'on leur tend : elles méritent toute la protection des Loix. Mais cette protection est refusée à celles qui, étant en état de discerner le danger, s'y sont librement exposées. Elles ne peuvent se faire un titre de leur débauche, pour réclamer cette protection.

Il n'y avoit pas inégalité d'âge, eu égard aux différens sexes, puisque Tavant n'avoit que dix années de plus que la demoiselle de la Geriniere.

La disproportion des conditions ne fera pas non plus présumer la séduction. Plus on placera la demoiselle de la Geriniere dans un rang élevé, plus on mettra de distance entre elle & Tavant, moins on pourra le présenter comme un séducteur. La supériorité du rang inspire un respect qui met, entre les inférieurs & leurs supérieurs, un espace si immense, & gardé par tant de barrieres, qu'il ne leur paroît pas possible de les franchir ; &, si l'on voit un commerce criminel entre des personnes d'un rang & d'un état si disproportionnés, on présume toujours que c'est le supérieur qui a fait les premieres démarches, & qui a entraîné l'autre dans le crime, sur-tout quand la supériorité est du côté de la femme.

Mais quand la séduction auroit commencé en minorité, Tavant n'auroit pas encore été coupable d'un rapt de séduction. Deux circonstances caractérisent ce rapt : la séduction de la fille, *raptus in virginem*, & la surprise faite à la vigilance des parens, *raptus in parentes*.

La demoiselle de la Geriniere sera-t-elle réputée être la victime d'un ravisseur, elle qui a vécu avec lui dans un commerce de près de quatre années, qui en a eu deux enfans, qui ne l'a interrompu que par un éloignement forcé, l'a renoué avec la même ardeur, dès qu'elle a été libre, & l'a enfin couronné par un mariage volontairement contracté ?

Tavant n'étoit donc point coupable d'un rapt *in virginem*; mais il l'étoit encore moins d'un rapt *in parentes*.

Peut-on regarder comme suffisamment vigilante une mere qui voit naître sous ses yeux la passion de sa fille, qui est témoin de son mauvais commerce, l'assiste & l'aide elle-même, dans son propre château, lors de sa premiere couche, qui laisse continuer, toujours dans sa maison, le même commerce pendant quatre années, & qui éleve elle-même l'enfant issu du crime de sa fille ? Cette conduite n'est-elle pas non seulement la preuve d'un consentement, mais la preuve d'une approbation ?

Le Jugement de Sainte-Menehould est donc injuste. Mais, en le considérant du côté de ses effets, la mort civile qu'il a pu occasionner ne subsiste plus.

En effet, la Sentence de laquelle on veut faire résulter cette mort civile, a été détruite par l'Arrêt de 1706, & le sieur de la Geriniere n'étoit pas recevable à y former opposition.

Peut-on être écouté, quand on attaque un Arrêt cinquante-six ans après qu'il a été rendu ? N'a-t-on pas vu que les Loix ne souffrent pas que l'on attaque l'état d'un défunt, si ce n'est dans un temps très-voisin de sa mort ? D'ailleurs l'Arrêt n'étant point attaqué lorsque le sieur Tavant s'est marié, & lorsqu'il est mort, il jouissoit de tous ses droits. Il a donc communiqué à ce mariage les effets civils qui lui avoient été rendus, & il les a transmis à ses enfans, qui les ont recueillis au moment de son décès. L'Arrêt est donc irrévocable quant à eux.

On ne peut plus replacer les enfans de Tavant dans l'état où il étoit quand il a obtenu l'Arrêt. Il étoit encore dans le temps de se pourvoir contre la Sentence, & de la faire détruire. Si l'opposition que l'on vient de former l'eût été dans un temps où les enfans du condamné eussent encore pu être admis à purger la mémoire de leur pere, ils auroient réussi à faire annuller cette Sentence. Mais le sieur de la Geriniere n'a formé son opposition que dans un temps où la mémoire de Tavant ne peut plus être justifiée. La condition des Parties doit être égale. Les Tavant ne pouvant plus se pourvoir contre la Sentence, leurs Adversaires ne doivent pas être plus recevables à attaquer l'Arrêt.

Tout concourt donc à prouver que Tavant n'étoit point coupable d'un crime capital; qu'il n'étoit point mort civilement; que ses enfans sont capables des effets civils, & qu'ils doivent recueillir toutes les successions qui leur ſont échues du chef de leur mere.

Tels étoient les moyens dont ils firent uſage.

Deux propoſitions formerent la défenſe des héritiers du ſieur de la Geriniere. 1°. Le mariage de Tavant eſt nul & abuſif. 2°. En le ſuppoſant valable quant au Sacrement, il ne produiroit aucuns effets civils.

I. Le rapt de ſéduction a ſeul produit le mariage qu'on attaque.

Nos Loix ont diſtingué deux cas, relativement aux mariages qui ſont poſtérieurs au rapt. Celui qui eſt célébré tandis que la perſonne ravie eſt ſous l'empire du raviſſeur, eſt nul, & les enfans qui en proviennent ſont illégitimes. Celui qui eſt célébré depuis que la perſonne ravie eſt remiſe en liberté, eſt valable quant au Sacrement: les enfans ont un état; mais ils ſont incapables de recueillir aucunes ſucceſſions directes ou collatérales.

Voici les caracteres propres, ſuivant les Auteurs & la Juriſprudence, à fixer la nature du rapt de ſéduction. 1. La minorité de la perſonne ravie ou ſéduite. 2. Son enlévement apparent, ou ſa ſortie concertée de la maiſon paternelle. 3. Les occaſions qui ont été capables de lui en impoſer. 4. La retraite donnée par le raviſſeur, & le recélé qu'il fait de la perſonne ravie. 5. Les piéges tendus à l'inſçu des parens. 6. L'inégalité de la condition, & le déshonneur qu'entraîneroit l'alliance projetée. 7. Le deſſein que peut avoir eu le raviſſeur de ſéduire en vue du mariage. 8. Les bonnes mœurs de celle qu'on a trompée. 9. Le viol qui peut avoir précédé la fuite.

La conduite de Tavant avec la demoiſelle de la Geriniere, réunit tous ces caracteres.

1. *Minorité.* Ce ne ſont pas les momens où le viol peut avoir été commis, ni ceux de la fuite, de l'enlévement, ou du mariage, qui forment la véritable époque du rapt de ſéduction. Un ſéducteur ne triomphe pas ſubitement d'un cœur qu'il attaque; il faut qu'il prépare ſes batteries, qu'il trompe l'innocence, & s'inſinue ſans en être apperçu. S'il parvient, avec le temps, à émouvoir les ſens, la vertu combat encore; elle a ſes degrés de force, de courage & d'affoibliſſement. C'eſt par ſucceſſion

de temps, c'eſt par des efforts réitérés, c'eſt par une longue ſuite de ſollicitations & d'artifices, que le vice parvient à la ſubjuguer. Mais comme l'inſtant où le poiſon commence à ſe préparer & à ſe communiquer, eſt toujours inconnu, on doit ſe reporter au temps où le corrupteur a pu en faire uſage. Ce n'eſt donc ni à 1701, époque funeſte où les effets de la foibleſſe de la demoiſelle de la Geriniere commençoient à ſe manifeſter, ni à l'année 1708, date du prétendu mariage, qu'il faut s'arrêter. Les triſtes événemens que ces années préſentent, ne furent que la ſuite d'une ſéduction antérieure.

2. *Enlévement apparent, ou ſortie concertée de la maiſon paternelle.* Tant que le ſieur de la Geriniere vécut, Tavant garda quelques meſures, pour empêcher que la connoiſſance de ſa conduite ne parvînt juſqu'aux oreilles d'un Maître redoutable, & qui n'avoit rien de plus cher que l'honneur. Mais à peine ſa mort fut-elle connue à Dommartin, que Tavant détermina la demoiſelle de la Gerinrere à le ſuivre dans la maiſon qu'il avoit acquiſe dans le voiſinage :

les effets destinés à l'usage de cette infortunée y furent portés ; on les trouva, quand on apposa le scellé, confondus avec ceux de Tavant. Enfin, condamné à mort, & fugitif, il parvint à faciliter la sortie de la demoiselle de la Geriniere, du couvent où elle étoit détenue par ordre du Roi.

3. *Les occasions capables de captiver.* La solitude que Tavant avoit introduite dans le château de Dommartin, les infirmités qui retenoient la dame de la Geriniere dans son appartement, avoient réduit la fille à n'avoir que lui pour compagnie, & à se trouver sans cesse avec lui dans des tête-à-tête où l'on ne craignoit point de survenans incommodes. C'étoit de lui qu'elle recevoit les choses nécessaires à la vie : il refusoit & accordoit à son gré. Ravisseur eut-il jamais des occasions plus favorables pour captiver le cœur & l'esprit d'une jeune fille ?

4. *Retraite donnée par le ravisseur à la personne séduite.*

5. *Les piéges tendus à l'insçu des parens.* Le succès de ceux que Tavant avoit dressés, n'est que trop constant.

Le pere, qui fut toujours fort éloigné de chez lui, ne pouvoit savoir ce qui s'y passoit. Les infirmités de la mere, qui la fixoient dans son appartement, produisoient le même effet qu'une absence réelle. Quand elle apprit la honte dont sa fille s'étoit couverte, pouvoit-elle faire autre chose, que de prendre des mesures pour empêcher que cet accident, qui ne pouvoit se réparer, ne transpirât? D'ailleurs, soumise à l'autorité maritale, pouvoit-elle agir? Mais enfin, quoi que l'on puisse dire de sa prudence, quand les effets de la séduction éclaterent, il est certain que les piéges tendus d'abord à l'innocence de sa fille, lui furent nécessairement cachés par les circonstances.

6. *L'inégalité des conditions.* Y eut-il jamais disproportion de condition plus révoltante que celle qui se trouvoit entre la demoiselle de la Geriniere & le valet de son pere, valet réduit à cette condition, & par sa naissance, & par l'état de sa fortune?

7. *Le dessein que le ravisseur peut avoir eu de séduire en vue de mariage.* Ce piége si dangereux pour une jeune

personne, & si souvent mis en usage, doit être encore plus sévérement puni que la force & la violence.

Les informations établissent que Tavant fit usage de cette ressource odieuse; qu'elle fut l'écueil où la demoiselle de la Geriniere fit naufrage; que dès l'instant de la mort de son pere, Tavant, qui cessa de se contraindre, voulut l'épouser, sous prétexte d'effectuer la parole qu'il lui avoit donnée.

8. *Les bonnes mœurs de la personne ravie jusqu'au moment de la séduction.* La conduite de la demoiselle de la Geriniere avoit toujours été irréprochable. Les témoins déposent qu'elle avoit reçu la meilleure éducation, *qu'elle fuyoit avec soin la compagnie des hommes, & profitoit des exemples de vertu que lui donnoit sa mere.*

9. Enfin *le viol qui peut avoir précédé l'enlévement, ou la fuite de la personne séduite.* Ce qui s'est passé ne prouve que trop que le viol a été le fruit de la séduction.

Le rapt de séduction est donc constant; la conduite de Tavant en a tous les caracteres; & de ces caracteres, constatés par une foule de preuves ; résulte un empêchement dirimant.

Mais cet obstacle a-t-il été levé ? La personne ravie jouissoit-elle de cette liberté requise par les Loix, quand elle a donné sa main à son ravisseur ? La demoiselle de la Geriniere fut toujours privée de cette liberté de cœur, de sentiment & de volonté, sans laquelle on ne peut donner un véritable consentement au mariage. Etoit-elle même libre de sa personne ? Réfugiée en pays étranger, vivant avec Tavant, soustraite aux poursuites de ses parens, n'ayant d'autre subsistance que celle qu'il vouloit bien lui fournir, n'étoit-elle pas dans une dépendance absolue du misérable domestique qui l'avoit aveuglée ?

Ce n'est donc point ici un de ces mariages que la Loi adopte quant aux liens, mais auxquels elle refuse les effets civils. Celui-ci peche dans son essence, par le défaut de consentement, qui fait la matiere du Sacrement. Dès qu'il est nul & abusif, il ne peut avoir d'effets civils.

Par Arrêt de la Grand'Chambre du

Parlement de Paris, du Jeudi 31 Mai 1759, rendu conformément aux conclusions de M. Seguier, Avocat-Général, la Sentence des Requêtes du Palais fut infirmée; &, faisant droit sur l'opposition à l'Arrêt du 12 Mai 1706, reçue, Tavant fut déclaré mort civilement, & son mariage fut déclaré abusif.

ACCUSATION d'impuissance.

DANS ces ſortes de Cauſes, toujours piquantes par la ſingularité des circonſtances, les Parties ne ſont point d'accord ſur les faits. La femme ne néglige rien pour charger le tableau de ſes malheurs, & peindre des plus noires couleurs l'époux qui l'a outragée. Le mari préſente, au contraire, la démarche de ſon épouſe comme une atteinte portée à la pudeur & à l'honnêteté publique. Si la femme demande à la Juſtice d'avoir recours à la viſite des gens de l'Art, que la ſageſſe de notre Juriſprudence a ſubſtituée à l'indécence & à l'inutilité du congrès, on doit s'attendre à voir le mari faire tous ſes efforts pour éviter une preuve auſſi humiliante.

Cette Cauſe eſt d'autant plus ſinguliere, que le mari dont il s'agit avoit été déjà accuſé d'impuiſſance, & que ſa premiere femme avoit réuſſi à faire déclarer ſon mariage nul. Il prétendoit que, depuis ce Jugement, la Nature tardive avoit enfin développé en lui les facultés propres à la génération, & qu'on ne pouvoit lui opposer un engagement qu'il avoit formé sans avoir les qualités nécessaires pour en remplir les obligations; mais que les liens qu'il s'étoit imposés par son second mariage, étoient indissolubles, parce qu'il avoit donné des preuves non équivoques de sa virilité, & qu'elle avoit été même constatée d'une maniere légale.

La femme répondoit : Ou mon mari est puissant, ou il est impuissant; s'il est puissant, son premier mariage subsiste, & il doit retourner dans les bras de sa premiere épouse; s'il est impuissant, son second mariage est nul comme le premier : rien ne peut donc le soustraire à l'épreuve de la visite des gens de l'Art; elle est indispensable, &, sans elle, la Justice ne peut prononcer sur mon sort. Tel est le point de vue de cette Cause. Nous allons commencer par présenter la défense de la femme. Les moyens sur lesquels elle appuyoit son accusation d'impuissance, furent présentés avec autant de force que d'intérêt.

Le Marquis des Brosses, disoit son

Défenseur (*a*), domicilié en Limousin, épousa, le 24 Novembre 1726, la demoiselle des Chasseaux, qui demeuroit dans le Diocese de Poitiers. Ce mariage ayant duré cinq années entieres, sans que les facultés nécessaires à cet engagement se développassent en lui, la demoiselle des Chasseaux, trop longtemps séduite, en demanda la nullité le 20 Juillet 1731.

L'Official de Poitiers, devant lequel cette demande fut portée, ordonna une visite, qui fut peu favorable au Marquis des Brosses. Les deux premieres vacations des Experts annoncerent en lui des disgraces qu'il se flatta de réparer dans une troisieme : il la demanda avec instance, & les Experts la lui accorderent. Le lieu, le jour, l'heure furent indiqués ; mais lorsqu'ils allerent le chercher dans la maison où il avoit promis de se trouver, on leur annonça qu'il n'y avoit pas couché : on leur en indiqua une autre, ils s'y transporterent, & apprirent que le Marquis des Brosses, peu exact à

(*a*) M. Elie de Beaumont.

ſes rendez-vous, s'étoit enfui. Doublement en défaut, ſa fuite ne le ſauva point; & comme les deux premieres ſéances avoient ſuffiſamment inſtruit les Experts, ſur leur rapport, l'Official déclara ſon mariage nul, avec défenſes d'en contracter un autre. » Nous avons, » porte cette Sentence, déclaré & déclarons le mariage..... nul & invalidé, » à cauſe de l'impuiſſance du ſieur » Daſſier des Broſſes; lui faiſons défenſes de contracter à l'avenir aucun ma» riage.... ; condamnons le ſieur Daſſier » des Broſſes en trois livres d'aumône «. Sur ſon appel comme d'abus, cette Sentence, qui eſt du 21 Juin 1732, fut confirmée par Arrêt de la Cour du 6 Septembre 1734.

Le Marquis des Broſſes, que ſon imagination portoit toujours impétueuſement au mariage, ne tint aucun compte de ces défenſes, émanées tout à la fois des Juges d'Egliſe & de la Cour; il ſe hâta de devancer, par un prompt retour dans ſes terres, le bruit de ſa nouvelle diſgrace, afin de trouver encore dans le Limouſin ou dans le Poitou, une nouvelle épouſe. Trop connu dans l'une & dans l'autre de ces Provinces, il n'y put réussir. L'Angoumois lui ayant paru plus propre à ses vûes de séduction, il parvint à s'introduire dans la maison du sieur de la Breuille, Seigneur de Chantresat, qui venoit de décéder dans sa terre, au fond de l'Angoumois. Le Marquis des Brosses veut même qu'on croie qu'une liaison très-intime les unissoit l'un & l'autre; liaison d'amitié que ses chagrins lui rendoient, dit-il, plus précieuse. Mais, malheureusement pour un sentiment si bien présenté, on rapporte l'extrait mortuaire du sieur de Chantresat, daté du 2 Décembre 1734, un peu plus de deux mois après l'Arrêt qui avoit confirmé les défenses faites au Marquis des Brosses de se marier. Cet Arrêt fut suivi de son retour dans ses terres, & d'un voyage en Angoumois; événemens qui ne laissent pas une grande durée à cette liaison intime avec un homme qu'il n'avoit jamais connu auparavant.

Peu après la mort du sieur de Chantresat, le Marquis des Brosses, par ses soins & ses complaisances assidues, sut se faire agréer pour gendre de la dame de Chantresat, que l'ambition d'une grande fortune pour sa fille avoit malheureusement éblouie : elle ordonna, sans aucun avis de parens, à sa fille, dont elle étoit tutrice, de se disposer à se marier. Sur la nouvelle qui en parvint à la famille du Marquis des Brosses, le tuteur du Chevalier Dassier son frere, & la Marquise du Vigeant sa sœur, formerent leurs oppositions ; & c'est ce frere encore mineur, qui n'a paru dans cette affaire que pour y donner son désistement, dès qu'il en eut le droit, que le Marquis des Brosses peint comme l'instigateur ardent des oppositions de sa sœur. Le Marquis des Brosses sût empêcher cette nouvelle de pénétrer jusqu'au château de Chantresat, & prétextant des arrangemens d'affaires & le désir honnête de mériter, par une liaison plus longue, le cœur de celle dont on lui destinoit la main, il retarda son mariage jusqu'à ce que ces oppositions fussent levées.

Cependant le Marquis des Brosses crut devoir s'appuyer d'un rapport d'Experts contre la Sentence & l'Arrêt qui, depuis dix mois, l'avoient déclaré incapable de mariage. Dans cette vûe, profitant de l'absence de l'Official, il se ménage le Vice-Gérent pour Juge.

Celui-ci, au lieu de quatre Experts qu'il est d'usage de consulter en pareil cas, se contente d'en appeler deux, & les nomme d'office sans en avoir le droit, puisqu'il n'y avoit aucun refus de la part des Parties; ils comparoissent sur son mandement verbal, sans assignation, & au même moment ils visitent le Marquis des Brosses, & lui apprennent qu'il est homme. Ainsi, en moins d'une heure, il conçoit le dessein de devenir puissant, trouve un Juge qui le lui permet, des Experts qui le prononcent, & il le devient sans s'en appercevoir.

Cependant la dame de Chantresat, toujours aveuglée par l'air d'opulence du Marquis des Brosses, & trouvant en lui ces convenances de fortune & de naissance qui décident presque seules d'une union qui ne doit finir qu'avec la vie, pressoit vivement la conclusion du mariage. Le Marquis des Brosses, après avoir levé en secret les obstacles qui s'y opposoient, le faisoit encore plus fortement souhaiter, par les grands avantages dont il avoit annoncé qu'il gratifieroit la demoiselle de Chantresat. Le contrat de mariage contenoit, en effet, donation de tous ses meubles, acquêts, conquêts, & du tiers de ses propres; don qu'à la vérité on stipula réciproque du côté de la demoiselle de Chantresat. Mais la générosité que faisoit cette mineure, étoit bien au dessous de celle qu'elle recevoit.

Alors l'autorité maternelle se fit entendre avec empire, l'intrigue fut conduite en secret, les parens furent écartés, & l'on surprit de M. l'Evêque d'Angoulême une permission accordée sur l'énonciation du concours des parens, & qu'il révoqua dès qu'il sut qu'ils n'avoient point été appelés; mais l'on passa outre, &, au mépris des formes sacrées de l'Eglise & de l'Etat, la nuit du 17 au 18 Août 1735, la demoiselle de Chantresat, à peine âgée de dix-neuf ans, fut livrée moins à un époux qu'à un séducteur. Ce fut, comme l'on voit, plus de neuf mois après l'admission du Marquis des Brosses à Chantresat, que ce mariage fut célébré; & telle est la contrariété de ses fables mal tissues, qu'il faut, ou qu'il n'ait pas connu le sieur de Chantresat, mort le premier Décembre 1734, avec lequel il annonce cependant une liaiſon intime; ou qu'il n'ait pas obtenu de ſon vivant, comme il l'annonce encore, des faveurs dont l'effet auroit éclaté long-temps avant le mariage; & ſi l'on veut l'en croire, les ſuites qui en étoient réſultées précipiterent une cérémonie qu'elles rendoient néceſſaire à l'honneur de la demoiſelle de Chantreſat.

Quelle triſte carriere s'ouvrit avec ce mariage pour la nouvelle épouſe! Ses jours avoient coulé juſque-là dans la paix & dans l'innocence, au milieu d'une famille chérie, dont elle faiſoit l'ornement & la joie, & où les modeles de vertu qu'elle avoit ſous les yeux, lui rendoient ſes devoirs aimables; mais renfermée avec le Marquis des Broſſes dans le fond d'un château déſert, elle ſe vit au pouvoir d'un homme violent & brutal dans ſes déſirs, dont les attentats & les ſévices firent ſuccéder à ces jours heureux, des jours de triſteſſe & d'horreur. Chez elle la pureté d'une éducation ſévere ne lui avoit laiſſé envisager dans un mari que des ſoins, des empreſſemens, une tendre aſſiduité à lui plaire, & ces innocentes careſſes qui ne craignent pas les regards. Mais tout

tout à coup les honteux égaremens du Marquis des Brosses arrachant à la demoiselle de Chantresat son heureuse ignorance, firent passer dans son ame des traits de lumiere qui ne servirent qu'à lui montrer le précipice qui l'environnoit.

Sa douceur & sa piété la soutinrent plusieurs années contre ces affligeantes épreuves; elle eut pour le Marquis des Brosses les égards qu'une femme qui se respecte conserve toujours pour celui même qui les mérite le moins; en lui opposant en secret la résistance qu'ordonnoit sa vertu, elle sut en même temps, par ses ménagemens & ses soins, adoucir sa violence & ses emportemens. A la vérité, l'on ne vit point entre eux cette confiance mutuelle, ces attentions délicates, les tendres prévenances dont les époux se croient trop tôt dispensés; mais au moins la bienséance fut conservée. C'est dans ce temps d'un calme apparent, que le Marquis des Brosses place ces lettres, où il assure que la demoiselle de Chantresat le pricit de ne lui point faire d'infidélités. Ainsi, aimant toujours à se ravaler vers ses sens, comme pour paroître en mieux éprouver l'empire, il présente, comme de sûrs garans de sa virilité, des lettres qui, si elles étoient produites, n'annonceroient que les simples égards de la civilité la moins affectueuse. Mais il n'en produit aucune, & c'est encore un de ces points importans dans la Cause, sur lesquels le Marquis des Brosses a fourni de fausses instructions.

On doit dire la même chose de cette prétendue fausse couche, qu'il annonce avec tant de confiance, comme un témoignage qui dépose en sa faveur : il n'en allegue aucun témoin, il n'en indique aucune preuve, &, supposant une chute dont sa fable a besoin, il croit qu'il lui suffit, pour réussir, d'entasser fictions sur fictions. Ainsi, tour à tour accusé & témoin, il s'administre à lui-même des preuves que personne ne peut combattre, parce que personne n'a pu les connoître ; & il croit écarter suffisamment l'accusation d'impuissance, en disant qu'il n'est pas impuissant : car voilà proprement ce que renferment & le fait antérieur au mariage, & celui-ci qu'il a créé pour le besoin de sa Cause.

Mais l'apparence de tranquillité que

la patience de la demoiselle de Chantresat avoit conservée pendant quelques années dans une union mal assortie, s'évanouit, à mesure que le dérangement des affaires du Marquis des Brosses devenoit plus sensible : la demoiselle de Chantresat en partagea toujours les soins & les peines, & le Mémoire même du Marquis des Brosses en renferme un témoignage éclatant; car on y voit d'un côté la demoiselle de Chantresat l'objet d'une plainte du Chevalier Dassier; de l'autre, une procédure suivie contre elle, encore par le Chevalier Dassier, & la plainte en rebellion, si sérieuse, qu'elle donne lieu à un Arrêt définitif, dans lequel la demoiselle de Chantresat se trouve encore Partie.

Un Mémoire précédemment imprimé pour le Marquis des Brosses, annonce même que son épouse se transporta au château d'Angoulême, pendant sa détention, pour lui offrir ses secours : mais il a cru devoir taire ce fait important ; & voilà cependant, à l'en croire, cette femme réunie avec son frere dans le complot le plus criminel !

Dans ces mêmes temps, le Marquis des Brosses, toujours environné des fatellites de la Justice, ou en garde contre eux, cantonné tristement dans son château, ou renfermé dans des citadelles & dans des prisons, se livra de plus en plus à l'emportement de son caractere, qu'aigrissoient ses disgraces. Pour faire diversion à ses chagrins, il s'abandonna sans mesure à ces différens excès que les hommes appellent des plaisirs, parce qu'ils leur font perdre de vue leurs peines. De là cette pente vers les voluptés les plus grossieres, devenue en lui plus rapide; de là ces assauts plus fréquens livrés à la vertu de la demoiselle de Chantresat; de là enfin cet emportement, d'autant plus vif & plus intolérable, qu'il avoit plus à se plaindre de la Nature.

La demoiselle de Chantresat, pour calmer son ame agitée & s'assurer un repos sans cesse troublé, confia ses peines au Curé de Saint Michel, son Confesseur. Ce Pasteur attentif les trouva d'une nature si grave & si extraordinaire, qu'il crut devoir lui-même recourir à son Evêque. M. de l'Isle du Guast, Evêque de Limoges, fut consulté. Des Missionnaires, que leur zele avoit conduits en la Paroisse des Brosses, firent connoître à la demoiselle de Chantresat toute la grandeur du danger, & la presserent de s'y soustraire. Elle fut chercher, dans les bras de sa mere, un asile contre les criminelles entreprises du Marquis des Brosses. Furieux, il l'y poursuivit, & redemandoit un bien qui ne pouvoit être le sien. Rappelé ensuite par des médiateurs respectables, au conseil que donne l'Eglise, à ce conseil de vivre en frere avec la demoiselle de Chantresat, il feignit de s'y soumettre, & le calme sembla reparoître.

Ce calme ne fut pas de longue durée : un attachement épuré pouvoit-il long-temps subsister dans un cœur fermé à l'honnêteté ? Inquiet, agité, jetant sans cesse sur elle & sur lui des regards égarés, ce sentiment vif qui porte un époux vers ce qu'il aime, ne se peignoit sur son visage qu'avec les traits du désespoir & de la fureur. Combien de fois la demoiselle de Chantresat, renfermée avec lui dans sa forteresse isolée, en a-t-elle éprouvé les effets ! elle se seroit cependant condamnée au silence, si sa vie seule eût été en danger ; mais harcelée sans cesse par le

Marquis des Broſſes, & voyant perpétuellement le crime ou dans ſa bouche ou dans ſes yeux, le cri de ſa conſcience s'eſt de nouveau fait entendre avec tant de force, qu'elle a couru chercher la paix de ſon ame loin de cet affreux ſéjour.

Les Religieuſes de Sainte Claire de Limoges ſe ſont empreſſées de la recevoir dans leur retraite. Rendue à elle-même & à la vertu dans cet aſile ſacré, après tant d'années de ſévices, d'humiliations & d'outrages, qu'elle ſe ſeroit trouvée heureuſe, ſi le Marquis des Broſſes, abdiquant une autorité que la Nature & la Religion lui refuſent, eût voulu conſentir qu'elle pût s'y fixer pour toujours ! Des Directeurs ſages & éclairés ont conduit ſon action intentée le 17 Avril 1747; les Officiers de Juſtice l'ont inſtruite ſuivant les formes établies, & la demoiſelle de Chantreſat, livrée toute entiere à ſa douleur, n'a mis dans cette procédure que ſon nom & ſes larmes.

Pour la défendre avec ordre ſur l'appel comme d'abus par elle interjeté de ſon mariage, & pour rétablir en même temps la pureté de nos maximes ſur cette matiere, nous traiterons, disoit le Défenseur de la Marquise des Brosses, séparément deux questions que l'affaire présente naturellement.

La premiere est de savoir si, indépendamment de la question d'impuissance, la demoiselle de Chantresat ne trouve pas, & dans le premier mariage du Marquis des Brosses, & dans l'abus du second, un moyen sûr de faire prononcer la cassation de ce dernier.

La seconde, qui est le vrai point de la Cause, est de savoir si le Marquis des Brosses n'est pas véritablement impuissant, & si la visite de Gueret, qu'il présente comme son titre, n'est pas tellement vicieuse qu'il en faille ordonner une autre. Ces deux questions, indépendantes l'une de l'autre, ont chacune leur vérité propre; & tout Lecteur judicieux sentira qu'elles peuvent se traiter séparément, sans se détruire l'une par l'autre, & laissent dans toute sa force le fait toujours soutenu par la demoiselle de Chantresat, que le Marquis des Brosses est absolument incapable de mariage. Elle n'a point dit: *Ou le Marquis des Brosses est impuissant, ou il ne l'est pas*; mais elle a dit : Dans le cas où il pourroit ſe dérober à la preuve d'une impuiſſance dont je ſuis certaine, l'exiſtence de ſon premier mariage & les abus du ſecond doivent briſer nos liens. Ce n'eſt donc point *une arme à deux tranchans*, dont elle ait voulu faire un perfide uſage : & par-là ſe détruit cette prétendue contradiction entre ſes moyens, dont le Marquis des Broſſes a lui-même fait le plus preſſant des ſiens.

Voici de quelle maniere le Défenſeur de la Marquiſe développoit les moyens qui ſervoient de fondement à ſa premiere propoſition.

Si l'on ne pouvoit, diſoit-il, prouver l'impuiſſance du Marquis des Broſſes, il devroit ceſſer de ſe prétendre l'époux de la demoiſelle de Chantreſat, & même réhabiliter ſon mariage avec la demoiſelle des Chaſſeaux.

En voyant dans la défenſe du Marquis des Broſſes, avec quelle facilité l'on s'y permet d'agiter cette queſtion : Si un homme appartiendra à telle femme plutôt qu'à telle autre ; il ſembleroit preſque qu'il eſt au pouvoir des hommes de faire ſubſiſter ou d'anéantir un Sacrement que Dieu même a établi pour durer toujours.

Dépendroit-il donc d'une peinture touchante, d'un raisonnement subtil, d'un rapport d'Experts ignorans ou séduits, de faire que la grace du mariage eût ou n'eût pas été conférée ? Et aura-t-il été une union sacrée, ou une cohabitation honteuse, selon que les Parties auront ou n'auront pas des Défenseurs adroits ou des Juges éclairés ?

Que ceux qui sont pénétrés de la dignité du mariage en conçoivent des idées bien différentes ! ils regardent avec un respect religieux des nœuds que le Ciel même a dû former. Toujours en garde contre la séduction de leurs propres vûes, contre cette facilité malheureuse de réduire tout en problême, ils s'attachent inviolablement aux regles simples de l'Eglise ; & bientôt toutes les difficultés que leur présente une imagination féconde & brillante, viennent échouer contre le grand principe de l'indissolubilité.

C'est cette regle simple & inaltérable, fondée sur la Loi naturelle, & consacrée par notre Religion sainte, qui éclaircit tous nos doutes, qui dissipe toutes nos erreurs. Le mariage, dès qu'il a existé une fois, est indissoluble ;

BIBLIOTHEQUE DE L'ARSENAL

& il a existé, dès qu'il n'y a pas eu un empêchement perpétuel & incurable, qui, rendant les contractans inhabiles à en remplir les devoirs, les a rendus en même temps incapables de lui donner l'existence.

Le Marquis des Brosses, en prétendant à la main de la demoiselle de Chantresat, a annoncé qu'il n'avoit point un empêchement de cette nature, & le procès présent est, de sa part, une preuve nouvelle de cette prétention. Dès-là il n'a pu quitter sans crime sa premiere épouse, & moins encore en prendre, peu après, une seconde. Telle est à cet égard, en peu de mots, la défense de la demoiselle de Chantresat.

S'il est vrai que l'essence du mariage soit l'indissolubilité; s'il est vrai encore que le mariage se forme par le seul consentement, comme les Païens eux-mêmes nous l'apprennent, avec le désir habituel & implicite d'en remplir les devoirs: il n'est personne qui ne sente que tant qu'il y a quelque lueur d'espérance de les remplir, il n'y ait un véritable & solide mariage. Or, on le demande au Marquis des Brosses lui-même, lorsqu'en

1726 il a conduit la demoiselle des Chasseaux à l'autel, lorsque s'unissant de cœur avec elle, en présence du Ministre & de l'Eglise entiere, il a prié le Ciel, qu'il prenoit à témoin de ses engagemens, de punir son parjure, s'il les violoit jamais; lorsqu'enfin ils ont scellé ces promesses sacrées par leurs mutuels embrassemens : n'apportoit-il pas ce consentement, ce vœu d'indissolubilité, ce désir habituel & implicite qui forment vraiment le mariage? Il y a donc eu un instant où ce mariage a existé, & il n'a pu depuis cesser d'exister qu'autant que ce désir habituel & implicite aura dû céder à une impossibilité entiere & absolue de le satisfaire.

Aussi, dans aucun temps l'Eglise n'a-t-elle admis ces obstacles passagers, qui ne font que suspendre ou différer l'usage des droits du mariage.

Le Marquis des Brosses reproche en vain à la demoiselle de Chantresat, que son action blesse la pudeur : qu'il apprenne d'abord à la connoître lui-même. Parle-t-il de cette pudeur de convention, mise de nos jours à la place de la véritable, sous le nom de *décence*;

qui s'offense d'un regard, & permet de les exciter ; qu'un geste, une expression soulevent, & que les désirs les plus criminels & les plus réfléchis ne révoltent pas ; qui s'effraie d'une description, & qui, pardonnant les actions les plus coupables au soin de les voiler, ne condamne en nous que l'éclat & non la faute ; de cette pudeur enfin, qui, affectée, sur-tout par les femmes les moins amies de la vertu, place, par une alliance monstrueuse, le crime dans l'ame, & la vertu sur le front ? Si c'est-là cette pudeur que blesse la demoiselle de Chantresat, elle en fait gloire.

Mais il est une véritable pudeur qui lui fut toujours chere, & qui a commandé l'action qu'elle intente. Cette vertu, placée dans le cœur, dont elle regle tous les mouvemens, dont elle épure les désirs, dont elle réprime les saillies, nous élevant au dessus du tumulte des passions & des sens, nous rend capables de discerner sûrement nos devoirs, & de les remplir par les plus généreux sacrifices. C'est elle qui a inspiré à la demoiselle de Chantresat de rapporter au Marquis des Brosses toutes les affections dues à un mari, tant qu'elle a pu croire qu'il en avoit les droits ; c'eſt cette même pudeur qui l'a fait s'échapper, dès qu'elle l'a pu, d'une couche qui ne pouvoit être pour elle la couche nuptiale ; c'eſt elle qui lui perſuade que les formalités & les examens ordonnés par l'Egliſe dans ſes Tribunaux, pour maintenir la dignité d'un grand Sacrement, ſont excuſés par leur objet, & ne peuvent être un ſujet de honte, puiſque l'Egliſe les commande ; enfin c'eſt cette pudeur qui, animant dans une action toute ſemblable l'infortunée Marquiſe de G....., lui conſerva le nom de femme vertueuſe, malgré le premier cri qui la dégradoit. Elle avoit cependant fait ſubir à ſon mari pluſieurs viſites conſécutives ; elle avoit cru même devoir demander la viſite de ſa propre perſonne, comme les Canons l'ordonnent.

Et la demoiſelle de Chantreſat, qui ne demande qu'une nouvelle viſite qui puiſſe réparer la défectuoſité & les vices de la précédente, eſt une femme indécente & coupable, *une femme qui a franchi les bornes, une femme enfin qui ſeroit trop peu punie par tout ce qu'une ame ſenſible & forte peut con-*

tenir d'indignation & de mépris. Est-ce donc ainsi que notre vertu, le seul bien sur lequel la fortune n'ait pas de pouvoir, n'aura plus qu'une existence précaire, & que des traits forts & hardis pourront nous ravir?

Mais la véritable vertu se rend à elle-même le plus consolant des témoignages; la demoiselle de Chantresat en jouit, &, dédaignant des traits qui ne vont pas jusqu'à elle, elle va terminer sa défense par le moyen d'impuissance, qu'elle établira d'une maniere également simple & concluante.

Un point certain, c'est que, lors de la dissolution du premier mariage du Marquis des Brosses, il étoit, de son aveu, impuissant; ainsi toute la Cause se réduit à savoir si, depuis, il a prouvé avoir acquis une vraie puissance, ou s'il ne reste pas au moins contre lui une présomption d'impuissance, telle que, pour la confirmer ou la détruire, il faille ordonner une nouvelle visite en la Cour. Voilà exactement toute la Cause, & voilà le sujet de toute cette clameur excitée contre la demoiselle de Chantresat.

Or, cette présomption d'impuissance

a d'avance ſaiſi tous les eſprits ; & il ne reſte qu'à rendre ici ce que chacun s'eſt dit à ſoi-même.

D'abord, quand on conſidere que le Marquis des Broſſes, après ſix ans d'un premier mariage, a été ſéparé pour une impuiſſance qui n'a pu être accidentelle, les Loix de l'Egliſe n'auroient pas permis, en ce cas, la ſéparation ; & quand on penſe enſuite qu'une impuiſſance naturelle eſt en ſoi, & ſuivant la définition des Canoniſtes, celle que ni le temps ni les remedes ne peuvent faire ceſſer, il répugne à l'eſprit de croire que le Marquis des Broſſes eût pu vaincre une impuiſſance de cette nature.

Suppoſons cependant que la Nature ait eu pour lui d'autres loix, & qu'il ait pu vaincre cette impuiſſance : mais qu'il nous montre du moins la preuve qu'il l'a vaincue.

Dira-t-il qu'il a fait juger contradictoirement avec ſon frere & ſa ſœur, qu'il étoit devenu puiſſant ? On lui oppoſera une réponſe bien ſimple. Il eſt de Juriſprudence conſtante que des parens, même héritiers préſomptifs, ne peuvent empêcher un mariage, ſous prétexte d'impuissance. Un neveu, un frere, même héritiers présomptifs, y ont été déclarés non-recevables par des Arrêts solennels. Le Chevalier Dassier, convaincu de cette vérité, s'étoit, comme nous l'avons dit, désisté de son opposition long-temps avant le Jugement qui permit le second mariage; & l'on voit dans la Sentence de nomination d'Experts qui le précede, que le Marquis des Brosses, toujours très-attentif à faire valoir les fins de non-recevoir, écarta son frere & sa sœur par le secours de la Loi, & non par la certitude de son nouvel état.

Ainsi, c'est un principe incontestable, confirmé par les Jugemens de la puissance ecclésiastique & séculiere, que, lorsque la religion du Juge n'est pas suffisamment instruite par une premiere visite, lorsqu'il reste au moins des doutes contre le mari, on peut & l'on doit en ordonner une seconde.

Quelle peut donc être la différence de cette Cause? S'agit-il de juger ici ces grandes questions, si l'impuissance perpétuelle est la seule qui donne lieu à la dissolution d'un pareil mariage; si, dans le cas d'une puissance survenue, l'on eſt obligé de reprendre ſes premiers liens ? Non, ces queſtions ſont évidemment prématurées ; on ne les a traitées que pour ſuivre le plan de défenſe du Marquis des Broſſes, & il eſt ſenſible qu'elles ne peuvent être agitées qu'autant que la viſite demandée aura manifeſté ſon état.

Qui pourroit empêcher cette viſite ? L'on vient de prouver que les principes en établiſſent la néceſſité, que des exemples éclatans en confirment l'uſage, que des Arrêts ſolennels l'autoriſent. Mais, ce qui eſt propre à cette Cauſe, c'eſt que les conſéquences qui réſultent contre le Marquis des Broſſes, de la premiere & de la ſeconde viſite, qui ont prouvé évidemment ſon impuiſſance, & les vices révoltans de la troiſieme, rendent la nouvelle viſite indiſpenſable ; car au moins, dans les autres queſtions d'impuiſſance, la préſomption pouvoit être pour l'accuſé, qu'aucun événement antérieur n'auroit rendu ſuſpect ; au lieu qu'ici, le Marquis des Broſſes l'eſt néceſſairement, & de ſon aveu, par ce qui a précédé ſon ſecond mariage.

Il y a d'ailleurs d'autant plus lieu de l'ordonner ici, que la derniere viſite est infectée d'une nullité radicale, ayant été faite de l'autorité du Juge laïque, entiérement incompétent pour les questions d'impuissance, & pour tout ce qui conduit à les décider. Ce moyen seul est si décisif, que le Marquis des Brosses n'a entrepris d'y répondre qu'en justifiant le fait par le fait même, & en reprochant indirectement à la demoiselle de Chantresat de contester l'autorité de la Cour, qu'elle sait mieux respecter que lui. Seroit-ce manquer à ce respect, que de réclamer une compétence dont la Cour elle-même est la protectrice ? L'intérêt du Marquis des Brosses est ici la seule cause de cette vaine montre de soumission, qui est si peu sincere, que si cette visite lui eût été contraire, on l'eût vu lui-même se hâter d'en appeler, sur le fondement d'une incompétence que l'équité veut qu'on puisse lui opposer à son tour. Mais, quelque invincible que soit ce moyen, la Cause de la demoiselle de Chantresat est malheureusement telle, que les moyens de forme ne peuvent guere ajouter à sa justice.

Ce n'est pas, au reste, qu'elle ait besoin, pour sa propre conviction, de cette nouvelle visite, dont l'appareil même augmente ses déplaisirs : mais elle doit à ses Juges, au Public, à sa réputation trop indignement attaquée, de faire voir qu'il n'y avoit que ce crime, qui accompagne toujours les attentats d'un impuissant, qui pût la forcer de se plaindre. Quelle cruelle & malheureuse situation que la sienne ! En vain elle aura, dès son enfance, aimé ses devoirs, en vain la vertu aura été chere à son cœur, le crime du Marquis des Brosses & ses propres malheurs la réduisent à une discussion humiliante, qui semble presque la dégrader du rang de femme vertueuse. Retenu dans les fers par ses démêlés avec son frere, le sieur des Brosses ose bien accuser celle qu'il appelle sa femme, de les avoir forgés ; il l'associe artificieusement au frere qui le poursuit; il veut qu'elle ait enhardi contre un frere & un époux malheureux, une main qui l'a elle-même frappée ; &, plus furieux dans sa chute, loin d'appliquer à sa défense cette commisération, toujours accordée aux malheureux, il ne l'excite, il ne la presse que pour communiquer à tous les cœurs la haine dont le sien est agité : satisfait de ſe déshonorer, pourvu qu'il puiſſe, à ce prix, faire regarder la demoiſelle de Chantreſat comme une femme ſans vertu, ſans pudeur, ſans humanité. Et que peut-elle oppoſer à toutes ces attaques? Renfermée chez elle par la bienſéance de ſon ſexe, elle ne peut offrir à ſes Juges qu'un écrit, qui ne leur dira jamais tout ce que diroit ſa douleur; moins malheureuſe pourtant, ſi ſa défenſe ainſi préſentée lui conſerve une eſtime qui pourra, ſinon détruire, du moins adoucir la vive & profonde impreſſion de ſes malheurs.

Telle eſt l'analyſe des faits & des moyens que le Défenſeur de la Marquiſe des Broſſes fit valoir pour appuyer ſa réclamation.

Nous devons maintenant leur oppoſer la défenſe de ſon mari. L'Orateur qui en étoit chargé (*a*), après avoir peint la Marquiſe comme une femme qui mépriſoit toutes les loix de la pudeur & de la décence, en affectant de ſe montrer ſous les dehors ſéduiſans de la vertu, diſoit : Le maſque de la ſageſſe n'a pas

(*a*) M. Loiſeau de Mauleon.

ſuffi à la dame des Broſſes ; elle a cru qu'en ſe donnant pour une femme malheureuſe qu'un époux violent opprimoit, ce vernis de malheur, ce mélange attendriſſant de déſaſtres & de vertus tromperoit d'autant mieux ſes Juges, qu'il leur rendroit ſon mari plus odieux. C'eſt ainſi que, pour faire contraſter ſes fictions, elle a peint le Marquis des Broſſes sous des couleurs hideuſes qui le défiguroient

Elle vivoit, à l'en croire (continuoit-il), *au pouvoir d'un homme emporté, dont les attentats, dont les ſévices firent ſuccéder à des jours heureux des jours de triſteſſe & d'horreur.* Elle ne parle que de ſévices, que d'attentats. Quels épouvantables détails ce grand bruit ſemble nous annoncer ! Deſcendons donc dans l'examen des faits. Qu'elle nous faſſe le récit de ſes peines. *Sa vie,* dit-elle, *a été en danger.* Quelles rudes épreuves a-t-elle donc eſſuyées ? Qu'elle nous expoſe tous ſes périls & tous ſes maux. Quoi ! elle ſe tait ; elle n'a rien à répondre ; elle ne nous offre aucune preuve ; elle n'articule aucun trait poſitif ; elle n'a pas le moindre fait à établir ? Elle nous dit bien que ſon mari *jetoit sur elle des regards égarés*; que l'amour *ne se peignoit en lui qu'avec les traits du désespoir*. Elle nous dit bien qu'il avoit *le crime dans la bouche*, qu'il l'avoit aussi *dans les yeux*. Mais que signifient ces peintures, que trace, de caprice & d'idée, une imagination qui s'allume ? Ce ne sont point des portraits qu'il nous faut; nous demandons qu'elle nous instruise de ses malheurs; & douze années d'habitation commune ne lui fournissent aucun événement fâcheux : elle ne sauroit, dans tout ce long espace, rencontrer l'ombre d'une seule infortune. A l'entendre, *le cœur* de son mari étoit *agité par la haine*; mais cette haine n'a eu nulle suite funeste. Il étoit *violent & brutal*; mais sa brutalité n'a produit aucune voie de fait; nul mauvais traitement n'a accompagné sa violence. Elle ne peut, encore une fois, nous citer un accident, une aventure, un tort qui réponde au caractere féroce qu'elle lui suppose; &, lorsqu'elle se dit malheureuse, elle n'est pas digne de plus de foi, que lorsqu'elle parle de ses vertus.

Si l'on compare ce qu'étoit la Marquise des Brosses, lorsqu'elle avoit son époux auprès d'elle, à ce qu'elle devint tout à coup, lorſqu'il fut mis au château d'Angoulême ; quelle affligeante métamorphoſe il ſe fit alors dans ſa conduite ! Fidelle, au moins en apparence, à la loi du devoir, pendant les dix premieres années de ſon mariage, elle ſe comportoit d'une maniere qui ne donnoit à ſon mari aucun ſoupçon ſur ſon eſtime & ſur ſes ſentimens pour lui ; & ſi quelques affaires obligeoient le Marquis des Broſſes à la quitter de temps en temps : *Le ſéjour que tu as fait dans ton voyage*, lui diſoit-elle dans une de ſes lettres, *m'a paru d'une longueur horrible.... N'épargne rien afin de te rendre au plus vîte ; j'ai une impatience des plus grandes de te voir, &c...* Une autre commençoit ainſi : *Je ne puis te dire, mon cher fils, le plaiſir que m'a fait ta lettre : tu ne me parle point de ta ſanté ; je me perſuade qu'elle eſt bonne, pour ma tranquillité. Je meurs d'envie de t'embraſſer ; il me ſemble, mon cher cœur, qu'il y a dix ans que je ne t'ai vu, &c.* Dans une autre, elle lui diſoit encore : *Je te ſouhaite une bonne ſanté ; quel plaiſir pour moi de t'embrasser ! je le préfere à tous les biens du monde.*

En un mot, elle parloit alors le langage d'une épouse véritablement attachée ; le Marquis des Brosses ne remarquoit rien, dans l'extérieur de sa conduite, qui contredît les expressions vives & tendres dont elle usoit. Quant à lui, rien n'étoit plus sincere que son amitié pour sa femme.

Cette concorde & cette paix durerent sans altération jusqu'à l'instant fatal où des ordres supérieurs firent arrêter le Marquis des Brosses, qui, grace à ses ennemis, resta plus d'un an prisonnier par lettre de cachet. Le premier soin qu'il eut, en arrivant au château d'Angoulême, fut d'écrire à sa femme une lettre pleine de tendresse & de sensibilité. *Quand je t'écrirois*, lui disoit-il entre autres choses, *des lamentations, ma chere femme, cela ne guériroit de rien ; tu me connois, & par-là tu dois penser le bon sang que je dois faire ici ; il n'y a que ta situation qui me touche ; tu dois savoir à quel point je t'aime ; ce qui ne s'effacera jamais qu'avec moi.*

Mais si le Marquis des Brosses conservoit,

ſervoit, durant ſa priſon, ſon attachement pour ſa femme, il en fut tout autrement d'elle ; ſa tendreſſe ne s'allia point avec l'abſence. Etoit-ce que les plaiſirs du mariage devinrent pour elle, dès qu'elle en fut privée, d'impérieux beſoins ? Etoit-ce que ces attentions ſi flatteuſes, que ces manieres careſſantes n'avoient été de ſa part qu'une feinte adroite, pour couvrir ſa conduite d'un voile impénétrable ? Quoi qu'il en ſoit, le Marquis des Broſſes ne trouva plus, dès qu'il eut perdu ſa liberté, qu'une ennemie, qu'une perſécutrice dans ſa femme. Ce fut alors que l'on vit commencer dans ſes mœurs un changement qui devint ſi rapide. Il eſt inoui qu'une femme qui avoit reſpecté juſque-là tous les dehors de la vertu, ait méconnu, dans l'eſpace d'un an, toutes les bienſéances. Ce fut alors que cette femme, voulant briſer à toute force des liens odieux pour un cœur ennemi de toute dépendance, publia, après douze ans d'union, que ſon mari n'étoit point homme. Elle entra, pour former cette action, dans un des couvens de Limoges, & elle en ſortoit tous les jours. Ainſi, paſſant du couvent à l'auberge, de ses affaires à ses plaisirs, elle juroit à ses Juges qu'elle étoit vierge. Et quand son mari lui oppose des témoignages émanés d'elle, dans les lettres qu'elle lui écrivoit autrefois; quand il combat son audacieuse imposture, par le récit des craintes qu'elle lui montroit qu'il ne lui fût infidele, elle nie qu'elle lui ait jamais marqué ces tendres craintes d'une infidélité, *qui prouveroient*, dit-elle, *qu'il en pouvoit faire une* : car ce sont-là ses propres termes. Elle sent bien, & elle ne peut disconvenir qu'un pareil discours feroit, dans sa bouche, un aveu, une reconnoissance que son mari est homme; mais si elle est forcée d'avouer l'induction évidente qui résulteroit de sa lettre, elle nie courageusement cette lettre; elle se flatte, ne la voyant point au procès, qu'elle aura été enveloppée dans ce commun naufrage de tant d'autres papiers, que les ennemis de son mari avoient fait disparoître. Elle n'ignore point qu'elle les a écrites; cependant voici comment elle en parle dans son Mémoire: *C'est dans ce temps d'un calme apparent, que le Marquis des Brosses place ces lettres, où il assure que la demoi-*

ſelle de Chantreſat le prioit de ne lui point faire d'infidélités....; mais il n'en produit aucune; & c'eſt encore un de ces poins importans dans la Cauſe, ſur leſquels le Marquis des Broſſes a fourni de fauſſes inſtructions. Et plus loin elle ajoute : *On ne trouve point ici ces tendres craintes d'une infidélité, qui prouvent du moins qu'il en pouvoit faire une.*

La réponſe du Défenſeur du Marquis des Broſſes fut ſimple; il repréſenta la lettre qu'il n'avoit pas lors de ſon premier Mémoire, & qu'il avoit recouvrée depuis : *Ne me fais point d'infidélité*, portoit cette lettre. Une foule de conſéquences ſortoient de cette piece importante, & toutes plus accablantes les unes que les autres pour la Marquiſe des Broſſes.

Le Défenſeur du Marquis des Broſſes releva enſuite les autres faits que la Marquiſe avoit avancés. Elle ſoutient (diſoit-il) que ſon mari n'a pas dit vrai, lorſqu'il a dit qu'il connoiſſoit depuis long-temps le ſieur de Chantreſat : elle aſſure qu'*il ne l'avoit jamais connu auparavant*; & la preuve qu'elle en rapporte, c'eſt qu'elle le représente comme un homme qui *se hâta de devancer, par un prompt retour dans ses terres, le bruit de sa nouvelle disgrace, afin de trouver encore dans le Limousin, ou dans le Poitou, une nouvelle épouse*; comme un homme qui, *trop connu dans l'une & dans l'autre de ces Provinces, n'y put réussir*, & trouva *l'Angoumois plus propre à ses vûes de séduction*; comme un homme qui *parvint à s'introduire dans la maison du sieur de la Breuille de Chantresat, qui venoit de décéder dans sa terre, au fond de l'Angoumois.*

Voici de quelle maniere il détruisit ces assertions, & les faits contraires qu'il articula. Il soutint que le Marquis des Brosses avoit connu toute sa vie le sieur de la Breuille de Chantresat; c'est un fait notoire dans toute la Province. Il n'avoit point quitté ses terres pour venir faire juger son procès, ainsi il n'eut point à y retourner. Il ne parcourut point plusieurs Provinces avant que de s'enfoncer dans une troisieme, pour s'introduire dans une maison inconnue. La terre de Chantresat est la terre la plus voisine du Marquis des Brosses; il n'y a que deux petites lieues des Brosses à Chantresat. Les deux familles & les auteurs communs ont été liés de tous les temps. Le Marquis des Brosses se sentant de l'inclination pour la fille de son voisin, qui n'étoit point décédé, comme le prétend encore faussement la Marquise des Brosses, se rendit plus assidu dans un château qu'il fréquentoit depuis l'enfance. Tous ces faits sont de notoriété publique dans le pays. Ainsi il est constant que le Marquis des Brosses a toujours été ami du sieur de Chantresat, pere de sa femme; qu'ayant perdu son procès le 6 Septembre 1734, il se lia plus étroitement avec lui jusqu'à sa mort, qui arriva le 2 Décembre suivant; & qu'il épousa, le 18 Août 1735, sa fille, qui avoit perdu son pere l'année d'avant.

Pourquoi d'ailleurs le Marquis des Brosses auroit-il eu recours au mensonge? La vérité lui offroit-elle des événemens trop simples & trop légers? Avoit-il besoin, pour intéresser, d'appeler à son aide des circonstances étrangeres, & créées à plaisir? Les Romans qui sont chargés de récits sombres & de peintures affreuses, renferment-ils des aventures plus tristes que celles qu'il a éprouvées? La dame des Brosses a bien senti que le vrai surpassoit, dans sa Cause, ces productions vaines que l'imagination fait éclore, puisqu'elle a mis habilement à profit le défaut même de vraisemblance dans les faits dont elle chargeoit sa défense.

Que ne nous est il possible de peindre, disoit le Défenseur du Marquis des Brosses, par quelque grand trait de pinceau, par quelque effort de génie, tous les sentimens qui sont renfermés dans notre ame, & de faire passer dans les cœurs cette évidence active & sûre, qui nous remplit d'indignation, chaque fois que nous voulons répondre aux calomnies de la Marquise des Brosses? Nous le sentons, la vérité seroit vengée d'une façon digne d'elle; mais un progrès successif de connoissances & de détails est la seule route qui conduise l'esprit aux jugemens qu'il doit former. Il faut donc que la gradation de nos réponses & de nos preuves fasse passer aux Magistrats cette conviction intime, qui est en nous le fruit d'un parfait examen de la Cause.

Mais de quel genre d'attaque le Marquis des Brosses fera-t-il usage dans cette guerre triste, mais indispensable, qu'au nom de la vérité outragée, il déclare à la défense de la dame des Brosses ? Un autre que lui donneroit peut-être à son discours cette force sévere, cette autorité véhémente, qui fait trembler, qui confond l'imposture. Peut-être un autre, dans la crainte qu'un combat trop sérieux ne prêtât trop de poids à de ridicules mensonges, voudroit jeter sur eux cette ironie légitime & puissante, qui livre le vice au mépris & à la risée publique, dernier châtiment auquel le vice reste sensible.

Le Marquis des Brosses va prendre une maniere plus énergique encore; &, comme nous n'éprouvons bien toute l'horreur que le crime doit exciter, que lorsqu'il se commet sous nos yeux; comme le récit en amortit nécessairement l'impression, le Marquis des Brosses veut que ses Juges deviennent aujourd'hui moins ses lecteurs, que les spectateurs & les témoins des impostures multipliées dont sa femme s'est rendue coupable. Il va donc laisser parler la dame des Brosses elle-même; il va laisser les actes lui répondre ; & pour lui, pendant ce spectacle, il s'imposera silence, il arrêtera ses réflexions, dans la crainte de distraire l'attention que donneront ses Juges à ce combat étrange qui va s'élever entre la vérité & la dame des Brosses.

Elle reproche à sa mere de l'avoir sacrifiée à *des vûes de fortune*, & de l'avoir unie au Marquis des Brosses *sans aucun avis de parens*, de *les avoir même écartés*.

Et son contrat de mariage a été passé *en la présence, & par l'avis*, y est-il dit, *de Messire Jean Perry, Seigneur de Montmoreau, proche parent paternel de ladite demoiselle; de Messire Gabriel d'Absac, Chevalier, Seigneur de Bessac, oncle maternel de ladite demoiselle; de dame Anne-Marie de Nesmond, son épouse; de Messire Charles Barbarin, Seigneur de Veirat, cousin-germain du sieur des Brosses, lequel est aussi*, comme il est dit dans l'acte de célébration, *cousin-germain par alliance de ladite demoiselle; & autres parens qui ont signé, &c.*

Elle dit que le Chevalier Dassier *se désista de son opposition très-long-temps avant la Sentence qui permet au Marquis des Brosses de se marier.*

Et le Chevalier Dassier ne s'est désisté de son opposition, & n'en a reçu acte que le 23 Juillet 1735, par la Sentence qui ordonne la visite du Marquis des Brosses, & seulement cinq jours avant celle du 28 du même mois, qui, d'après la visite, permet au sieur des Brosses de se marier.

Elle prétend *qu'on passa outre* au mariage, *au mépris des formes sacrées de l'Eglise & de l'Etat*, en ce que, comme elle dit ailleurs, *les bans ne furent point publiés, & que le mariage fut fait hors de la présence du propre Curé.*

Et l'on voit par l'acte même de célébration, 1°. que, *vu la dispense des deux premiers bans, dûment insinuée*, le Vicaire de Saint-Maurice, *commis par M. de Limoges* pour ce mariage, *publia le troisieme ban à la Messe paroissiale du Dimanche* 14 *Août* 1735; 2°. que ce Vicaire n'avoit été commis pour ce mariage, que *du consentement du Curé de Saint-Maurice-des-Lions*, propre Curé du mari; & qu'il ne procéda à la célébration, qu'*en vertu du consentement, en date du 17 Juillet 1735, du Curé de Chantresat*, propre Curé de la femme.

Elle présente la permission donnée par M. d'Angoulême de publier les bans, comme pleinement *révoquée & annullée* par une lettre de ce Prélat, qui exigeoit la condition du consentement du tuteur & des parens.

Et ce consentement des parens qu'elle dénie, mais que les pieces prouvent, comme on l'a vu (puisqu'indépendamment de la dame sa mere, qui étoit sa tutrice, quatre des parens les plus qualifiés ont donné leur avis & paru au contrat), a rendu à la permission toute sa force, puisque M. de Limoges ne la retiroit que dans le cas où les parens n'eussent pas consenti.

Elle se plaint de ce que le Marquis des Brosses n'a contracté avec elle un mariage imaginaire, que sur la foi *d'un rapport d'Experts, décisif contre lui*, dont *il s'appuya*, à la faveur de la collusion du *Vice-Gérent, qui*, dit-elle, *étoit son ami*, & qu'il *s'étoit ménagé pour Juge*. Elle ajoute que ce *Vice-Gérent* a exprimé *par un faux énoncé* dans sa Sentence, que les Experts *at-*

testoient que le sieur des Brosses *étoit absolument puissant*, tandis qu'ils avoient seulement *présumé* qu'il l'étoit.

D'abord le Vice-Gérent n'étoit point ami du Marquis des Brosses. Le Marquis des Brosses ne se l'étoit point ménagé pour Juge : jamais il ne l'a connu, ne l'a vu que par rapport à son procès.

En second lieu, le Vice-Gérent n'a point détourné, dans sa Sentence, le sens du rapport des Experts. Les Experts, comme l'a dit le Vice-Gérent, ont trouvé le sieur des Brosses absolument puissant ; mais, comme par la lecture qu'ils ont prise du procès-verbal de Poitiers, ils ont appris qu'il ne l'étoit pas alors, ils en ont conclu que, puisqu'il l'étoit à présent, il y avoit lieu de présumer que telle & telle cause l'avoient rendu ce qu'il étoit ; qu'il étoit devenu puissant par la force de la Nature, par sa santé parfaite, &c. C'est sur les causes qui l'ont rendu ce qu'il est, & non sur sa situation présente, que frappent leurs conjectures. Ils ne disent pas qu'il est à présumer *qu'il est* puissant, ils n'ont aucun doute sur son état actuel ; mais ils disent qu'il est à présumer *qu'il est devenu* puissant par telle & telle raison. Or, la dame des Brosses, au mépris du texte du rapport qu'elle avoit elle-même cité plus haut, retranche adroitement le mot essentiel *devenu*, qui la gêne, & fait dire aux Experts, qu'ils *présument qu'il est* absolument puissant.

Elle demande à son mari *pourquoi il se refusa à la médiation d'un Prélat respectable*, dans le temps où *son Confesseur trouva les peines* que le Marquis des Brosses lui causoit *d'une nature si grave & si extraordinaire, qu'il crut devoir consulter ce Prélat*. Et elle ajoute, que, *rappelé par des médiateurs respectables au conseil que donne l'Eglise de vivre en freres, il feignit de s'y soumettre* quelque temps.

Or les peines que son mari lui causoit, parurent à M. l'ancien Evêque de Limoges, d'une nature si grave & si extraordinaire, que l'avis de ce Prélat fut qu'elle devoit retourner avec son mari, & qu'il lui dit que, si elle entroit dans un couvent, il l'en feroit sortir. Voilà ce que la Marquise des Brosses appelle une médiation pour obliger son mari à vivre en frere avec elle.

Elle se présente à la Justice, comme une captive *retenue dans le château* de son mari, qui *étoit une prison pour elle, & pour lui une forteresse, du haut de laquelle il bravoit les ordres de la Justice;* & elle demande *dans quel temps elle auroit pu s'échapper, avant la détention de son mari à Angoulême.*

Elle l'auroit pu dans ces temps de voyages & d'absences de son mari, si, au lieu de lui envoyer des lettres agréables & tendres, elle avoit eu dessein de s'échapper. Ces idées de forteresse & de prison sont des chimeres faites pour sa Cause, & qu'elle n'a pas même le soin de rendre vraisemblables.

Elle fait un crime au Marquis des Brosses d'avoir renvoyé jusqu'à deux fois les Experts, comme s'il étoit dans les loix de la Nature que les preuves de puissance s'offrissent à chaque instant.

Elle lui reproche de s'être présenté en robe de chambre : » Un homme, » dit-elle, enveloppé dans une robe de » chambre, s'annonçant pour le Mar- » quis des Brosses, s'est présenté, &c. «. Elle voudroit faire croire que les Experts ont pu, à cause de la robe de chambre, se méprendre sur l'identité : or les

Experts connoiſſoient de vue le Marquis des Broſſes, puiſque deux fois il les avoit priés de revenir.

Elle fait un crime à ſon mari de s'être préſenté dans l'obſcurité d'une priſon, à la porte, & ſans laiſſer pénétrer les Experts : mais plus la priſon étoit obſcure, & plus la porte étoit l'endroit propre à diſtinguer davantage.

Elle fait encore reproche au Marquis des Broſſes des 474 livres qu'il a payées pour les ſalaires des quatre Experts, comme s'il avoit cherché à les corrompre par cette ſomme. Mais cette ſomme n'eſt autre choſe, comme on le voit dans le procès-verbal d'affirmation de rapport, que la taxe qui fut faite par le Lieutenant-Général de Gueret, commis par la Cour, tant pour leurs frais de voyage & ſéjour, que pour leurs vacations, & pour celles des Officiers de Juſtice.

Après avoir rétabli la vérité des faits, diſoit le Défenſeur du Marquis, tout notre objet eſt maintenant rempli : cependant, diſcutons le fameux dilemme auquel ſe réduit le ſyſtême de la dame des Broſſes.

Ce dilemme ſingulier déceloit d'une

façon sensible le fond du cœur, les vraies idées de cette femme, qui, pourvu qu'elle parvînt à ses fins, ne rougissoit point de la bizarrerie, de l'injustice des moyens qu'elle osoit réunir. Allier en effet deux propositions qui s'excluoient, & desquelles, lorsqu'on les joignoit ensemble, une devenoit nécessairement fausse; les rapprocher sans honte, pour faire servir indifféremment & au hasard, contre son mari, la vérité & le mensonge: c'étoit annoncer que, guidée moins par sa conscience que par sa haine, elle vouloit se séparer du Marquis des Brosses, non comme d'un homme dont le devoir l'empêchoit de faire son époux, mais comme d'un objet odieux & incommode à ses plaisirs.

La dame des Brosses, qui, dans la premiere chaleur de son attaque, n'avoit point senti toute l'impression qu'un tel genre de défense feroit naître contre elle, a reconnu depuis, qu'elle avoit eu grand tort de présenter cet argument à deux faces. Et comme elle vouloit se faire passer pour une femme prudente, vertueuse & réservée, il ne lui est venu d'autre ſecret à l'eſprit, pour effacer la mauvaiſe opinion que cette alternative donnoit d'elle, que d'aſſurer formellement qu'elle n'en avoit point fait uſage. Il faut, convenons-en, un étrange courage pour toujours nier l'exiſtence d'objets que l'on voit & que l'on touche. Cette femme ſoutient donc aujourd'hui, *qu'elle n'a point dit : Ou le Marquis des Broſſes eſt impuiſſant, ou il ne l'eſt pas, &c.* Et elle ajoute que *ſon mari retorque contre elle des dilemmes qui ne ſont point à elle.* Or nous allons tranſcrire mot pour mot ce dilemme qu'elle ſe défend d'avoir propoſé, & qui eſt conſigné dans ſes écritures.

Nous plaçons le ſieur des Broſſes, diſoit-elle, *vis-à-vis d'un* dilemme, *dont la ſolution alternative, telle qu'elle ſoit, ne lui laiſſe aucune réponſe valable. Car de deux choſes l'une, ou il étoit devenu réellement puiſſant lors de ſon ſecond mariage avec la demoiſelle de Chantreſat en 1735 : ou il languiſſoit alors dans le même état d'impuiſſance qui avoit dicté, en 1734, la nullité du premier. Au premier cas, il devoit retourner avec ſa premiere femme.....*

Au second cas, le même vice d'impuissance subsistant, faisoit obstacle au second mariage. . . .

Nous le demandons à présent, étoit-ce le Marquis des Brosses qui trompoit, lorsqu'il reprochoit ce dilemme à sa femme ? Ou est-ce sa femme qui en impose, quand elle soutient qu'elle ne s'en est point servie ? Quel nom donner à cette conduite ?

Il y a plus, c'est qu'après avoir protesté qu'elle n'avoit jamais employé ce plan équivoque de défense, elle reprend & renouvelle, dans son Mémoire, ce même plan dont elle se disculpoit si hautement. Il est vrai qu'elle l'enveloppe, qu'elle le déguise sous une tournure adroite. Mais le sens de chacune de ces deux nouvelles propositions une fois pénétré, n'offrira sûrement autre chose que ce même dilemme qu'elle désavoue.

Si, dit-elle dans la premiere proposition, *l'on ne pouvoit prouver l'impuissance du Marquis des Brosses, il devroit cesser de se prétendre l'époux de la demoiselle de Chantresat, ou même réhabiliter son mariage avec la demoiselle des Chasseaux*. Réduisons cette phrase à sa vraie valeur. Ces mots : *si l'on ne pouvoit prouver l'impuissance du Marquis des Brosses*, ne signifient-ils pas : » si le Marquis des Brosses est » puissant « ? En effet, il n'y a d'autre cas qui rende impossible la preuve de l'impuissance, que celui où l'homme qu'on visite est trouvé puissant. Il valoit donc mieux dire tout simplement : » Si le Marquis des Brosses est puis- » sant, il doit retourner à sa premiere » femme «.

Voyons à présent sa seconde proposition. *Le Marquis des Brosses*, dit-elle, *ne pouvant opposer à tous les moyens d'impuissance qui se réunissent contre lui, que la prétendue visite de Gueret, il est indispensable, pour constater définitivement son état, d'en ordonner définitivement une seconde.* N'est-ce pas dire : » Je persiste, malgré la visite de » Gueret, dans mon accusation d'im- » puissance ; & si le Marquis des Bros- » ses est impuissant, la conséquence que » j'en tire, c'est que je ne dois pas être » à lui « ?

Or nous demandons si l'on peut ne pas reconnoître dans la réunion de ces deux propositions, placées dans la même défenſe, ce dilemme : » S'il eſt » puiſſant, il doit retourner ; s'il ne l'eſt » pas, il n'eſt point mon époux «.

Il eſt donc bien évident que, malgré toutes les tentatives de la dame des Broſſes pour perſuader qu'elle ne cumule point ici deux objets contradictoires, mais qu'elle les *traite ſéparément*, & *indépendamment l'un de l'autre*, elle eſt encore retombée dans la même contradiction, puiſqu'en effet elle n'abandonne ni l'une ni l'autre des deux propoſitions.

Qu'on nous permette ſeulement une réflexion ſur chacune des deux propoſitions de la dame des Broſſes.

Obſervons premiérement, ſur la queſtion d'impuiſſance, que les doutes qu'elle aſſemble de toutes parts ſur la validité d'une viſite qui la condamne, ne conſiſtent que dans des déguiſemens de faits, que nous avons pleinement mis au jour dans tout le cours de cette réponſe ; que les Experts qui ont procédé à cette viſite, ont eu le caractere requis, une miſſion légitime ; qu'ils ont agi ſous l'autorité de la Cour ; qu'ils n'ont point été gagnés ; que leur jugement eſt concluant & précis ; qu'en un mot leur rapport est régulier dans sa forme, & constate irrévocablement l'état du Marquis des Brosses.

Observons en second lieu, sur la question du retour, que pour prouver que la puissance survenue faisoit revivre un premier mariage annullé, la dame des Brosses a chargé sa Cause de principes, d'autorités, d'exemples sans nombre, qui établissent très-bien l'indissolubilité d'un mariage une fois existant & valable : vérité que non seulement nous n'avons jamais eu dessein de combattre, mais dont nous avons eu, au contraire, le plus grand intérêt de faire sentir toute la force.

Observons qu'elle a très-bien prouvé qu'une impuissance qui survient & qui passe, n'est point capable de dissoudre un mariage : maxime vraie, & que nous n'avons point contestée.

Mais la dame des Brosses n'a point prouvé que, lorsqu'il n'y a point eu d'erreur, & que les Juges ont désuni un homme qui étoit effectivement inhabile au mariage, & qui portoit en lui les vrais caracteres de l'impuissance, cette premiere union légitimement annullée dût renaître par la survenance d'une puissance inattendue. Voici, encore une fois, ce qu'elle n'a point prouvé.

Comment, en effet, concevoir qu'un prétendu mariage, qui est déclaré nul par les Juges ecclésiastiques & civils, pour cause d'impuissance, se reforme, se renoue de lui-même, quand la léthargie a cessé ? Dès que les Juges ont dissipé, par leur Sentence & leur Arrêt, cette ombre de mariage, cette apparence vaine, que nulle réalité n'avoit suivie, la fille reprend son nom de fille ; il lui est libre de se pourvoir ailleurs, & celui qui recevra sa main, sera son seul & son premier époux. Pour que ce lien eût été véritable, il eût fallu que les deux époux eussent pu ne former qu'un seul tout, ne faire qu'une seule & même chair, qu'ils eussent pu se procurer l'un à l'autre le don réciproque de leur personne, puisque c'est ce droit respectif qui fait la base de l'union conjugale. Or l'impuissance a empêché cette tradition mutuelle : donc il n'y a point eu de mariage ; donc les Ministres de l'Eglise, n'ayant point fait ce qu'ils avoient cru faire, ont eu raiſon, ſous quelque face qu'ils aient enviſagé la choſe, de déclarer qu'ils n'ont rien fait. A la conſidérer ſous le rapport du Sacrement, ils ont vu que le ſigne viſible d'une union ſupérieure ne trouvoit point d'objet auquel il ſe pût appliquer. A la conſidérer du côté du contrat, ils ont vu qu'il étoit nul par rapport à la femme, parce qu'il y avoit erreur de ſa part ; ils ont vu qu'il étoit nul par rapport au mari, parce qu'il étoit incapable de le former. Or il eſt de principe que les conventions annullées par l'incapacité des perſonnes, ne ſont validées dans la ſuite, qu'autant que l'incapacité ceſſant, ils conſentent à ratifier la convention. Si donc il eſt certain que le Magiſtrat a rempli ſes obligations en replongeant dans le néant un mariage qui n'en eût jamais dû ſortir, il eſt conſtant auſſi qu'il manqueroit à ſes devoirs en contraignant celui en qui la puiſſance s'eſt déclarée, de retourner, ſans nouvelle célébration, ſans un conſentement nouveau, à celle dont il n'a pu être l'époux. A quelle femme, en effet, le renverroit-on, puisqu'on doit dire qu'il n'en a jamais eu ? Quoi ! le moment où sa puissance s'est annoncée, est le premier moment qui l'ait rendu propre au mariage, & l'on voudra qu'il ait été marié avant que d'avoir pu l'être ? On vouloit, quand les Experts ont attesté aux Juges son impuissance, que, pour le bien de la Société, ils se hâtassent de rendre la liberté à une femme dont la fécondité alloit devenir inutile : on vouloit que, pour le bien de la Religion, ils se hâtassent de détruire une association qui alloit devenir criminelle : &, lui faisant actuellement un crime de n'avoir point lu dans l'avenir ces ressources inopinées de la Nature, près desquelles échouent souvent les conjectures de l'art, on voudra, parce que le même homme sera devenu capable de former, plusieurs années après, un vrai mariage, que les Juges aient eu tort d'annuller le faux mariage qu'il étoit hors d'état de former ; on voudra que le mariage qu'ils ont permis à la fille trompée par l'impuissant, soit regardé comme un concubinage ! Quelles contrariétés, quelles absurdités, quels abus !

En un mot, le mariage consiste d'abord dans un contrat civil, auquel ensuite la vertu du Sacrement s'attache : en sorte que, s'il n'y avoit point de contrat, le Sacrement n'auroit ni matiere, ni sujet auquel il s'arrêtât. Mais il n'y a point de contrat, toutes les fois que celui qui contracte ne peut remplir l'engagement formé : la partie lésée a le droit de faire rompre cette convention illusoire ; & le contrat une fois rescindé, ne renaît de lui-même dans aucun cas. Le contractant aura beau acquérir, par la suite, des moyens pour satisfaire à ses engagemens, il résultera de ce changement, qu'il peut contracter désormais d'une maniere solide ; mais il ne s'ensuivra jamais que l'ancien contrat annullé puisse revivre & reparoître. Il s'agit donc de ne point confondre les temps. Les époques une fois distinguées, tout s'explique, tout s'accorde sans peine. On annulle le mariage d'un impubere ; & quand la puberté arrive, cet homme peut se marier sans nul obstacle : de même l'impuissance, car l'impuissance dont nous parlons n'est qu'une impuberté prolongée, fait déclarer

clarer nul le mariage; & la puiſſance ſurvenue, rend l'homme habile à ſe marier; en un mot, dès qu'il peut être pere, il a des droits au titre d'époux. Mais, ſoit que celle dont il avoit trop tôt tenté de l'être, ſoit reſtée fille, ou ſoit mariée, il n'eſt plus pour elle qu'un étranger, abſolument incapable de l'épouſer, ſi elle eſt à un autre, & incapable, ſi elle eſt reſtée fille, de la forcer à devenir ſa femme.

Le Défenſeur du Marquis, après s'être livré à cette diſcuſſion, finiſſoit par ce morceau ſur les différentes opinions que cette Cauſe étrange avoit fait naître dans le Public.

Les uns, inſtruits des vraies maximes ſur ces matieres, diſoient : Les deux puiſſances ont concouru & ont dû concourir à effacer juſqu'à la trace de cette union irréguliere. Quelle connexité, quel rapport leur déciſion auroit-elle avec l'arrivée poſtérieure d'une puiſſance imprévue? Cette ſurvenance pourroit-elle altérer, par un effet rétroactif, l'autorité de la choſe jugée? Ce mariage, quand les Juges l'ont annullé, n'étoit pas plus conſommé que ne l'eſt celui de l'impubere, que ne l'eſt celui d'un époux, que l'autre époux abandonne au ſortir de l'autel, pour entrer en religion. Les choſes ſont entieres dans le premier cas comme dans les deux autres; le paſſé y doit être également conſidéré comme non avenu. De même que l'on permet à l'impubere de ſe marier après la puberté, qu'on le permet à l'époux délaiſſé par l'époux Religieux, on le permet à l'impuiſſant, lorſqu'il a recouvré ſon pouvoir.

A quelles révolutions, diſoient les autres, touchés ſur-tout des inconvéniens du retour, la Société ſeroit-elle expoſée ſans ceſſe, ſi une femme qui s'eſt mariée ſur la parole des Magiſtrats, & ſur la foi de leur Jugement, traînoit encore ſon premier lien dans la maiſon de ſon nouveau mari? Quoi donc, attendroit-elle dans les bras de celui-ci, que la Nature eût mis fin aux caprices qu'elle exerçoit ſur celui-là? Les Miniſtres de la Juſtice & ceux de la Religion ne la mettroient-ils qu'en dépôt dans le lit nuptial où elle entre? Ces précieux titres & d'épouſe

& de mere, sont-ce des noms précaires que le hasard donne & retire? L'honnêteté des mœurs, la sûreté publique souffriroient-elles ces dangereuses vicissitudes?

Et plusieurs, sans entrer dans les preuves, mais s'arrêtant à ces premieres vues qui trompent rarement les cœurs droits; Non, disoient-ils, il n'est pas possible que les Magistrats applaudissent à un projet téméraire, outrageux, qu'une femme a conçu dans le sein de l'inconstance & de la haine. La Justice partagera sans doute toute l'horreur que cette action imprime à la pudeur, à la vertu.

C'est ainsi que, guidés par des affections différentes, que, décidés par des motifs divers, tous s'accordoient à condamner l'entreprise de la Marquise des Brosses.

Enfin, la réclamation de la Marquise des Brosses fut proscrite, comme contraire à tous les principes, à l'indissolubilité des liens qui l'unissoient à son époux depuis douze ans, & aux Loix de l'honnêteté.

Par Arrêt rendu au rapport de M.

Bochard de Sarron, au mois de Septembre 1759, le Parlement de Paris ordonna que la demoiselle de la Breuille seroit & demeureroit femme du Marquis des Brosses, sans aucune visite préalable.

RÉCLAMATION d'un Sous-Diacre contre son engagement, après les cinq ans.

ETIENNE BOURET, Ecuyer, & Marie-Anne Chopin de Montigny, eurent, de leur mariage, sept enfans, dont Marc-Alexandre Bouret, né à Paris en 1715, fut le dernier.

Dès sa plus tendre jeunesse, il fut décidé, dans la famille, qu'il devoit entrer dans l'état ecclésiastique; c'étoit même, à ce qu'on prétend, une sorte de proverbe dans les maisons du sieur Bouret pere, & des sieurs Bouret de Nogent & de Vezelai, oncles, qu'il falloit qu'*Alexandre fût Prêtre ou Moine*.

L'Abbé Bouret sentit toujours que la vocation à cet état n'est jamais le fruit de la convenance ou des idées d'une famille. Autant son pere & ses oncles s'empressoient à lui faire goûter l'état ecclésiastique, autant il éprouvoit de répugnance pour ce parti.

L'ambition trouve place dans l'adolescence, comme dans un âge plus avancé; c'est par ce côté trop séducteur, & peut-être plus efficace que les menaces, qu'on commença d'attaquer le cœur de l'Abbé Bouret. On n'oublia rien pour faire réussir ce projet. Tout le crédit de la famille employé à lui procurer des bénéfices, dont la qualité pouvoit remplir les désirs les plus étendus; avenir séduisant : voilà les premiers appâts dont on se servit. L'Abbé Bouret n'en fut pas ébloui. Les fleurs dont on paroit l'autel ne lui paroissoient qu'une précaution de plus, pour mieux masquer ce qu'il y trouvoit de lugubre.

Son pere étoit absolu. Le Séminaire lui parut un lieu propre à réduire une volonté que la séduction avoit commencé d'effleurer. Témoin des pieux exercices des jeunes éleves de l'autel, incorporé parmi eux, accoutumé insensiblement à ne vivre que pour le ciel, on ne douta pas que l'Abbé Bouret ne se familiarisât avec l'habit ecclésiastique, & que l'habitude n'opérât en lui ce qui ne doit être que le fruit de la plus mûre réflexion & de la liberté la plus développée.

L'Abbé Bouret fut donc enfermé, en

1732, au Séminaire de Saint-Sulpice, dans la partie appelée *la Communauté des Philoſophes* ; toute communication au dehors lui fut interdite. Cet aſile ne parut à ſes yeux qu'une priſon affreuſe, d'où il ne devoit ſortir que pour être immolé. Incapable de ſuivre les exercices, à charge à lui-même, l'Abbé Bouret ne voyoit dans Saint-Sulpice qu'un lieu de pleurs & de déſolation.

A la fin de ſa Philoſophie, l'Abbé Bouret paſſa au grand Séminaire, pour commencer le cours de Théologie : on lui fit entendre alors qu'il n'avoit fait encore aucun pas dans l'Egliſe, & que la ſuſception de la Tonſure & des Ordres mineurs pourroit adoucir ſon eſclavage. Cette eſpérance, & en tout cas la certitude que cette cérémonie ne le lioit pas, le détermina à s'y prêter extérieurement.

Mais ce n'étoit-là qu'une préparation, la liberté n'étoit attachée qu'à la conſommation du ſacrifice, & on lui déclara formellement que la réception du Sous-Diaconat ſeroit la ſeule époque de ſa ſortie.

C'eſt ici que commence l'hiſtoire de ſes vrais malheurs. Il ſuccomba aux menaces dont cet arrêt foudroyant fut accompagné : une étude qui lui répugnoit ; des exercices pour lesquels il avoit une aversion marquée ; les remontrances dont on l'accabloit ; tout cela fit une si forte révolution sur lui, que sa santé se dérangea, au point que le sieur Winslow, Médecin du Séminaire, déclara positivement que, si on ne retiroit l'Abbé Bouret, le Séminaire seroit son tombeau.

Le recouvrement de la santé suivit de près le retour dans la maison paternelle : l'Abbé Bouret commençoit à respirer, lorsque son pere recommença ses promesses & ses menaces ; pere, oncles, freres & sœurs, tous se disputoient à l'envi à qui le presseroit davantage : le pere & les oncles y joignoient les menaces de le déshériter, s'il ne se rendoit à leur volonté ; il tomboit à leurs genoux ; il opposoit ses larmes ; on le repoussoit. L'Abbé Bouret crioit merci aux pieds de son pere, & il en fut une fois relevé avec des mauvais traitemens & des coups.

S'il y avoit des étrangers dans la maison, l'Abbé Bouret étoit méconnu ; il étoit exclus de la table paternelle, &

réduit à en manger les restes, avec une domestique pour toute compagnie.

Mais telle étoit la répugnance de l'Abbé Bouret pour le parti de l'église, que ces menaces & ces humiliations ne pouvoient la vaincre; sa constance, au lieu de faire revenir son pere, rendit sa résolution inébranlable. Après avoir fait entendre à son fils qu'il n'auroit aucune part à son bien, & que toutes les mesures étoient prises pour le déshériter, & le punir de ce qu'on appeloit obstination; après l'avoir assuré de son indignation, le sieur Bouret pere chassa son fils de sa maison en 1738.

Il se réfugia chez son oncle, connu dans le public sous le nom du *sieur Bouret le Marchand* : là, on lui tendit d'abord les bras avec une affection apparente. Cette consolation fut de peu de durée; cet oncle étoit respecté, comme l'aîné de la famille : l'Abbé Bouret ne fut pas long-temps à ressentir les effets d'une nouvelle autorité, & à connoître que l'oncle étoit de concert avec le pere. Comme lui, il tâcha de réduire son neveu par l'appât flatteur des trésors de l'église; peu avancé du côté de la séduction, il passa aux menaces, & lui déclara les dernieres intentions de la famille, qui sauroit lui faire payer cher sa désobéissance. Ces menaces n'étoient pas frivoles ; on rapportoit trois testamens olographes du sieur Bouret de Vezelai, qui contenoient un legs universel au profit des freres de l'Abbé Bouret, & réduisoient celui-ci à une modique pension viagere, tandis qu'il devoit avoir 300000 livres pour sa part dans cette succession.

Les sieurs Bouret, pere & oncle, lassés d'une résistance qu'ils ne prévoyoient pas devoir être aussi soutenue, prirent enfin ce ton tranchant, qui ne souffre ni délai ni réplique : vers le mois d'Avril 1739, ils déclarerent à l'Abbé Bouret qu'il seroit Sous-Diacre à l'ordination de la Pentecôte, & qu'il ne lui restoit d'autre parti que celui d'obéir. Ses gémissemens ne firent qu'irriter son pere.

Banni de la maison & peut-être du cœur de son pere, logé chez un oncle, où, pour tout hospice, il n'avoit trouvé qu'un renouvellement de contrainte ; sans bien, sans amis, & n'ayant d'autre ressource que dans son désespoir, l'Abbé Bouret fut reconduit au Séminaire vers le 15 Mai 1739, pour y faire huit jours de retraite. Le jour de l'ordination arrive. Ce terme fatal réveilla en lui toute l'horreur de son état; il réunit alors toutes ses forces, & chercha tous les expédiens pour se garantir du malheur qui l'environnoit. Il eut recours à son Confesseur; il lui exposa sa visible incapacité, & sur-tout son éloignement & la résistance de sa volonté : mais ces représentations furent inutiles ; tous les esprits étoient prévenus, on ne l'écouta pas. On le pressa de partir pour l'ordination ; il refusa ; il fit un dernier usage d'une liberté qui alloit expirer, pour exprimer le chagrin qui le dévoroit. Afin de fournir encore un témoignage de sa répugnance, trois fois il fut trouvé son Confesseur; trois fois il embrassa ses genoux, en le conjurant de ne pas l'envoyer aux Ordres.

Vaines plaintes; ce Confesseur étouffa tout sentiment; il repoussa sa victime, qui, à peine fut arrivée dans la chapelle où devoit se faire l'ordination, qu'elle fut prête de s'enfuir. Pour la retenir, il ne fallut pas moins que l'idée d'un pere en courroux, & la crainte du scandale.

L'Abbé Bouret souffrit donc l'impoſition des mains de ſon Prélat, le 23 Mai 1739.

A peine huit jours ſe ſont écoulés, que les remords s'élevent au fond du cœur du Confeſſeur : il ne peut réparer le mal auquel il a coopéré ; mais il veut du moins obtenir le pardon de celui qu'il a immolé : il déclare à l'Abbé Bouret qu'il eſt pénétré de repentir, & qu'il en fera une pénitence amere juſqu'à ſon dernier ſoupir.

Après ce coup d'autorité, on s'attend à voir l'Abbé Bouret jouir du fruit de ſon ſacrifice ; mais les deſſeins du pere n'étoient pas encore remplis ; la mauvaiſe grace avec laquelle ſon fils s'étoit conformé à ſes volontés, & plus encore l'envie de le faire avancer dans les Ordres, occaſionnerent à l'Abbé Bouret des traitemens également affligeans. Son pere refuſa de le recevoir ; il fallut rentrer chez cet oncle, qui exigea trois ou quatre fois que ſon neveu remplît les fonctions du Sous-Diaconat à la Paroiſſe S. Sulpice. On le conduiſit auſſi à Vernon, où le pere voulut avoir lui-même des preuves de ſon triomphe, en faiſant monter ſon fils une fois à l'autel, en qualité de Sous-Diacre. Cet exercice des fonctions eſt arrivé sur la fin de 1739: l'Abbé Bouret ne les a plus remplies depuis cette époque.

L'Abbé Bouret ne pouvoit s'empêcher de faire appercevoir à son oncle la tristesse de son état; dans ses plaintes, il lui échappa de dire, que lorsqu'il pourroit recouvrer sa liberté, le premier usage qu'il en feroit, seroit pour réclamer contre son ordination. Il n'en fallut pas davantage pour faire renouveler les menaces, & pour aliéner totalement le cœur du sieur Bouret, dont le ressentiment alla jusqu'à refuser de nourrir son neveu. On rapportoit la quittance d'un sieur Collot, Traiteur, qui prouvoit que, sur la fin de 1739, & jusqu'au 15 Mars 1740, il avoit fourni à la subsistance de l'Abbé Bouret chez son oncle, à raison de 15 sols par repas.

Tel étoit l'état où se trouvoit réduit l'Abbé Bouret, tandis que le surplus de sa famille nageoit dans le luxe & l'opulence. L'Abbé Bouret ne put longtemps soutenir ces humiliations; il ne cessoit de se plaindre; ses gémissemens devinrent à charge à son oncle, qui l'expulsa à son tour. Il alla loger dans une chambre, au Collége des Cholets, où il eut du moins l'avantage de ſoupirer en liberté.

Le ſieur Bouret pere voulut encore priver ſon fils de cette reſſource. Il crut que, pour le faire avancer dans les Ordres, il falloit le remettre ſous ſa main. L'époque de ce retour dans la maiſon paternelle eſt de 1741. Vers ce même temps, l'Abbé Bouret étant majeur, le pere procéda au partage de la communauté, qui avoit été entre lui & ſon épouſe.

Le ſieur Bouret pere apprit à l'Abbé, que ſa part dans la ſucceſſion maternelle pouvoit aller à 46000 livres; mais qu'il falloit recevoir le payement de 35000 livres en deux billets, dont le payement étoit très-douteux, les affaires du débiteur menaçant ruine. L'Abbé Bouret eut beau faire des repréſentations à cet égard, & ſoutenir que ces effets devoient être répartis ſur tous les copartageans, l'événement a même juſtifié ſon obſervation; le ſieur Bouret pere n'y voulut prêter aucune attention, & avec la même autorité qu'il avoit employée pour lui faire perdre ſa liberté, il n'eut pas de peine à lui impoſer ſilence ſur un objet qui n'étoit que de pur intérêt.

Ces partages finis, le sieur Bouret ne perdit pas de vue ses projets, il ne cessa de poursuivre son fils pour le Diaconat; alors l'Abbé Bouret, devenu plus ferme par l'âge qu'il avoit acquis, & sur-tout par les secours que le partage des biens de sa mere lui avoit procurés, prit sur lui de déclarer à son pere, que, loin de vouloir avancer dans les Ordres, le premier moment de sa liberté seroit celui de sa réclamation.

Cette hardiesse lui attira un traitement violent. Le pere, indigné, réitéra à son fils, dans les termes les plus terribles, que si jamais il réclamoit, il devoit s'attendre à être déshérité; &, pour que cette menace fît une impression plus durable, elle fut accompagnée d'un soufflet & d'un emportement auquel l'Abbé Bouret ne se déroba que par le silence & la retraite.

Il est d'usage qu'avant d'être promu au Sous-Diaconat, le sujet qui se présente justifie qu'il a un certain revenu; c'est ce qu'on appelle *titre clérical* : c'est une précaution que l'Eglise a prise, pour que les Ecclésiastiques inférieurs ne fussent pas réduits à la nécessité de mendier; *ne mendicant in opprobrium Cleri;* ou à exercer des métiers sordides, ou enfin à être à la charge des Evêques qui les avoient ordonnés, & qu'ils ne vinssent pas intercepter la destination toujours sainte des revenus de l'Eglise.

Pour se conformer à cet usage, le sieur Bouret pere, par acte devant Notaires, du 8 Avril 1739, céda à l'Abbé Bouret son fils, une rente de 400 liv. constituée sur les Aides & Gabelles, par contrat du 21 Novembre 1720. L'Abbé Bouret craignoit que, s'il profitoit de cette cession, & s'il recevoit annuellement cette rente, on ne lui opposât cette jouissance comme une fin de non-recevoir, résultant de l'approbation tacite qu'il auroit donnée à son ordination, en percevant un revenu qui ne lui appartenoit que comme étant engagé dans le Sous-Diaconat. Ainsi il ne voulut jamais toucher la rente, qui fut toujours payée au sieur Bouret pere, &, après sa mort, au sieur Bouret d'Erigny, suivant le certificat délivré par le Payeur des rentes, le 10 Juillet 1758.

Quant aux Bénéfices, on lui en offroit de toute qualité; on lui proposoit de traiter d'une Charge dans une Cour Souveraine : il refusa tout, tant il vouloit, en toute occasion, montrer son éloignement pour l'état qu'on l'avoit forcé d'embrasser.

Ses refus annonçoient une volonté bien constante de réclamer ; car il étoit dans des besoins pressans lorsqu'il rejetoit aussi courageusement une rente de 400 livres, & le produit des Bénéfices les plus opulens.

Le sieur Bouret pere, voyant que la contrainte dont il avoit usé envers son fils, avoit fait dans Paris un éclat désagréable, se borna enfin à veiller de près l'Abbé Bouret, & à l'empêcher, par des menaces continuelles & les procédés les plus durs, d'en venir à la réclamation. L'Abbé Bouret, qui savoit combien ses actions étoient éclairées, n'eut d'autre ressource que de faire parler par un ami au sieur Lezineau, Banquier en Cour de Rome, pour le consulter sur ce qu'il convenoit de faire. Le sieur Lezineau, instruit des regles, répondit qu'il y auroit de l'imprudence de faire aucune demande du vivant du pere; que l'auteur de la crainte vivant, la continuation de la violence étoit présumée de droit, & que d'ailleurs aucune Loi ne prescrivoit un temps pour réclamer contre une ordination nulle dans son principe. Cette assurance tranquillisa l'Abbé Bouret.

Le sieur Bouret de Vezelai, oncle de l'Abbé, se trouva, par la mort de son frere, le chef de la famille, & un chef dont on avoit intérêt de suivre les volontés, puisqu'il étoit garçon, & que sa succession étoit un objet de plus de deux millions. Le sieur Bouret pere l'avoit nommé son exécuteur testamentaire : aussi fût-ce sous ses yeux que le partage se fit.

Ce partage procura à l'Abbé Bouret un fonds de 40000 livres, qui lui facilita le moyen d'effectuer le dessein qu'il avoit formé dès l'instant de son ordination; il résolut de réclamer. Quelques demi-Canonistes, trop attachés aux maximes ultramontaines, lui firent entendre que le Pape seul pouvoit le relever. L'Abbé Bouret le crut; il partit sur la fin de 1749 pour Rome, & présenta sa supplique au Souverain Pontife.

Il parla de son entrée au Séminaire, comme d'une épreuve forcée, qui n'avoit rien opéré en lui pour les progrès dans les études, & moins encore pour déterminer sa volonté à l'état ecclésiastique. Il y peignit avec les expressions les plus fortes, que, poussé par une contrainte perpétuelle, il ne put résister à des coups si violens, & tomba dans un état de langueur qui obligea les Médecins de déclarer qu'il falloit le faire rentrer dans la maison paternelle, où il fut, pendant un an, dans les douleurs, les combats, & l'éloignement de l'état pour lequel on le tourmentoit sans cesse.

L'Abbé Bouret expose au Saint-Pere comment il fut forcé de quitter la maison paternelle, & d'entrer chez un oncle qui n'agit pas avec moins d'empire, *incidit in pejorem foveam*, & qui, interprete & porteur des volontés paternelles, lui déclara qu'il devoit se disposer à recevoir le Sous-Diaconat, & l'entraîna à l'ordination, tantôt par la voie de la séduction, tantôt par les menaces d'encourir le courroux paternel.

Enfin, pour preuve de sa résistance; l'Abbé Bouret y détaille toutes les démarches qu'il fit le jour de son ordination, auprès de son Confesseur, la dureté de cet Eccléſiaſtique, & le repentir dont il ne tarda pas à être touché. Le Réclamant ne diſſimule pas qu'il avoit exercé quelquefois les fonctions, mais rarement ; il fait valoir ſon refus des Bénéfices & des dignités eccléſiaſtiques, & ſon empreſſement à prouver, dans toutes les circonſtances, combien l'état dans lequel on le faiſoit gémir, lui avoit toujours été inſupportable.

Et afin qu'il y eût moins de difficulté à lui permettre de prouver les faits par lui articulés, il cite même une partie des témoins qu'il vouloit faire entendre, des Chanoines de l'Egliſe de Paris, des Profeſſeurs du Séminaire, des Curés, &c. Tels ſont les témoins que le ſieur Abbé Bouret indiquoit, & tels ſont ceux qu'il a réellement fait entendre, non en vertu du Bref, mais en vertu de la Sentence dont il y a appel.

Sur cet expoſé, & ſur la demande de l'Abbé Bouret à fin de faire preuve des faits par-devant M. l'Archevêque ou ſon Official, pour y être enſuite pourvu par le Pape, il obtint un Bref conforme ; mais il n'en fit pas uſage.

A son retour de Rome, on lui fit voir que cette forme de procéder étoit contraire à nos maximes, en ce que ce seroit distraire les sujets du royaume, & enlever aux Evêques une jurisdiction qui leur appartient par toutes les Loix.

Les freres & sœurs de l'Abbé Bouret avoient profité de son absence, pour donner à sa démarche des couleurs défavorables auprès du sieur Bouret de Vezelai leur oncle. Avec l'appui d'une fille nommée *Bellai*, qui étoit auprès du sieur de Vezelai depuis quarante ans, & qui captivoit son esprit, ils parvinrent à faire regarder la réclamation de l'Abbé Bouret, comme un crime d'Etat. Le sieur Vezelai, affoibli par l'âge & par les infirmités, ne résista pas à des impulsions préparées avec art, & réitérées à chaque instant.

Par un testament olographe rapporté en original, daté du 6 Avril 1752, le sieur de Vezelai réduisit le sieur Bouret à 6000 livres de pension viagere, & instituoit ses autres neveux & nieces légataires universels; ce qui, sans compter les avantages par eux reçus du vivant du testateur, faisoit, pour chacun d'eux, un legs d'environ 400000 liv. Quelle disproportion avec le sort de l'Abbé Bouret, réduit à une pension ! Il a été traité de même dans deux autres testamens olographes & consécutifs de 1753 & 1754; la pension est même diminuée de 1000 livres par le troisieme testament. L'Abbé Bouret, instruit de ce malheur, & n'en ignorant pas le motif, crut devoir tenter de faire revenir son oncle par des soumissions; il suspendit sa réclamation, & on lui conseilla prudemment d'attendre des temps plus heureux.

On rapportoit les deux testamens du sieur de Vezelai en original, en preuve de cette exhérédation dont l'Abbé Bouret avoit été menacé, & qu'il n'avoit pas tort de redouter.

La nommée *Bellai*, qui avoit guidé la main du sieur Bouret de Vezelai dans les trois testamens dont nous venons de parler, décéda le 4 Juillet 1755. Le sieur de Vezelai, rendu par-là à lui-même, s'empressa de réparer une partie du tort qu'il avoit fait à l'Abbé Bouret. Par un quatrieme testament, il fut mis au nombre des légataires universels, concurremment avec ses freres : ce legs n'étoit qu'une récompense des soins qu'il avoit eus de son oncle, auprès duquel il s'étoit constamment tenu pendant les maladies les plus périlleuses.

Le sieur de Vezelai annonça à son neveu le retour de ses bonnes graces; il y imposa néanmoins la condition de ne pas suivre la réclamation de son vivant.

Le sieur Bouret de Vezelai est décédé au mois de Janvier 1756.

L'Abbé Bouret, devenu pleinement libre par le décès de son oncle, ne s'occupa point à suivre l'effet du Bref de Rome; il fit des protestations devant Notaires, le 15 Mars 1756; il prévint ensuite M. l'Archevêque de Paris, qui crut devoir enjoindre à son Official de ne pas répondre à la Requête de l'Abbé Bouret, s'il ne rapportoit un rescrit délégatoire de Rome. L'Official rendit une Ordonnance conforme aux volontés du Prélat.

L'Abbé Bouret interjeta appel comme d'abus de cette Ordonnance; il représenta, dans sa Requête, que ces sortes de Brefs étoient abusifs; que le pouvoir de prononcer sur une nullité d'Ordre ou de Profeſſion monaſtique, réſidoit pleinement dans les Ordinaires; que l'effet d'une réclamation de cette eſpece, n'étoit qu'une déclaration judiciaire; qu'attendu le défaut de liberté, il n'y avoit pas d'engagement, déclaration ou jugement qui appartînt à la Juriſdiction contentieuſe des Evêques; que le ſeul cas où l'on eût recours au Pape, étoit pour les diſpenſes d'une obligation, ou pour la conceſſion d'une grace. Il rapporta des exemples de réclamation admiſe ſans Bref à l'Officialité même de Paris, & dans pluſieurs autres; des Arrêts qui avoient déclaré ces reſcrits abuſifs; une Sentence toute récente de la Primatie de Lyon, qui avoit conſacré l'opinion contraire à celle de M. l'Archevêque de Paris. Enfin, diſoit-il, il ne plaidoit avec ce Prélat que pour lui conſerver les droits mêmes de l'Epiſcopat.

Par Arrêt du 12 Novembre 1757, la Cour reçut l'Abbé Bouret Appelant comme d'abus, & lui permit de faire intimer M. l'Archevêque.

M. l'Archevêque, après s'être préſenté en la Cour, n'inſiſta plus ſur le Bref de Rome, & l'Official permit d'aſſigner d'assigner devant lui les Parties intéressées.

En vertu d'un premier Jugement contradictoire, & du consentement de l'Abbé Bouret, ses freres lui firent subir un long interrogatoire, dont cependant ils ne firent aucun usage.

La Cause fut plaidée contradictoirement, pendant neuf Audiences; &, sur les conclusions du Promoteur, & après un délibéré, il intervint Sentence, le 19 Juillet 1758, qui permit à l'Abbé Bouret de faire preuve, tant par titres que par témoins, des faits de contrainte & de violence par lui articulés, sauf aux Parties adverses la preuve contraire, les fins de non-recevoir réservées après l'enquête faite. Après la Sentence pleinement exécutée, les sieurs Bouret & les dames Préaudeau & Landry interjeterent appel comme d'abus de la Sentence qui avoit admis à faire preuve.

Mais, par Arrêt du 3 Septembre 1759, rendu sur les conclusions du Ministere public, il fut dit qu'il n'y avoit abus; les freres de l'Abbé Bouret furent condamnés en l'amende de l'appel, & aux dépens. Les Parties revinrent à l'Officialité; & les preuves qui résultoient, tant de l'enquête ordonnée que des actes produits, s'étant trouvées concluantes, l'ordination fut déclarée nulle, par Sentence contradictoire du 9 Février 1760, rendue sur délibéré, & le Réclamant fut restitué au Siecle.

ECOLIER âgé de dix-ſept ans, que le Principal de ſon Collége veut faire fouetter, & qui tue l'homme chargé de lui donner la correction.

CETTE Affaire offre un tableau effrayant des dangers que l'uſage barbare & indécent de faire fouetter les écoliers dans les Colléges, peut entraîner. Dans le nombre des Profeſſeurs & des Maîtres chargés de l'éducation des enfans, il y en a, ſans doute, très-peu qui aient recours à cette punition, qui offenſe les mœurs, & dont rien ne peut compenſer les ſuites funeſtes; mais s'il en exiſte qui ſoient partiſans de cette ancienne méthode de corriger les enfans, qu'ils liſent cette Cauſe; ils trembleront d'en faire uſage.

Jean-Baptiſte Pilleron, Marchand d'eau-de-vie en gros à Paris, ayant éprouvé des pertes conſidérables dans ſon commerce, prit le parti d'aller chercher, dans d'autres pays, une vie plus heureuſe ; mais, avant que de faire voile pour le Cap, il laiſſa ſon fils, alors âgé de cinq ans, au Collége de la Fleche. Comme on ne reçut aucune nouvelle du pere, on ſe laſſa, au bout de trois années, de nourrir un enfant dont on ne payoit pas la penſion ; on le renvoya à Paris à ſa famille, qui acquitta tout ce qu'on devoit, & qui prit ſoin de ſon éducation. Il étoit, en 1760, ſous la tutelle d'un oncle maternel, aux bontés duquel il devoit tout ; car il n'avoit d'autre patrimoine qu'une rente de quatre cents livres.

Vers le commencement de l'année 1754, ſon oncle le mit dans une Penſion au Faubourg Saint-Antoine ; il en ſortit en 1756, pour entrer au Collége de Montaigu. Jamais ſes Maîtres, ſoit dans ſa Penſion, ſoit dans le Collége, n'avoient eu à ſe plaindre de lui, ni du côté des inclinations, ni du côté du travail.

Le premier Août 1759, qui étoit un jour de congé, le ſieur Germain, Principal de Montaigu, refuſa au jeune Pilleron la permiſſion d'aller voir ſon tuteur. Pilleron eut tort de ne pas reſpecter la défenſe de ſon Principal ; mais, du moins, eut-il ſoin de rentrer un des premiers au Collége.

Le lendemain, à huit heures du matin, le Principal, ſans égard pour la légéreté de la faute, & pour l'âge du ſieur Pilleron, *qui avoit dix-ſept ans*, voulut lui faire ſubir le châtiment qu'il n'eſt d'uſage d'employer qu'avec les enfans. Pilleron eut beau s'humilier, demander pardon, repréſenter ſon âge, promettre pour l'avenir la ſoumiſſion la plus exacte, le Principal fut inflexible, & fit monter le Correcteur.

Pilleron déclara qu'il ne ſubiroit point cette punition. Le Portier, qui eſt le Correcteur, voulut le ſaiſir; il le repouſſa avec force.

Le Principal, irrité de cette réſiſtance, donna ordre au Portier d'aller chercher deux Forts pour lui prêter ſecours, & il garda dans ſa chambre Pilleron, qui, effrayé de l'ordre extraordinaire que le Principal venoit de donner, lui demanda de ſortir du Collége.

Sa demande fut auſſi inutile que l'avoient été ſes excuſes. Le Principal n'écoutoit plus que ſa colere. Peu après, le Portier rentra, ſuivi d'un porteur d'eau nommé *Boucher*. Le Principal avoit demandé deux hommes; mais Boucher lui *garantit qu'il en viendroit ſeul à bout*. Pilleron, déſeſpérant d'échapper aux mains d'un pareil adverſaire, eſſaya de l'arrêter en lui préſentant de loin ſon couteau, & en le menaçant de ſe défendre, s'il approchoit. Le Principal ordonna à Boucher de prendre une pelle à feu pour déſarmer Pilleron. Boucher leva la pelle à feu ſur la tête de ce jeune homme : celui-ci, pour parer le coup, hauſſe le bras : Boucher auſſi-tôt le ſaiſit au corps, le renverſe ſur un ſiége voiſin, & tombe en même temps ſur lui. L'écolier ſe roidit dans ſa chute par un mouvement naturel. Le propre poids de l'agreſſeur lui fit entrer dans l'eſtomac le fer que tenoit l'écolier : comme ils s'agitoient l'un ſur l'autre, Boucher fut percé en trois endroits; & ſes bleſſures furent tellement l'unique effet de leur agitation réciproque, que le Principal, ſi attentif à cette ſcene, ne ſut ſi le ſang qu'il vit couler, venoit du Portefaix ou de Pilleron, qui pouvoit s'être bleſſé lui-même.

Boucher ne ſentit qu'à la foibleſſe, qu'il avoit été frappé; il fut tranſporté à l'Hôtel-Dieu, où il mourut trois heures après.

Troublé de ce tragique événement, Pilleron erra, pendant trois jours, sans dessein, & hors de lui-même; il finit par s'enrôler pour le service de la Compagnie des Indes, & se rendit au port de l'Orient pour s'embarquer.

Cependant sa famille, instruite de ce malheur, sollicitoit sa grace; elle l'obtint sans peine sur cet exposé des faits.

La veuve Boucher présenta une Requête, contenant une demande en dommages & intérêts, qu'elle avoit dirigée solidairement contre le Principal de Montaigu, & contre le jeune Pilleron. Pour repousser cette demande, le Défenseur du jeune Pilleron soutenoit, que s'il étoit dû à la veuve Boucher des dommages & intérêts, c'étoit le sieur Germain seul qui devoit les supporter, parce que c'étoit à lui seul que cette veuve devoit imputer la mort de son mari.

En effet, soit que l'on envisage les circonstances qui ont précédé l'action dont il s'agit, soit que l'on envisage les circonstances qui l'ont accompagnée, le ſieur Germain étoit ſeul coupable.

Le ſieur Pilleron avoit eu, ſans doute, un véritable tort, en ſortant contre l'ordre du ſieur Germain; mais ce tort méritoit-il une punition auſſi dure? Le jour où il ſortoit, étoit un jour de congé; il rentra de très-bonne heure, & même avant les autres écoliers. Ces circonſtances ne ſembloient-elles pas adoucir la gravité de ſa faute? D'ailleurs, l'âge du ſieur Pilleron n'eût-il pas dû le garantir d'un châtiment auſſi honteux? N'eſt-il pas d'uſage, dans les Colléges, d'épargner une correction de cette eſpece aux enfans qui approchent de la puberté? A plus forte raiſon les jeunes gens qui l'ont atteinte, doivent-ils en être exempts. Ainſi, ſoit que le ſieur Pilleron conſultât ſon âge ou ſa faute, le châtiment devoit lui paroître exceſſif.

» Ce n'étoit pas, diſoit-on, au ſieur » Pilleron à juger le degré de la peine » que ſon Maître lui devoit impoſer; » l'obéiſſance étoit le ſeul parti qu'il » devoit prendre. Quelque déplacé, » quelque injuſte même qu'un châti- » ment puiſſe être, un écolier n'a jamais

» droit d'y résister. Qu'il soit enfant, » ou qu'il soit homme, que sa faute » soit grave ou légere, dès qu'il de- » meure dans un Collége, c'en est assez » pour qu'il soit entiérement assujetti » aux châtimens, justes ou non, qu'on » lui veut infliger. La volonté du Maî- » tre est pour lui une loi souveraine, » sur laquelle il ne lui est pas permis » de raisonner. Voilà la défense du » Principal du Collége de Montaigu » dans toute sa force «.

Nous sommes bien éloignés de vouloir faire l'apologie de la révolte. L'autorité est nécessaire aux Maîtres, pour gouverner, & pour plier au bien les esprits indociles des éleves confiés à leurs soins. Il seroit aussi injuste & aussi dangereux de porter atteinte au sage & légitime exercice de cette autorité, qu'il est mal à un Maître d'en abuser & de la compromettre; car rien n'est plus utile que l'usage, rien n'est plus nuisible que l'abus de l'autorité qu'ont les Maîtres. Tout se réduisoit donc à connoître jusqu'où cette autorité peut s'étendre, & quelles limites elle ne peut passer. C'est ce qu'il s'agit d'éclaircir.

Il eſt un principe conſtant, c'eſt qu'aucun homme n'a d'autorité ſur ſon ſemblable, qu'il ne la tienne de la Loi. C'eſt de la Loi que les peres eux-mêmes tiennent la leur. Nous ne parlons point, comme l'on voit, de cette autorité inviſible & intérieure attachée au titre de pere ; car la Nature a gravé dans le cœur des enfans, des ſentimens de crainte, de reſpect & d'amour pour ceux qui leur ont donné l'être ; & ces impreſſions naturelles aſſurent à ceux-ci un aſcendant bien fort ſur la volonté des premiers. Mais nous parlons de cette autorité purement extérieure, qui conſiſte dans des effets & dans des actes : voilà celle que les peres ne ſauroient tenir que de la Loi, qui, dans différens pays, leur en confie des degrés différens. Si elle donnoit aux Romains le droit de mort ſur leurs enfans, quelque étendu que parût ce pouvoir, elle puniſſoit ſévérement les peres qui l'employoient injuſtement (*a*).

Or il n'eſt pas douteux que lorſqu'un pere remet ſon fils aux mains d'un

(*a*) *Qui malè liberos contra pietatem afficiebant.*

Maître, il ne ſauroit communiquer à celui-ci plus d'autorité qu'il n'en a lui-même, & que, lorſqu'il lui prête la ſienne, ce n'eſt pas celle qu'il a reçue de la Nature : celle-la ne peut ſe communiquer, ne ſe déplace, ne ſe tranſporte point ; c'eſt celle que lui donnoit la Loi. Ainſi la Loi, qui veilloit à l'uſage que le pere en faiſoit, veille à l'uſage que le Maître en va faire. Ces maximes nous paroiſſent inconteſtables. Examinons donc à préſent, quel eſt l'uſage que, ſuivant le vœu de la Loi, tout Maître doit faire de ſon autorité.

Tout Maître doit être utile à ſon diſciple. Le diſciple qu'on met entre ſes mains, n'eſt pas un dépôt ordinaire qu'il doive rendre tel qu'il l'a reçu ; il doit lui faire porter des fruits : que ſeroit-ce, s'il l'avoit altéré !

De ce premier principe d'éducation, que tout Maître doit être utile, il en réſulte évidemment un autre ; c'eſt que tout Maître doit ſe ſervir de ſon autorité d'une maniere qui tende à l'utilité du diſciple. C'eſt encore là une vérité fondamentale dans cette matiere. Mais quels ſeront les moyens propres à rendre cette autorité profitable ? La regle générale qu'on peut tracer, c'est qu'il la faut toujours proportionner, dans les effets, & au caractere habituel de l'écolier, & à la disposition présente de son esprit, & à la faute qu'il a commise, & enfin à l'âge où il est. L'examen & la compensation de tous ces objets couteront peu à un Maître qui voudra remplir dignement la place des peres qu'il doit représenter ; &, en suivant ce seul but, il découvrira facilement la vraie route qu'il doit tenir avec chacun de ses éleves. C'est par-là qu'il sentira avec quelle répugnance & quelle discrétion il doit user des peines corporelles. Qu'il est rare, en effet, que ces châtimens soient utiles ! Ils énervent les esprits timides, ils révoltent les esprits altiers, & la voie de la persuasion est préférable mille fois à toute autre ; car l'amour-propre naît avec l'homme. Ce sentiment précede chez lui tous les autres ; en sorte qu'avant d'avoir encore aucune idée sur le vice & sur la vertu, il commence par éprouver une impression confuse, qui consiste à désirer l'estime & à redouter le mépris.

Ce n'eſt pas ſans deſſein que la Nature a gravé dans les ames ce ſentiment, antérieurement à tout autre; c'eſt afin de les intéreſſer, par leurs mouvemens propres, à préférer le bien que l'on approuve, au mal que l'on condamne; reſſource puiſſante, reſſource heureuſe pour diriger les jeunes cœurs, puiſque, trouvant en eux une diſpoſition naturelle à rechercher la louange & à craindre la honte, il ſuffit, pour leur faire aimer la vertu, de la leur peindre ſous des traits qui les flattent, & d'accroître ce premier goût pour elle par d'honorables récompenſes : comme il ſuffit, pour leur faire déteſter le vice, de le montrer ſous des couleurs honteuſes, & d'oppoſer à la pente qui les y porte, le châtiment de l'humiliation.

Mais ſi l'humiliation ne dérive que de la ſenſibilité de notre ame, c'eſt donc à l'ame de ſon éleve que le Maître doit s'adreſſer, dès qu'elle eſt capable de ſentir. C'eſt un vice de l'ame qu'il veut guérir, qu'il punit lorſque ſon éleve a manqué : c'eſt donc d'elle ſeule qu'il doit s'occuper; &, comme l'amour-propre eſt en elle une voie toujours ouverte ou à la peine ou au plaisir, c'est par-là qu'il doit l'attaquer.

Il existe, sans doute, des ames lentes & engourdies, qui exigent qu'on émeuve les sens pour arriver jusqu'à elles. Lors donc qu'un Maître croit nécessaire de faire souffrir à son éleve quelque correction corporelle, ce n'est pas dans la vue de tourmenter le corps, qu'il doit en venir à cette extrémité; c'est dans la vue d'humilier l'ame. Mais comment y portera-t-il cette impression de honte, qui est le but & le fruit de la peine? c'est dans l'effort que ce jeune homme fera sur lui-même; c'est dans le sacrifice qu'il fera de sa volonté, pour se soumettre à une correction humiliante, que son Maître lui fera rencontrer de l'avantage à la subir; &, s'il est vrai que cette disposition d'esprit soit seule capable de rendre la punition avantageuse à l'écolier qui la reçoit, cette disposition, par une conséquence nécessaire, peut seule la rendre légitime de la part du Maître qui l'inflige.

Mais si, trop indocile & trop bouillant, l'écolier résiste à vos ordres, s'il se souleve contre le châtiment, ménagez, Maîtres, maniez avec prudence ce jeune esprit, que le feu de son âge emporte loin de lui-même. L'appareil du châtiment le surprend & l'irrite : n'en tirez qu'un favorable augure; peut-être même est il assez puni par son émotion & son trouble. Ou, si vous pensez que sa faute vous oblige d'insister encore, que des remontrances pressantes, que des instances tour à tour tendres & vives l'adoucissent & le réduisent ; peignez-lui avec force toute l'injustice de cette rebellion ; qu'il en rougisse, qu'il se juge, qu'il se condamne : à ce procédé paternel, on reconnoît un véritable Maître. Vos efforts sont-ils superflus ? ce jeune homme ne se rend-il ni aux menaces ni aux bontés, ayez égard à son agitation, & suspendez des peines qui ne pourroient que nuire ; car c'est toujours, on ne sauroit trop le répéter, c'est l'utilité du disciple qui fait la mesure & la regle des droits & de l'autorité du Maître.

» Non, non (disoit le Principal), » sa résistance m'a offensé ; il m'a fait » un affront personnel : désobéir, c'est » me manquer «. Quel langage dans la bouche d'un Maître ! C'est donc à dire que la colere le saisit à son tour ; c'est-à-dire, qu'obligé par devoir d'appaiser les transports de son disciple, il les accroît par sa propre fureur. Il sait qu'une punition administrée dans ce moment de crise lui sera dangereuse ; &, sous prétexte de l'acquérir, il va le perdre, parce qu'il va se venger, sous prétexte de le punir. C'est donc ainsi qu'il trompe à la fois, & le jeune homme, qu'il excede & qu'il désespere, & les parens, qui se reposoient sur son zele, & l'Etat, auquel il est comptable de la culture de ses disciples. Quel spectacle de voir alors un Maître emprunter du secours, appeler à son aide, acheter à prix d'argent des bras mercenaires, pour combattre contre un jeune homme, dont tout le crime, en ce moment, n'est plus que de lutter avec courage contre une peine qui lui paroît un déshonneur ! & de quel droit met-il en usage la violence, pour subjuguer & pour terrasser sous ses coups un être libre, un Citoyen ? Ses éleves sont-ils ses esclaves ? Quoi ! parce qu'un homme de dix-huit ou vingt ans sera encore dans le cours de ses études, la premiere faute qu'il aura faite, le caprice, la prévention, l'emportement donneront à un Maître l'étrange faculté de le toucher du fouet, de le battre de verges, malgré ses efforts & ses cris? S'il cherche à s'échapper, l'on enchaînera la victime; s'il se débat & rompt ses liens, des étrangers prêteront main-forte pour l'abattre? Détournons nos regards d'un tableau aussi révoltant, & continuons de développer la défense du jeune Pilleron, & de rappeler les moyens qu'on lui opposoit.

» Quels abus, disoit-on, vont naître » en foule des entraves qu'auront les » Maîtres, s'ils n'ont pas droit de con- » traindre, par la peine, un écolier » rebelle? Cet écolier s'applaudira, par- » mi ses condisciples, du triomphe » remporté sur son Maître; il les cor- » rompra tous par son exemple; tous » verront que, pour être impuni, il » suffit de repousser la peine «.

Oui, sans doute, un écolier rebelle seroit contagieux pour les autres: aussi son Maître peut le renvoyer à l'instant. Voilà le droit du Maître, c'est d'exclure l'écolier indocile, & non pas de le subjuguer par la force. Ce droit ne lui suffit-il pas? pourra-t-il dire qu'on rétrécit trop son pouvoir? Par-là, l'écolier éprouve une peine très-rude, puisque la honte attachée à cet exil, devient publique; par-là, la discipline & l'ordre sont maintenus parmi les autres, puisqu'ils sont témoins d'une expulsion, souvent plus effrayante pour eux, que des corrections douloureuses; par-là, les Maîtres ont un pouvoir bien étendu, puisque la Loi les autorise à ne souffrir chez eux aucun disciple qui s'éleve contre la punition : faculté juste & nécessaire; car si un disciple n'a pas voulu se prêter au châtiment, il a manqué à la condition du pacte que son Maître avoit fait avec lui.

Quel est ce pacte? C'est qu'au moment où un Maître prend un disciple, il se forme, de droit, entre eux deux, un engagement réciproque. Le Maître reçoit l'émolument qui est attaché à sa place, & voilà l'intérêt du Maître. Le disciple reçoit le bénéfice de l'instruction, & voilà l'intérêt du disciple; mais ils ajoutent l'un & l'autre une condition tacite à ce contrat. La condition du Maître est, que son disciple sera soumis aux peines qu'il voudra lui faire essuyer; & si le disciple veut se soustraire à cette condition, le Maître résout la convention, & renvoie de plein droit ce disciple. De même, la condition de l'écolier, c'est que son Maître n'usurpera jamais une autorité de contrainte; & si le Maître veut employer la force ouverte pour le réduire, le disciple résout la convention, en réclamant le droit de sortir du Collége.

» Mais, disoit-on, faudra-t-il donc » que le murmure d'un enfant arrête » le Maître qui se disposoit à le châtier? » Faudra-t-il que ce défaut d'acquies- » cement à la correction proposée, fasse » prendre au Maître le parti de le ren- » dre à son pere? Quel enfant, dira- » t-on, acheveroit jamais ses études, » si, sans pouvoir appuyer sur la peine, » il falloit l'exclure du Collége dès qu'il » refuse de la subir «?

Il faut faire ici la distinction établie par la Loi entre les deux âges de l'homme; c'est-à-dire, entre l'impuberté qui s'étend jusqu'à 14 ans, & la puberté qui commence & se développe à cet âge; & l'on va voir que tout s'accorde dans les principes. Un enfant impubere, nous disent des Loix Romaines, ces Loix célebres, qui sont les plus fideles interpretes du droit naturel, l'impubere, nous disent-elles, n'est point capable de volonté ; il ne jouit pas encore de lui-même : *nondum eſt ſui compos*. L'exercice de ſa raiſon eſt encore ſuſpendu, & cet état de privation & d'attente l'empêche de conſentir : *conſentire non videtur*. La Loi lui défend de s'obliger par lui-même ; mais elle veut qu'il s'oblige par la voie de celui qu'elle a nommé pour le conduire & le repréſenter. C'eſt donc ſon pere ou ſon tuteur qui contracte pour ſon avantage & en ſa place. Ainſi la convention que l'enfant ſera puni des fautes qu'il aura faites, ſubſiſte toujours entre le Maître & l'adminiſtrateur légal de cet enfant ; mais quand l'éleve eſt devenu pubere, c'eſt-à-dire, quand il eſt parvenu à ce terme où les Loix veulent que tout Citoyen jouiſſe de ſon état & de ſes droits, à ce terme où elles lui donnent le droit de s'engager dans les nœuds du mariage ; lorſqu'en un mot la Nature & la Loi s'accordent à le regarder comme un homme, c'eſt de lui ſeul que le Maître doit obtenir le ſacrifice de ſe ſoumettre ; car, encore une fois, ſi c'eſt la ſoumiſſion du pubere au châtiment qu'on lui deſtine, qui ſeule peut le lui rendre profitable, c'eſt donc auſſi ſon conſentement ſeul qui peut en rendre l'exercice légitime & permis au Maître. Tel eſt le plan tracé à ceux-ci par la Loi. Ce plan préſente & la portée & les bornes du pouvoir qu'elle leur attribue; plan ſuffiſamment étendu, pour les rendre utiles à leurs éleves; plan ſuffiſamment limité, pour les empêcher de leur nuire; plan ſage, où les périls phyſiques & les avantages moraux ſont également appréciés.

» Qu'il s'en faut (diſoit le Défenſeur du jeune Pilleron) que le Principal de Montaigu ſe ſoit renfermé dans ces bornes! Cet homme a cru que la Loi avoit dépoſé dans ſes mains cette autorité coactive qu'elle n'accorde qu'aux Magiſtrats. L'autorité des Maîtres eſt, a-t-il dit, une autorité publique : or toute autorité publique eſt coactive.

» L'autorité des Maîtres eſt une autorité publique, cela eſt vrai; mais dans quel ſens eſt-elle autorité publique? C'eſt parce qu'ils la tiennent de la Loi, ſource unique de toute autorité légitime. Eſt-elle donc autorité publique, en ce que la Loi a établi les Univerſités pour exiſter dans l'Etat? Elle eſt publique, en ce que les Univerſités ſont des Corps qui ont la protection du Prince pour exercer publiquement leurs fonctions. Elle est publique, en ce que la Loi attache un caractere d'authenticité aux témoignages que ces Corps rendent des Citoyens qui sortent de leur sein. Mais de ce qu'elle est publique, elle est, dites-vous, coactive. Vous prétendez que la Loi a donné aux Maîtres un pouvoir aussi étendu qu'aux Magistrats; qu'ils peuvent, comme ceux-ci, porter la correction aux dernieres extrémités : en un mot, vous osez dire *qu'il faut que force demeure à l'autorité des Maîtres comme à celle de la Justice.* Mais y avez-vous réfléchi ? & ne savez-vous pas que, s'il faut que force demeure toujours à Justice, c'est parce que la vie même de celui qui résiste lui est soumise; c'est parce que, si l'ordre public l'exige, si l'occasion est assez importante, le Magistrat peut aller jusqu'à exposer à la mort celui qu'il faut contraindre : si même ceux que le Magistrat a employés pour Ministres, courent eux-mêmes quelques dangers, l'ordre qu'il a donné n'en est pas moins légitime. La raison suprême du bien général excuse, autorise, justifie tout : *salus populi suprema lex esto.* Ce principe ſacré s'oppoſe à ce qu'aucune réſiſtance déſarme le Magiſtrat. Cette autorité eſt donc coactive, parce qu'elle s'étend ſur la vie même du rebelle. Or direz-vous que, s'il en eſt beſoin pour réduire un diſciple révolté, ſon Maître peut l'expoſer à perdre la vie ? Quel pere ne gémiroit à cette idée?

» Quel eſt donc l'objet du Magiſtrat, lorſqu'il condamne un homme & qu'il le livre à la force de ſon ſemblable? Ce n'eſt pas, comme font les Maîtres, de le rendre meilleur par une correction paternelle, c'eſt d'en purger l'Etat; c'eſt de noter cet homme d'une tache publique, qui préſerve les Citoyens de ce membre contagieux. Cette différence entre l'objet que ſe propoſent les Magiſtrats & les Maîtres dans leurs punitions, eſt extrême. Si donc le ſieur *Germain* s'eſt arrogé une autorité coactive, ç'a été de ſa part une uſurpation puniſſable.

» Que ſi les cris de ſon diſciple avoient frappé l'oreille *de la fille aînée de nos Rois*; ſi ſes cris avoient percé juſqu'au tribunal où préſide le Corps de l'Univerſité, ce Corps célebre dans tous les temps par ſes lumieres & ſes vertus, eût dit au ſieur Germain;

Arrêtez : quoi ! ce n'eſt pas l'intérêt du jeune homme, c'eſt le vôtre que vous regardez dans ſa faute. Que direz-vous pour vous juſtifier à mes yeux ? que vous avez voulu venger la ſubordination qui m'eſt due ? Non, non : ne croyez pas envelopper vos torts ſous le voile de mes intérêts : je connois mieux mes droits. Toute puiſſance qui a quitté ſes bornes, s'ébranle & s'écroule ; & ſi la mienne eſt auſſi ancienne que la Monarchie, c'eſt que jamais elle n'empiéta ſur la puiſſance légiſlative. La juriſdiction que j'exerce eſt ſpontanée, eſt volontaire. La révolte n'eſt point de mon reſſort ; c'eſt à la Loi ſeule d'en connoître. Raſſurez-vous, peres & meres : mes Miniſtres *ne ſont point les bourreaux de vos fils* ; ce ſont de ſeconds peres, qui, dans leurs ſoins à développer la raiſon naiſſante de vos enfans, ne ſe promettent de ſuccès qu'à proportion qu'ils vous reſſemblent davantage. Vous donc qui, avide d'un pouvoir qui n'étoit point le vôtre ; vous qui, violant l'eſprit de votre état, vous êtes comporté en tyran, vous êtes heureux que mon pouvoir ne ſoit pas contentieux ; mais, du moins, je vous ôte les fonctions que je je vous avois confiées pour un meilleur uſage; car, ſi peu maître de vous-même, vous n'êtes pas digne de gouverner les autres «.

Voilà ſans doute (continuoit le Défenſeur du jeune Pilleron) quel eût été le langage de l'Univerſité; voilà du moins ce que le jeune Pilleron a ſenti. Il ne vit plus un maître dans le ſieur Germain, mais un adverſaire paſſionné; il n'y vit plus un juge, mais une partie irritée; il n'y vit plus un pere, mais un ennemi acharné. Le ſieur Germain s'étoit en effet dépouillé de tout caractere de ſupériorité, par l'indignité de ſa conduite. Le ſieur Pilleron s'étoit auſſi, par ſa demande de ſortir, dépouillé du titre d'éleve. L'égalité ſe rétablit donc entre eux. L'homme inconnu que le ſieur Germain alloit déchaîner contre lui, dut lui paroître, au milieu de ſon déſeſpoir, ſans caractere & ſans miſſion, puiſqu'il agiſſoit ſous les ordres d'un homme qui, par cet ordre même, ceſſoit d'être ſon ſupérieur. Il ne fut plus queſtion, dès-lors, d'une punition, mais d'une injure: ce ne fut plus à une humiliation, mais à un déshonneur qu'il réſiſta. Il ne dut voir, dans la main qui s'apprêtoit à le punir, qu'un agresseur punissable lui-même, qui provoquoit à tort, qui outrageoit illicitement son égal. Il rentra donc dans ce droit primitif, dans cette liberté antérieure aux conventions humaines, que tout homme a de se défendre contre un étranger qui l'attaque. Ainsi, à consulter les faits qui ont précédé le malheureux événement qui va suivre, le Principal de Montaigu est jusqu'ici le seul coupable ; c'est conséquemment contre lui seul qu'il faut jusqu'à présent diriger les condamnations auxquelles ce malheur pourroit donner lieu.

C'est ici (s'écrioit M. Loiseau de Mauleon) que va s'ouvrir cette scene malheureuse & sanglante, dont le Principal de Montaigu n'eût jamais dû souffrir que le récit devînt public. Pilleron, plein de trouble & d'effroi, réclamoit, par ses menaces & par ses cris, le droit de sortir du Collége. Le sieur Germain, plein de colere, insultoit sans pitié au désespoir de son disciple, & lui juroit de lui faire éprouver les douleurs les plus cuisantes & les plus longues, lorsque le Portier rentra, escorté d'un portefaix nommé *Boucher*, qui consentoit de s'exposer à prix d'argent. Quelle révolution la vue de ce mercenaire fit-elle sur l'infortuné Pilleron ! Le sieur Germain craignit que ce fût trop peu d'un seul homme : » Pourquoi viens-tu » seul, dit-il en s'adressant au Portier-» correcteur ? je t'avois demandé deux » hommes «. Mais l'appât de la récompense avoit séduit Boucher ; il vouloit gagner seul les deux salaires. » J'en viendrai bien à bout, répond-il en me-» surant des yeux la victime «. O scene vraiment tragique, où se déploient les passions les plus basses ! La lâche fureur de celui-là, qui achete à vil prix sa vengeance ! l'avidité de celui-là, qui, pour venger l'autre, vend sa vie. Il vouloit fondre sur le jeune Pilleron ; mais Pilleron s'étoit armé pour se défendre, & lui présentant son couteau, lui crioit de ne pas approcher. Boucher vit le danger ; l'attrait du gain prévalut sur les risques. Cependant, l'œil toujours fixé sur les moindres mouvemens de Boucher, Pilleron lui rendoit l'assaut impossible. Que fait Boucher ? Le Principal lui conseille de recourir à la surprise : il entre dans la chambre voiſine, s'y arrête quelques momens, pour donner le change à Pilleron, prend, par l'avis du Principal, une pelle à feu, puis il s'élance ſur le jeune Pilleron, cette pelle à feu levée ſur ſa tête. Pilleron hauſſe les bras pour parer le coup qu'on lui porte. Auſſi-tôt Boucher le ſaiſit au corps, le ſerre de toutes ſes forces, crie au Correcteur qu'il le tient, & le jette ſur un fauteuil. C'eſt peut-être dans le temps qu'il s'alloit rendre, c'eſt dans l'inſtant même de la chute, dans ce moment de trouble, où ſes ſens effrayés ſe bouleverſent, que le jeune Pilleron étend les bras & ſe roidit, & que Boucher, qui ſe precipite ſur lui, ſe plonge lui-même ſur le couteau dont Pilleron le frappe en tombant.

Reconnoît-on, à tous ces traits, que Pilleron ait formé le deſſein d'attenter à la vie de Boucher? Eſt-ce un projet prémédité? lui a-t-il dreſſé quelque embûche? a-t-il agi avec réflexion & ſang froid? C'eſt dans la chaleur de l'action, c'eſt dans le feu d'une réſiſtance naturelle, c'eſt lorſqu'il eſt effrayé par un geſte qui lui fait tout craindre pour ſa vie, c'eſt lorſqu'il ſe ſent terraſſé, c'eſt alors qu'il s'agite & frappe au hazard, ſans plus connoître ni ſon adverſaire ni lui-même.

La veuve Boucher a bien ſenti que l'intention étoit requiſe pour conſtituer le crime; auſſi avoit-elle ſoutenu qu'il avoit eu l'intention de tuer ſon mari. Le ſieur Pilleron (diſoit ſon Défenſeur) reſpecte & partage d'autant plus la douleur de cette veuve, qu'il a été l'inſtrument de ſes maux; mais faut-il que ſa douleur la rende injuſte? Et pourquoi le jeune Pilleron auroit-il conçu le projet de faire périr ſon mari? Avoient-ils quelque querelle à terminer, quelque vengeance à ſatisfaire enſemble? Quoi! ces deux hommes qu'on voit combattre, ſe renverſer, ſe rouler l'un ſur l'autre, ne ſe haïſſent point, ne ſe connoiſſent pas même! Quel eſt donc l'intérêt qui les pouſſe? Le voyez-vous, celui qui les excite? il eſt éloigné du danger; mais il anime, de la voix & du geſte, les deux hommes qu'il ſacrifie. C'eſt donc pour repouſſer la force par la force, c'eſt donc pour défendre ſon honneur & ſa vie, qu'il croit en danger, que Pilleron fait ce que le droit naturel, le droit des gens, le droit civil, toutes les Loix du monde lui permettent : *vim vi defendere, omnes Leges, omniaque Jura permittunt*, dit la Loi premiere, au digeste *de Justicia & Jure.* On n'est pas même, dit encore la Loi 45, tenu de dommages & intérêts, lorsqu'on frappe qui nous fait violence, pourvu que ce soit pour se défendre : *Illum solum qui vim infert, ferire conciditur, & hoc si tuendi non ulciscendi causâ factum sit.* Aussi le Prince, qui n'a fait grace qu'avec justice, a jeté sur le jeune Pilleron des regards de compassion & de clémence ; il lui a donné des lettres de rémission, & l'a replacé au nombre de ses sujets. Est-il une preuve plus forte de l'innocence de ce malheureux écolier ? Il étoit assez à plaindre de ce que sa main avoit fait le coup, sans que la veuve Boucher lui reprochât publiquement d'avoir réfléchi cette action : mais, encore une fois, le jeune Pilleron pardonne à cette veuve un reproche dicté par le désespoir.

Il n'est donc point ici question de poursuivre la vengeance d'un crime, puisqu'il n'existe point de crime ; mais il s'agit, pour la veuve, de se plaindre uniquement des torts que ce malheur lui a causés. Voilà sans doute le vrai point de la Cause. Ecoutons donc ce que les Loix vont dire.

C'est celui qui a donné occasion à l'accident, qui paroît avoir fait le dommage : *Qui occasionem præstat, damnum fecisse videtur*, dit la Loi 30, §. 3, au digeste *ad Legem Aquiliam*. La faute vient de celui qui n'a point prévu ce qu'un homme diligent auroit dû prévoir : *Mutius dixit culpam esse quòd cum à diligente provideri potuerit non esset provisum*; Loi 31, au même titre. L'action en dommages & intérêts doit se diriger, non pas contre celui qui a agi, mais contre celui qui a fait agir : *In facto actio erit danda in eum qui impulit*, dit la Loi 7, §. 3, encore au même titre. Ces Loix sont-elles assez précises? Quoi de plus clair que leurs dispositions? Quel étoit le détour qu'avoit imaginé la veuve Boucher, pour éluder des textes aussi formels? Une Loi qui porte qu'on doit punir de mort des enfans, quoiqu'impuberes, qui se rendent coupables de meurtre, lorsqu'ils ont connoissance de la chose. Elle a cité encore un Arrêt de l'année 1364, par lequel un enfant de douze ans fut condamné à être pendu. Voilà exactement ses deux seules autorités : mais ces citations étoient étrangeres à l'espece. Que le dessein & l'intention connus fassent punir un homme, même dans l'âge d'impuberté, s'ensuivra-t-il qu'un pubere doit être puni, lorsqu'il n'a eu ni dessein ni intention ? La veuve Boucher commençoit d'ailleurs par déclarer qu'elle respectoit la rémission que Pilleron n'avoit obtenue du Prince qu'après l'établissement de son innocence démontrée ; & ensuite les seules Loix dont elle argumentoit, ne tendoient qu'à faire voir qu'on punit de mort des impuberes qui sont coupables. Hors d'état d'appuyer d'aucune raison valable la demande civile qu'elle avoit formée contre le jeune Pilleron, elle se défendoit par des moyens qui ne conviendroient qu'à une instruction criminelle ; mais comme la maniere de se défendre ne change jamais l'état de la question, tout ce qui résultoit de sa défense, c'est qu'elle n'avoit pas un seul moyen pour établir la vraie demande qu'elle avoit formée. Mais quand, revenus à la Cause, nous consultons les Loix qui s'y appliquent, nous voyons qu'elles ne recherchent que celui qui, le premier, a donné occasion au malheur, que celui qui étoit fait pour le prévoir & l'empêcher, que celui qui a conduit la main. Or on demande s'il est quelqu'un, dans ce moment, qui ne fasse au Principal de Montaigu l'application de tous ces textes?

Ce n'est cependant pas que le sieur Germain ne pût avoir quelques moyens de se soustraire à la demande de la veuve Boucher. On pouvoit penser que Boucher, qui avoit tort de s'être ainsi loué pour des fonctions qui n'étoient pas les siennes, & étrangeres à son métier; qui avoit tort d'avoir voulu, dans l'espérance d'un gain plus fort, entreprendre, sans aide, des fonctions pour lesquelles on pensoit qu'il ne suffiroit pas; qui avoit tort de se risquer contre un jeune homme justement enflammé, qui l'avertissoit du péril, lui montroit son couteau, lui crioit de ne pas s'avancer; qui avoit tort de lever sur sa tête une barre de fer, comme pour l'assommer; que cet homme n'a pu imputer sa mort qu'à lui seul, & que sa veuve ne la sauroit imputer à autrui : mais si, par compassion pour la misere qui forçoit Boucher d'obéir à quiconque l'intéressoit par une récompense, la Justice détournoit les yeux de ses torts personnels, pour chercher le vrai moteur de cette triste affaire; si elle vouloit, comme les Loix l'ordonnent, reconnoître quel étoit celui qui a été, non l'instrument, mais l'occasion de ce malheur; alors, sur quelque époque qu'elle promenât vos regards, si c'est sur l'époque antérieure à l'arrivée de ce malheureux mercenaire, elle voyoit un Maître injuste, qui, s'écartant de l'usage ordinaire des Colléges, veut, pour une simple désobéissance, pour une sortie faite contre ses ordres, dans un jour destiné à sortir, faire infliger, à un homme de dix-sept ans, un châtiment douloureux & honteux, fait, à cet âge, pour révolter la pudeur, blesser l'honneur, & nuire aux mœurs. Son écolier oppose un résistance vigoureuse à ce supplice ignominieux, & voilà ce Maître inflexible qui, cédant à sa propre colere, qui, devenu Partie, Témoin, Juge & Ministre, exerce, avec un empire absolu, une autorité coactive qui n'est réservée qu'à la Loi. Sous la seconde époque, c'eſt-à-dire, depuis l'arrivée de Boucher, c'eſt le Principal qui l'expoſe impitoyablement au péril que lui annonce l'état d'emportement où il a réduit ſon diſciple. Pilleron crie à Boucher de ne pas l'approcher, *præmonuit & proclamavit*. Le Principal l'encourage, l'excite à fondre ſur lui. C'eſt le Principal qui, d'abord, par l'extrême fureur où il a porté ſon éleve, a ſeul fait naître tout le danger ; c'eſt lui qui a enſuite, par des promeſſes, jeté Boucher dans le précipice affreux que lui ſeul a creuſé. Ainſi, à quelque époque que l'on ſe fixe, ſoit que l'on enviſage les circonſtances qui ont précédé, ou celles qui ont accompagné ce malheur, concluoit le Défenſeur de Pilleron, 1°. le Principal qui a méconnu ſes obligations, & qui a été au delà de ſes droits, eſt uniquement reſponſable des ſuites qu'a entraînées cet oubli total de ſes devoirs; 2°. l'écolier, en repouſſant l'outrage, s'eſt défendu d'une maniere auſſi innocente & auſſi légitime que la violence du Principal étoit injuſte. Donc le Principal de Montaigu doit payer ſeul les dommages & intérêts, s'il en eſt dû. Voilà toute la Cauſe; ou, s'il reſte à y ajouter quelque chose, c'eſt de demander à la Juſtice elle-même, s'il n'eſt pas étonnant que le jeune Pilleron ſoit obligé de répondre à une demande en dommages & intérêts, quand les plus grands dommages, quand les pertes les plus irréparables ſont tombées ſur lui-même. En effet, dans quel abîme cet événement l'a plongé ! Il voit ſa carriere s'ouvrir par un meurtre ; il craint d'être coupable ; il n'enviſage que le ſupplice ; il ne croit échapper à une mort infame qu'en fuyant ſous un ciel étranger ; il court s'embarquer au port de l'Orient ; il s'enrôle ſur les vaiſſeaux qui vont aux Indes ; &, pour ſauver ſon honneur & ſa vie, il ſacrifie ſa liberté. S'il eſt (diſoit ſon Défenſeur aux Magiſtrats), s'il eſt actuellement à vos pieds pour demander l'entérinement de ſes lettres, c'eſt parce qu'on a daigné ſuſpendre pour quelque temps la nouvelle ſervitude qui l'attend dans des pays lointains ; voilà le ſort que lui a préparé l'imprudence & l'inhumanité de ſon Maître. Il eſpéroit trouver, dans ſes études, de quoi répondre aux engagemens d'une naiſſance honnête, & de quoi réparer les injures de la fortune. Le voilà maintenant expatrié, confondu dans l'obſcurité, dévoué à une perpétuelle miſere. Paye-t-il aſſez cher les écarts & les fautes d'autrui ? Et ſi les promeſſes du ſieur Germain font pleurer aujourd'hui la veuve du mercenaire qu'elles ont ſéduit, les violences & les cruautés de ce Principal ont-elles été moins fatales à ſon diſciple ?

Par Sentence du Châtelet, du 29 Mars 1760, les Lettres de rémiſſion accordées au ſieur Pilleron, furent entérinées, à la charge par lui de garder priſon pendant un mois, & de payer à la veuve de Boucher 1200 livres de dommages-intérêts, par forme de réparations civiles.

QUESTION D'ETAT.

» IL eſt des événemens, diſoit le » Défenſeur de l'enfant dont l'état étoit » compromis (*a*), il eſt des événemens » dont le tiſſu paroît ſi extraordinaire, » qu'ils reſſemblent preſque à ces fic- » tions ingénieuſes, ouvrage d'une ima- » gination qui ſe plaît à s'égarer «. C'eſt ainſi qu'il caractériſoit l'hiſtoire ſinguliere qui avoit donné lieu à cette conteſtation.

» Que d'intrigues il faudra dévoiler, » diſoit ſon antagoniſte (*b*)! Les grandes » paſſions paroîtront ſucceſſivement ſur » la ſcene. Nous découvrirons tour à » tour les fautes de l'ambition, celles » de la haine, celles de l'amour, celles » auſſi de la cupidité. Ces tableaux » triſtes & ſombres ſeront par-tout » éclairés par quelques vertus. Du ſein » des torts & des foibleſſes, ſortiront » des traits éclatans de courage, de

(*a*) M. Le Gouvé.

(*b*) M. Loyſeau de Mauleon.

» bonne foi, de grandeur d'ame & de » constance «.

Si l'on en croit la demoiselle Alliot, le sieur de Pont & elle sont un exemple de cette antipathie que la Nature place quelquefois entre deux personnes qui se haïssent, pour ainsi dire, avant de se connoître, & ne peuvent se trouver ensemble sans être repoussés par un instinct secret dont ils ignorent la cause, mais qui fait pour chacun d'eux un supplice de leur présence respective.

Voici comment elle racontoit son histoire.

Le sieur Alliot, alors Conseiller Aulique, & Commissaire Général de la Maison du Roi Stanislas, étoit chargé d'un grand nombre d'enfans. Il en avoit huit; six garçons & deux filles. L'aînée des filles avoit vingt trois ans, & n'étoit point encore établie. Il s'occupoit du soin de la pourvoir, lorsqu'un de ses amis, qui étoit aussi ami de M. de Pont, Conseiller de la Cour Souveraine de Nancy, pensa qu'il seroit convenable aux deux familles de marier le jeune de Pont avec la demoiselle Alliot.

Cette alliance plut au sieur Alliot; mais elle ne fut pas du goût du pere du jeune homme; il la refusa absolument.

On crut, après sa mort, qui suivit de près ce refus, pouvoir renouveler la proposition à son fils, qui ne l'accueillit pas mieux que ne l'avoit fait son pere; mais elle flatta sa mere, son oncle & son beau-frere, qui employerent avec tant d'adresse les menaces & les prieres, qu'ils obtinrent de lui que, du moins, il se laisseroit conduire à Luneville, pour y voir la demoiselle Alliot. On se flattoit que les graces dont la Nature l'avoit pourvue, feroient, sur le cœur de ce jeune homme, une révolution qui mettroit le désir à la place de la répugnance.

Mais la peine qu'il avoit eue pour se déterminer à cette entrevue, n'approchoit point de la douleur que la demoiselle Alliot ressentit, lorsque son pere lui déclara ses intentions & ses vûes sur M. de Pont.

Quand elle sut que c'étoit lui que son pere lui destinoit pour époux, elle sentit naître, au dedans d'elle-même, une de ces aversions violentes, & d'autant plus difficiles à vaincre, que, destituées de tout fondement raisonné, c'eſt la Nature même qui les cauſe. Après bien des combats entre la piété filiale & ſa répugnance à obéir, celle-ci l'emporta, & la demoiſelle Alliot prit ſur elle de déclarer ſon averſion invincible.

Le pere combattit cette répugnance par des raiſons de convenance, qui auroient pu avoir du poids ſur un eſprit libre, mais qui ne purent rien contre le ſentiment. Le ſieur Alliot dit enfin à ſa fille, qu'il falloit qu'elle optât entre ce mariage & un couvent. « Je préfere le » couvent, dit-elle. — Non, made- » moiſelle, vous n'irez point dans un » couvent; vous y ſeriez trop heureuſe. » Je vous garderai chez moi; vous y » manquerez de tout; vous y ſerez la » créature la plus miſérable, & votre » chambre vous ſervira de priſon, juſ- » qu'à ce que vous m'ayez obéi ».

La dame Alliot aimoit tendrement ſa fille; mais, ſur ce mariage, elle penſoit comme ſon mari. Elle eut vainement recours aux plus ſéduiſantes promeſſes, aux careſſes & aux prieres les plus touchantes; rien ne put ébranler ſa fille. « Je ſuis plus affligée que vous, » diſoit-elle à ſes parens en verſant un

» torrent de larmes, de toutes les pei-
» nes que vous cause ma résistance «.

Ils la menacerent de la déshériter, la chasserent de leur présence, & la reléguerent dans sa chambre. Pour s'assurer qu'elle n'en sortiroit pas, une domestique affidée fut établie auprès d'elle; &, pour ne laisser à ce gardien aucun prétexte de quitter son poste, on lui apportoit à manger dans la chambre de sa prisonniere.

Cette sévérité ne produisant aucun effet, on se flatta que l'autorité du Roi de Pologne seroit plus efficace. Il manda la demoiselle Alliot; sa mere l'accompagna. Le Prince écouta les raisons de la mere. La fille répondit que son aversion étoit si profonde & si forte, qu'il n'y avoit point de supplice au monde qu'elle n'aimât mieux souffrir que cette alliance.

Après l'avoir écoutée tranquillement, le Roi de Pologne lui fit une réprimande sur le chagrin mortel qu'elle causoit à ses parens, & finit en lui disant: « Vous n'avez point d'autre parti à
» prendre, que d'obéir à vos parens «.

Elle fut aussi-tôt consignée de nouveau dans sa prison. Il y avoit dix jours qu'elle y étoit, ne se nourrissant que de ses larmes, quand M. de Pont arriva à Luneville, accompagné de son oncle & de son beau-pere. Dans les dispositions & dans l'état où étoit la demoiselle Alliot, comment le lui présenter? Elle ne veut pas quitter sa chambre pour aller au devant de lui, & proteste qu'on la traînera plutôt que de lui faire faire un pas. Le pere, ne pouvant rien gagner sur elle, va chercher M. de Pont, & l'introduit dans la chambre de sa fille. On ne peindra point ici cette entrevue, à laquelle présiderent, de part & d'autre, la tristesse, le dédain & la haine : il suffit de dire que M. de Pont, en approchant de la demoiselle Alliot, sentit naître pour elle une aversion égale à celle qu'elle lui portoit.

Il sort de Luneville, avec le dessein de n'y plus rentrer; & dès lors il médita son évasion de la province. On s'en douta, & on le fit garder à vue. On lui remontra, avec la plus dure énergie, que, par sa fuite, il s'attirera la colere du Prince; qu'on ne rompt pas impunément un engagement agréé de deux familles respectables, & autorisé du Roi;

qu'il perdra l'office de ſon pere, & ne pourra poſſéder aucune autre charge. Sa mere, s'il perſiſte, le bannira de ſa maiſon, & l'exhérédation ſuivra de près ce banniſſement.

L'accablant appareil d'une famille menaçante jeta le trouble dans l'ame de ce jeune homme, qui ſortoit à peine de ſa dix-neuvieme année. On le ramene à Luneville.

La demoiſelle Alliot, voyant le moment du ſacrifice arrivé, eſſaya trois fois de ſe délivrer de la vie, & trois fois ſes tentatives furent vaines. La ſurveillante, qui l'obſervoit, les découvrit; elle en avertit un Religieux, qui en inſtruiſit les parens. Dès l'inſtant, les gardes furent doublées, & la priſon devint plus étroite.

Enfin le jour du ſacrifice arrive. Le Temple s'ouvre; M. l'Archevêque de Beſançon attend les victimes à l'Autel; le Roi, qui préſide à la cérémonie, eſt placé; il n'eſt plus poſſible de reculer, ni même d'apporter le moindre retardement. La demoiſelle Alliot entre ſans rien voir de tout l'appareil pompeux qui l'attendoit : elle ne ſent même plus ſa douleur. Si elle plie les genoux &

s'abaisse sur les marches du Sanctuaire, c'est une figure inanimée dont des volontés étrangeres font mouvoir, à leur gré, les ressorts. Et s'il est vrai que ses levres aient prononcé le mot fatal qui annonce qu'on veut se lier, elle a toujours protesté qu'elle n'en avoit nulle idée; qu'elle étoit hors d'état de s'entendre; que son cœur eût démenti sa bouche; que ce n'eût été qu'un vain son machinalement exprimé.

Voilà ce qu'elle a toujours attesté; voilà ce qu'a attesté, comme elle, M. de Pont, sous la foi du serment.

Au sortir de l'Eglise, ils se rendent au Château. Un somptueux banquet y étoit préparé par l'ordre du Prince; &, tandis que le plus noir chagrin les rongeoit l'un & l'autre, toute la cour célébroit leur malheur, par le bruit d'un concert & d'un bal, & par tout l'éclat d'une fête. Sourds au tumulte, abîmés en eux-mêmes, ce séjour magnifique & brillant fut pour eux un affreux désert.

De retour chez le sieur Alliot, & entrés dans la chambre où ils devoient passer la nuit, leurs peines redoublerent à la vue du lit nuptial. Les cris les plus perçans exprimerent la douleur de la nouvelle épouſe. Elle employa toute la réſiſtance dont elle étoit capable, pour repouſſer les mains qui la dépouillerent, & la porterent évanouie dans ſon lit.

Revenus à eux-mêmes, & ſe trouvant l'un à côté de l'autre, les deux époux s'éloignent l'un de l'autre, & ſe retirent tous deux ſur les deux bords de cette couche odieuſe. Ils l'abandonnent au bout d'une heure, & s'enferment chacun dans une chambre à part. Il n'eſt pas jour encore, & déjà le jeune de Pont eſt hors de la maiſon, & n'eſt pas rentré à l'heure du repas. La maniere dont le dîner ſe paſſe, fait augurer comment la nuit s'eſt paſſée. Les deux familles s'inquietent des ſuites que leur préſage ce ſiniſtre début; & l'alarme augmente, quand on apprend que la demoiſelle Alliot paſſe les nuits tout habillée dans un fauteuil.

On s'aſſemble, on prie, on menace, on n'oublie rien pour engager les deux époux à conſommer le mariage. Mais quelle autorité ſur la terre pouvoit rendre le jeune de Pont époux & pere malgré lui? La nature, arrêtée dans ſes opérations par la répugnance dont il étoit affecté, auroit résisté à sa volonté, quand il auroit eu celle d'obéir.

Les deux époux passerent quelques mois ensemble à Nancy. Toutes les menaces qu'on leur fit, & toutes les précautions que l'on put prendre, rien ne fut capable de les amener à ratifier, par la consommation, une alliance qu'ils détestoient. Cette vérité a été sue dans tous les temps, & des deux familles qui s'en irritoient, & du Public qui condamnoit les deux familles; c'étoit l'Histoire de Luneville & de Nancy. Les deux jeunes gens n'en faisoient point mystere. M. de Pont ne traitoit point de femme la demoiselle Alliot. *Mademoiselle, vous n'êtes point ici chez vous*, lui disoit-il d'un air furieux & humilié. Loin de prétendre qu'elle fût chez elle, elle pressoit qu'on la retirât d'où elle étoit.

Tant d'épreuves épuiserent enfin la patiente soumission de la demoiselle Alliot. Elle quitta, comme elle disoit, *cet enfer*, & courut pour s'enfermer aux Dames Prêcheresses de Nancy. La Supérieure refusa de la recevoir sans une permission de ses parens.

A cette démarche, son pere ouvrit

enfin les yeux; il la reçut chez lui, & elle resta séparée, pour toujours, d'un homme dont jamais elle n'avoit voulu pour époux, & qui jamais n'avoit voulu d'elle pour femme; jamais elle n'est rentrée chez M. de Pont; jamais elle n'a habité la même ville que lui; jamais elle ne l'a rencontré, ne lui a parlé, ne l'a vu, n'a eu la moindre relation avec lui. Plus de huit années s'écoulerent, sans qu'il en fût nullement question pour elle.

La premiere nouvelle qu'elle en eut, ce fut par une assignation qu'il lui envoya, le 3 Janvier 1760, pour voir déclarer nul leur mariage à l'Officialité de Toul.

Loin de contester, elle forma, le 26 Février 1760, une demande incidente aux mêmes fins. Ce fut à Toul qu'au bout de neuf années, les deux Parties furent interrogées sur leurs faits de violence. Leurs réponses uniformes, quoique faites séparément, établirent les traits de la plus absolue contrainte.

C'est dans ces interrogatoires que M. de Pont répondit, sous la foi du serment, qu'il juroit, *par tout ce qu'il y a de plus sacré dans la Religion, qu'il qu'il n'avoit pas consommé son mariage.* La demoiselle Alliot fit le même serment, avec une égale énergie, & l'Official continuoit l'instruction du Procès, lorsqu'un homme, nommé Larralde, intervint dans la Cause, &, par un incident étrange, suspendit & troubla le cours de cette procédure importante. Suspendons-en de même le récit, pour reprendre les faits qui amenerent l'intervention de Larralde.

Ici la Cause va prendre une face toute nouvelle. La haine, jusqu'à ce moment, a empoisonné les jours de la demoiselle Alliot : exposons les malheurs qui lui furent causés par l'amour.

Les charmes dont toute la personne du Chevalier de B.... étoit ornée, & que le désir de plaire rendoient encore plus séduisans ; l'avantage d'une naissance illustre, ses vives & continuelles déclarations ne justifient point, sans doute, la surprise des sens dont la demoiselle Alliot eût dû se garantir.

Il faut avouer cependant que le Chevalier de B.... trouva des armes bien puissantes dans les promesses solennelles qu'il lui faisoit de la prendre pour femme, dès que la voix de l'Eglise auroit fait disparoître ce fantôme d'union qu'avoit élevé la contrainte. Mais, disoit-il, que les preuves de mon amour vous fassent obtenir de vos parens une liberté que vos devoirs me sacrifieront à l'instant. Ainsi le joug injuste & scandaleux qui, depuis huit ans, vous accable, sera brisé par une faute qu'effaceront aussi-tôt les sains nœuds qui nous uniront à jamais.

Que ce langage étoit à craindre pour une ame qui, fatiguée toute sa vie par une haine active & passive, s'ouvroit enfin, par le plus doux contraste, aux flatteuses délices d'inspirer & de sentir l'amour ! Qu'ils étoient dangereux ces discours, qui annonçoient à la demoiselle Alliot, & la fin de ses malheurs présens, & les approches du bonheur ; mais qui, sur-tout, en la plaçant sous deux points de vue si flatteurs, étouffoient, pour surcroît d'attaque, les murmures de sa conscience !

Telles sont, non les excuses, mais les causes de sa défaite.

Voyant approcher le terme de sa grossesse, elle prit enfin sur elle d'avouer son état à son pere. Revenu du premier ſentiment de colere & de douleur que lui cauſa cette affligeante nouvelle, il conſulta la prudence & l'honneur, & conſeilla à ſa fille d'aller, pour éviter l'éclat, faire ſes couches à Paris. Le Chevalier de B..... la ſuivit. Le 11 Janvier 1760, elle mit au monde un enfant mâle : il fut baptiſé dans l'Egliſe de la Magdeleine de la Ville-l'Evêque, ſous le nom de *Baſile-Amable*, *fils naturel de Ferdinand-Jérôme de B....*, *& de la demoiſelle Marie-Louiſe Alliot.* Le Chevalier de B..... ſigna l'acte de baptême ſur le regiſtre.

Vainement la demoiſelle Alliot s'étoit flattée qu'inconnue en France, qu'ignorée dans Paris, ſa retraite dans cette ville lui rendroit moins fâcheuſe l'opération de ſes couches. Dès le lendemain de ſa délivrance, lorſqu'elle étoit au fort du danger qu'occaſionnent les ſuites d'un accouchement, arrive chez elle, ſur le minuit, un Commiſſaire. Au riſque de lui cauſer une révolution mortelle, malgré les inſtances du Chevalier de B..... pour que cet Officier remît à un temps moins funeſte les opérations de ſon inconcevable miſſion; enfin, au mépris de toutes regles, de tout usage, cet homme verbalise au pied du lit de l'accouchée.

Il lui demande quel est son nom, si elle n'est point mariée à M. de Pont. Elle répond à cet étrange Inquisiteur, qu'elle se nomme Marie-Louise Alliot, qu'elle est fille de M. Alliot, Intendant de la maison du Roi de Pologne; qu'elle n'est point femme de M. de Pont; qu'il n'y a eu entre M. de Pont & elle qu'une cérémonie extérieure de mariage; que ce mariage est nul; qu'il y a actuellement instance sur ce sujet en l'Officialité de Toul.

Telles sont les demandes & les réponses consignées dans le procès-verbal, dont le Commissaire devoit & ne voulut point lui laisser copie.

Le Chevalier de B..... vit bien, à l'obscure démarche de l'Officier de Police, qu'une main cachée vouloit troubler ses projets. Persuadé qu'il ne pouvoit trop prendre de précautions pour en obtenir le succès, il donna par écrit à la demoiselle Alliot la promesse tant de fois jurée de l'épouser, quand l'Official auroit prononcé. Voici cette promesse:

» Moi, Ferdinand-Jérôme de B.....

» promets, devant Dieu & les hommes,
» par tout ce que l'honneur & la Religion ont de plus sacré, à mademoiselle Marie-Louise Alliot, de l'épouser, dès que l'Officialité, comme il est de la justice, aura déclaré son prétendu mariage avec M. de Pont, nul & non valable. C'est dans l'intime persuasion où nous sommes, elle & moi, qu'elle est libre, & selon l'exacte vérité, que nous avons fait baptiser, en la Paroisse de Sainte Marie-Magdeleine de Paris, sous mon nom & le sien, un enfant mâle, qui a été nommé *Basile-Amable*, & dont la susdite Marie-Louise Alliot est accouchée le 11 de ce présent mois de Janvier. Je déclare que cet enfant est de moi, ainsi que je l'ai signé sur les registres de cette Paroisse. Je prends encore Dieu à témoin, & tous ceux qui liront cette promesse, que ma volonté est, en épousant la mere, de légitimer cet enfant, & de lui donner l'état qui lui est dû, selon les loix que m'imposent l'honneur, la Religion, & ma tendresse pour la mere & pour le fils. Fait à Paris, le 24 Janvier 1760. *Signé*, LE CHEVA-

» LIER DE B....., & ſcellé du ſceau de » ſes armes «.

Ainſi trois perſonnages figuroient dans cette affaire ; le mari, qui ſoutenoit n'être ni le pere, ni l'époux de la mere de l'enfant ; l'amant, qui ſe déclaroit pere, & qui juroit de devenir le mari de la mere ; & la mere enfin, qui, n'étant liée que par un nœud formé par la violence, ſe prétendoit libre, & ſe promettoit, quand la Juſtice auroit anéanti le fantôme de ſon mariage, de devenir la femme du pere de ſon enfant.

L'Official n'avoit donc qu'à s'aſſurer, par une enquête réguliere, des faits de violence articulés, & examiner enſuite ſi ces faits avoient réellement enchaîné la liberté.

Il alloit ordonner l'enquête, quand la nouvelle en parvint à des oreilles intéreſſées à empêcher qu'on ne la fît.

Au nom illuſtre que le mariage de ſa mere alloit placer ſur la tête de Baſile-Amable de B....., il auroit réuni, par la voie d'une ſubſtitution établie dans la Maiſon, de mâle en mâle, des droits ſûrs à une fortune conſidérable, en devenant fils légitime par le mariage ſubſéquent de ſon pere. Or les perſonnes à qui cette circonſtance enlevoit l'eſpérance de recueillir ces grands biens, avoient intérêt de pouſſer Baſile-Amable dans une famille étrangere.

Les vrais moteurs de ce projet ne voulurent point paroître ; ils chercherent, dans le peuple, quelque ame intelligente & audacieuſe, qui vendît aux paſſions d'autrui ſes utiles talens.

Un homme fut rencontré, d'une ſoupleſſe à toute épreuve, d'une vigilance infatigable, qui, n'ayant rien à riſquer, tiroit ſa force de ſon obſcurité. Sous prétexte de protéger l'enfant qui venoit de naître, il fut gagé pour lui porter, dès le berceau, de mortelles bleſſures.

Tel eſt l'homme qui paroît ſur la ſcene, pour demander qu'on lui défere la tutelle de Baſile-Amable. Eſt-ce un parent ? eſt-ce un allié ? eſt-ce un compatriote ? eſt-ce un ami de la famille de M. de Pont, ou de celle de la demoiſelle Alliot, ou de celle du Chevalier de B.....? C'eſt un homme inconnu, ſans état, qui prend le titre vague de Bourgeois de Paris ; qualification incertaine de ces gens qui n'ont pour fonds de commerce qu'un nom obſcur, dont ils trafiquent en le louant ſouvent à l'injuſtice. C'eſt un intrus ſans caractere comme ſans aveu, ſans intérêt comme ſans miſſion.

Cet homme raſſemble ſix autres hommes comme lui, conduit chez un Notaire cette troupe, qu'il appelle gravement *une aſſemblée d'amis, à défaut de parens*. Ces amis repréſentent qu'*ils ont appris*, ce ſont les termes de l'acte d'aſſemblée, *que l'extrait de Baptême de Baſile-Amable lui eſt préjudiciable, en ce que la qualité de ſes pere & mere y eſt déguiſée, & qu'on le fait paſſer pour fils naturel, quoiqu'il ſoit très-légitime*. En conſéquence, ces charitables & ſages réformateurs de l'ordre public, déclarent qu'*ils ſont d'avis que le ſieur Larralde, l'un d'entre eux, ſoit nommé tuteur à la perſonne & aux biens du mineur, & ſoit autoriſé à réclamer l'état de l'enfant, & à rendre, à cet effet, toute plainte, demande, requête d'intervention, &c.*

Muni de cette piece, Larralde entre hardiment chez ce Magiſtrat qui eſt, parmi nous, le pere public de la minorité, & lui ſurprend une Ordonnance qui homologue la délibération de ces *amis* qui lui ont donné leur confiance, pour un ministere auquel ils ne prennent aucune part, auquel ils n'ont aucun intérêt, & dont ils ne connoissent même pas l'objet.

On croira peut-être qu'aussi-tôt qu'il est revêtu de cette qualité, il va aller chez son pupille, qu'il va se le faire représenter pour en prendre soin. Mais d'abord on ne l'eût pas souffert : d'ailleurs, ce n'étoit pas là sa mission ; elle se bornoit à nuire à des gens qu'il ne connoissoit pas, avec qui il n'avoit jamais eu aucune relation, aucun rapport, ni direct ni indirect : aussi n'a-t-il jamais vu, n'a-t-il jamais cherché à voir son pupille ; il ignore jusqu'à sa demeure : pourvu qu'il nuise aux personnes qu'on l'a chargé de persécuter, on le paye, & son rôle est rempli.

C'est au Prétoire de Toul que le danger le plus pressant l'appelle : les Parties y ont subi leur interrogatoire ; il ne s'agit plus que de procéder aux enquêtes. Si l'Official les ordonne, tout est perdu ; elles seront infailliblement concluantes ; le mariage sera déclaré nul ; le Chevalier de B..... & la demoiſelle Alliot s'épouſeront ; leur enfant deviendra membre de la Maiſon de B....., & recueillera les ſubſtitutions affectées aux mâles de cette Maiſon.

Larralde vole donc à Toul : Arrêtez, dit-il à l'Official ; les deux Parties vous trompent ; elles ont conſommé leur mariage. Qu'eſt-il beſoin d'enquêtes ſur la violence qui a pu le former, puiſque la naiſſance d'un fils l'a ratifié ? Il eſt vrai qu'ils l'ont voilé, ce fruit commun de leur union ; la femme a ſupprimé ſa qualité de femme ; l'époux, ſa qualité d'époux. *Un jeune Seigneur, qui s'eſt prêté à ce complot, a eu la complaiſance de ſigner, par office d'ami, l'acte de Baptême d'un enfant qui n'eſt point à lui.* Mais un Magiſtrat François m'a créé tuteur de cet enfant ; c'eſt à ce titre, c'eſt en cette qualité que je ſoutiens valable le mariage de ſes pere & mere.

A ces mots de complot formé, d'état d'un Citoyen compromis, de tuteur créé en France, l'Official fut intimidé ; il craignit, s'il continuoit l'inſtruction du procès, d'entreprendre ſur l'autorité ſéculiere ; il ſuſpendit cette inſtruction ; &, par Sentence du 14 Avril 1760, il renvoya les Parties par-devant les Juges qui en devoient connoître, pour faire régler, tant la qualité de Larralde, que l'état de l'enfant mineur.

Larralde, qui trouvoit sa qualité de tuteur très-bien réglée par la nomination du Magistrat François, n'eût garde de suivre les Parties à Nancy devant leurs Juges naturels. De quel œil auroient-ils accueilli cet inconnu, qui faisoit naître, d'office & sans droit, les plus affreux débats dans un pays étranger, entre des familles étrangeres? Il revint prudemment au Châtelet, après avoir appelé à la Métropole de Treves de la Sentence de l'Official de Toul.

De retour à Paris, Larralde entreprit de faire réformer l'acte de Basile-Amable de B....., & d'y faire donner à l'enfant la qualité de *fils légitime de M. de Pont,* C'étoit un coup de partie pour Larralde, que de changer ainsi les noms. Il n'ignoroit pas qu'en matiere d'état, l'extrait baptistaire est toujours le plus puissant des titres; que les Juges y ont le plus grand égard. Il avoit donc tout à craindre de celui qu'il vouloit attaquer. Quel prodigieux avantage, au contraire, n'eût-il pas eu en l'Officialité, s'il y fût retourné muni d'un acte qui annonçât Basile-Amable pour le fils légitime de M. de Pont ?

Mais à quel titre osoit-il exiger qu'on réformât d'avance l'acte de Baptême, & qu'on donnât cet enfant à M. de Pont ? On ne sauroit trop admirer la finesse que Larralde mettoit dans ses démarches. Le Juge d'Eglise étoit fait uniquement pour régler le sort du mariage, & il avoit été lui dire : Déclarez M. de Pont mari, parce qu'il est pere. Il voyoit, d'un autre côté, que le Juge civil étoit fait seulement pour régler le sort de l'enfant, & il venoit lui dire : Déclarez M. de Pont pere, parce qu'il est mari. Il n'étoit à portée d'établir, ni que M. de Pont fût pere, ni que M. de Pont fût mari. Mais, comme la preuve de l'une de ces qualités étoit la preuve de l'autre, puisque la vérité du mariage établie pouvoit induire la paternité légale, & que, de même, la paternité naturelle établie ratifioit le mariage, on voit quel étoit le stratagême de Larralde. Il disoit au Juge d'Eglise, qui n'avoit pas le droit d'examiner les preuves de la paternité : La paternité est constante ; donc vous devez confirmer le mariage de M. de Pont. Il disoit ensuite au Juge civil, qui n'avoit pas le droit d'examiner les preuves du mariage : Le mariage est constant ; donc vous devez confirmer la paternité de M. de Pont. Ainsi, hors d'état de prouver ni le mariage ni la paternité, il comptoit se sauver de la preuve de ces deux points, en ne présentant à l'un des deux Tribunaux le point qu'il avoit à juger, que comme étant la conséquence de l'autre point porté à l'autre Tribunal.

Larralde, revenu au Châtelet, exposa donc, dans sa Requête, que le mariage avoit été solennellement célébré ; mais il ne disoit pas que ce mariage avoit été réciproquement attaqué. A la faveur de cette adroite réticence, & espérant tout d'un Tribunal qui avoit pu le créer tuteur, il se flatta de faire effacer de l'acte de Baptême le nom de B....., & d'y substituer celui de *M. de Pont*. Il fit donc assigner au Châtelet de Paris, les 22 & 24 Mai 1760, M. de Pont & la demoiselle Alliot, pour assister à la représentation des registres de baptêmes de la Magdeleine de la Ville-l'Evêque, à l'effet de voir rétablir dans l'acte baptistaire de Basile-Amable; les vrais noms & qualités de ses pere & mere.

Mais ils n'étoient plus à Paris. En exécution de la Sentence de l'Officialité, contradictoire entre Larralde & eux, ils s'étoient retirés à Nancy, pardevant leurs Juges naturels. De quel droit ce Larralde assignoit-il deux Lorrains au Châtelet de Paris? Aussi, dès que la Cour Souveraine de Nancy eut appris que cet homme essayoit de soustraire ses Justiciables à sa Jurisdiction, elle leur fit défenses de comparoître au Châtelet de Paris.

Larralde, qui ne s'occupoit pas des regles, pourvu qu'il réussît par quelque moyen que ce fût, fit réassigner le sieur de Pont & la demoiselle Alliot au Châtelet. La Cour de Nancy réitéra ses défenses, &, sur le réquisitoire du Ministere public de Lorraine, établit à l'enfant, le 14 Juin 1760, un tuteur dans sa patrie.

Obligé donc d'abandonner un Tribunal où il voyoit bien qu'il ne forceroit jamais ses adversaires à comparoître par la simple action civile, il se retourna; car rien n'étoit capable de lui faire abandonner ſon objet, qui étoit de faire changer l'acte de baptême, avant que l'Official pût prononcer ſur le fond du mariage. Il exiſte, ſe dit-il à lui-même, une maxime que perſonne n'ignore; c'eſt que les Juges des lieux où les délits ont été commis, ſont compétens pour les punir. Je n'ai donc qu'à faire enviſager cette affaire comme une affaire criminelle. Je ne parlerai point de la contrainte qui produiſit originairement le mariage. Je ne dirai rien de la ſéparation abſolue & continuelle dans laquelle ont vécu les Parties; je ſupprimerai la demande en nullité intentée pour cauſe de violences, avant que l'enfant vît le jour. Je poſerai, au contraire, comme un fait conſtant & ſûr, qu'il exiſte entre eux un vrai mariage; &, partant de ce point, je prêterai à la qualité donnée à l'enfant dans l'acte, la couleur d'une ſuppreſſion de nom, & d'un vol qu'on lui a fait de ſon état. Je rendrai plainte au criminel de ce délit; je ferai entendre des témoins de la même trempe que ces *amis* qui me firent créer tuteur; je ferai lancer un décret de priſe de corps contre la mere; & puiſqu'il n'eſt pas poſſible de l'attirer ici par la voix de l'action civile, des Huiſſiers l'iront ſaiſir dans ſa patrie, & l'ameneront priſonniere. Mais il eſt encore une maxime ; c'eſt que, comme tout le monde ſait, l'action criminelle entraîne l'action civile. Si-tôt donc que je me ſerai aſſuré de ſa perſonne, je reprendrai ſans peine la demande en réformation de l'acte baptiſtaire.

Sur ce plan, Larralde rend ſa plainte, & obtient ſon décret ; & tandis qu'il faiſoit à Paris ſes menées ſourdes, la Cour de Nancy examinoit la même affaire.

Le tuteur nommé en Lorraine demandoit, comme Larralde, que l'acte baptiſtaire fût réformé. M. de Pont demandoit qu'il fût ſurſis à prononcer ſur l'état de Baſile-Amable, juſqu'à ce qu'il eût été ſtatué ſur les demandes en nullité formées en l'Officialité de Toul.

La demoiſelle Alliot demandoit, qu'avant que l'on prononçât ſur l'état de Baſile-Amable, l'Official fût tenu de décider s'il y avoit, ou s'il n'y avoit pas de Sacrement de Mariage entre M. de Pont & elle.

La Cauſe fut plaidée contradictoirement. Sur les plaidoiries respectives, la Cour Souveraine de Nancy, par Arrêt du 10 Juin 1760, » déclara nul l'établissement de tuteur fait en France, » fit défenses à Larralde de prendre » cette qualité de tuteur en Lorraine, » non plus qu'en l'Officialité de Toul, » pour ce qui concernoit la Lorraine; » & à tous Juges de la lui laisser prendre, sous telles peines de droit: » déclara pareillement nulle & attentatoire à l'autorité de la Cour, la » procédure instruite par le sieur Lieutenant-Civil..... : déclara pareillement nulle la Sentence de l'Officialité » de Toul, en ce qu'elle avoit sursis à » prononcer sur les demandes formées » par les Parties, en nullité de leur » mariage, jusqu'après qu'il auroit été » statué sur l'état de Basile-Amable; les » renvoya par-devant l'Officialité, pour » y être statué sur lesdites demandes: » sursis à faire droit sur la demande » de Me. Henri (Avocat du tuteur » Lorrain), jusqu'après le Jugement à » intervenir sur la demande en nullité » du mariage «.

Rien n'étoit plus contraire aux projets de Larralde, que cet Arrêt; il se hâta d'en empêcher l'exécution, qui auroit fait échouer son plan. Il surprit au Parlement, le premier Août 1760, un Arrêt qui annulloit celui de Nancy, &, le 16 Août suivant, il obtint, aussi sur Requête, un Arrêt du Conseil, qui retint provisoirement la Cause au Châtelet.

Cependant la demoiselle Alliot, qui ignoroit les nouveaux malheurs que Larralde lui préparoit en France, croyoit toucher à l'instant heureux où l'Official, se conformant à l'Arrêt de Nancy, alloit juger la question du mariage. Ce Juge, en effet, reprenoit l'instruction du fonds, & faisoit subir aux Parties de nouveaux interrogatoires sur le fait précis de la naissance de l'enfant. Mais la demoiselle Alliot apprend tout à coup que le Châtelet l'a décrétée de prise de corps, comme coupable d'avoir supprimé l'état de son fils.

A cette nouvelle, elle s'expatrie; court en pays libre, s'enfuit à Basle, interjette appel au Parlement de son décret. Sur le vu des charges, elle obtint des défenses de le mettre à exécution; & invoquant à son tour le principe que le criminel attire le civil, elle ſe rendit appelante au Parlement, en la Tournelle, de toutes les procédures, tant civiles que criminelles, dirigées contre elle par Larralde. C'eſt cet appel qui fait l'objet de la Cauſe préſente.

Pour faire anéantir ces procédures, diſoit M. Loyſeau, ne ſuffiroit-il pas de les avoir tracées? Qui ne voit, en effet, combien ſont puniſſables les mouvemens que s'eſt donnés Larralde pour tout ſuſpendre, pour tout confondre? On le voit tantôt à Toul, tantôt à Treves, tantôt au Parc civil, tantôt à la Chambre criminelle, tantôt au Conſeil, tantôt au Parlement. On diroit que cet homme ſe fait ouvrir tous les Tribunaux à la fois, pour que, déconcertée au milieu de ſes temples, la Juſtice ignore elle-même quel eſt celui d'où ſes oracles doivent ſortir.

Quel infatigable tuteur! Qu'il ſeroit louable, ſi c'étoit pour l'avantage de ſon pupille qu'il fît montre d'un ſi beau zele! Mais la cauſe qui mettoit cet homme en mouvement, étoit injuſte; le but qu'il ſe propoſoit étoit injuſte: il falloit bien que ſes moyens fuſſent injuſtes. Mais qu'il ait établi ſes moyens dans le sein même de la Justice, c'est ce qui passe les témérités ordinaires.

Empêcher une fille, qu'un faux mariage rend malheureuse, de revendiquer en Justice une liberté qu'elle n'eût point dû perdre, cela seul est déjà un acte d'inhumanité qui révolte.

Mais empêcher qu'elle ne réclame sa liberté, parce que, pour y mettre obstacle, on s'est vendu à l'ambition d'ennemis secrets, qui craignent que l'homme libre dont elle a eu un fils, ne légitime cet enfant par un mariage subséquent avec elle; c'est un marché bas & cruel, qui ne peut qu'exciter la plus vive indignation.

Mais soutenir, pour gagner son salaire, que la demoiselle Alliot & M. de Pont se sont ligués contre leur propre fruit, & l'ont transporté, de concert, dans les bras d'un étranger, qui, quoiqu'issu d'un sang illustre, a eu la lâche complaisance de s'en déclarer publiquement le pere; en un mot, pour empêcher la demoiselle Alliot de réparer une foiblesse, faire tomber calomnieusement sur trois têtes l'accusation d'un pareil crime, voilà de ces noires absurdités dont jamais Tribunal n'a eu d'exemple.

Mais quand, hors d'état d'attirer à Paris ses Parties par la voie civile, Larralde a eu recours à la voie criminelle, a-t-il bien réfléchi à l'indignité de cette affreuse ressource? A-t-il bien pensé au nom de qui il rendoit plainte contre la demoiselle Alliot? C'est au nom du fils qu'il fait décréter la mere! Quel si grand crime a-t-elle donc commis? Une mere fût elle coupable du plus horrible des forfaits, aucun homme ne soutiendroit la vue d'un fils qui oseroit l'accuser, la poursuivre, aux risques d'armer contre elle la Justice de son glaive, & de se rendre matricide. Ici, cet enfant poursuit la sienne, parce qu'elle demande, pour lui-même, à la Loi, la place que la Nature lui donne; &, pour prix des bienfaits de sa mere, il lui prépare des prisons & des fers.

Il n'est donc point ici question de statuer sur le mérite ou sur la nullité du prétendu mariage entre M. de Pont & la demoiselle Alliot. Cette question est réservée à l'Official de Toul. Il s'agit de renverser les deux obstacles que Larralde a fait naître sur la route qui conduisoit la demoiselle Alliot au terme de ses malheurs.

Elle demande d'être délivrée, & de ses liens, & de son ennemi. De ses liens, en prononçant la nullité du décret; de son ennemi, en prononçant la nullité de la tutelle; afin que, débarrassée de cette double entrave, elle puisse enfin arriver au but heureux & légitime où la portent l'inclination & le devoir.

Tels étoient les faits qui servoient de base à la défense de la demoiselle Alliot. Voici ceux que lui opposoit Larralde.

Basile-Amable, disoit-il, est né sous la Loi d'un mariage subsistant entre M. & Mde. de Pont : il naissoit donc légitime. Cependant on l'a regardé, dans l'hôtel garni qui l'a vu naître, comme le fruit d'un de ces engagemens que le déshonneur, qui les accompagne, condamne au mystere & à l'obscurité. On l'a présenté à l'Eglise, comme un de ces êtres qui, avoués par la Nature seule, sont rejetés par la Loi. Sa mere a rougi de porter le titre honorable d'épouse d'un Magistrat. Elle a préféré la qualité de maîtresse d'un jeune Seigneur; & guidé par une complaisance imprudente pour tous deux, le Chevalier de B. . . . . a, de ſa main, conſigné dans des Regiſtres publics, la prétention d'une paternité qu'il ne pouvoit s'attribuer ſans ſe dénoncer pour adultere.

Le mariage de la demoiſelle Alliot fut précédé d'un Contrat civil, que ſignerent les deux Parties intéreſſées, & célébré à Luneville dans la Chapelle du Roi de Pologne, en préſence de ce Monarque, aux yeux de toute ſa Cour.

Un Prélat, M. l'Archevêque de Beſançon, fut le Miniſtre de la cérémonie. Les deux Contractans répondirent, par un conſentement formel, à toutes les queſtions que le rituel preſcrit; ils prononcerent diſtinctement les paroles ſacramentelles.

Des feſtins, un concert, un bal remplirent le reſte de cette brillante journée. La nuit vint; un même lit reçut les deux époux. Ils reſterent trois jours encore à Luneville, ils reçurent & firent leurs viſites enſemble, ils paſſerent enſemble les trois nuits.

De là, ils partirent pour Nancy. La maiſon de M. de Pont n'étoit point encore dans un état convenable pour les recevoir. Tandis qu'on la préparoit, ils logerent chez une marchande de modes, continuant de vivre à la même table, d'avoir pour retraite, tous les soirs, la même chambre.

Enfin, après quatre semaines, ils s'établirent à Nancy, dans la maison qui alloit être leur domicile. Là, Madame de Pont parut avec l'éclat d'une jeune femme, élevée à la Cour, en qui les agrémens personnels se réunissoient avec la fortune, dont le pere occupoit une place de confiance auprès du Souverain, dont le mari possédoit une charge dans la Cour Souveraine de la Province. Tous les honneurs dûs au rang de M. de Pont, elle les reçut, elle les partagea avec la satisfaction qui pouvoit y être attachée.

Il n'est aucun de ces faits qui ne soit constaté par les interrogatoires que M. & Mde. de Pont ont eux-mêmes subis à l'Officialité de Toul.

C'est ce mariage, célébré avec pompe, ratifié par tant d'acquiescemens, confirmé par une cohabitation si constante; c'est cette union sainte, formée depuis dix ans, que M. & Mde. de Pont entreprennent aujourd'hui de faire dissoudre, comme si elle n'étoit qu'une fiction

fiction vaine, ou capable d'exciter leurs remords. Mais il n'y auroit rien de ſtable ſur la terre, ſi un Contrat que la Religion a conſacré, pouvoit s'évanouir au gré de déſirs nouveaux, allumés dans deux cœurs inquiets & inconſtans.

Madame de Pont ſe laſſa de vivre avec ſon mari; elle l'abandonna. Quel fut le motif de cette ſéparation? on ne cherchera point à le pénétrer. Tout ce qu'on peut ſe permettre de dire, c'eſt qu'elle garda le ſilence ſur la cauſe de ſa démarche pendant plus de neuf ans; & peut-être ne l'auroit-elle jamais rompu, ſi, dans les tranſports d'une ardeur mêlée d'ambition, & à travers les aſſurances frivoles d'un amant, elle n'eût cru entrevoir l'eſpérance d'entrer dans la maiſon de B. . . . .

Madame de Pont eſt devenue enceinte. Selon elle & le Chevalier de B. . . . , c'eſt lui qui étoit le pere de l'enfant qu'elle portoit. Elle le dit, comme ſi elle pouvoit en être crue. Il le répete, comme s'il pouvoit en être certain. Selon la Loi, plus croyable qu'eux, il n'y avoit point d'autre pere que M. de Pont. Toutes ces affections étrangeres, auxquelles peut ſe livrer une femme, ôtent-elles donc la paternité au mari ?

Malheureuſement pour cet enfant, il y avoit dans l'ame de M. de Pont lui-même, des diſpoſitions à ſe prêter à un projet injuſte. Senſible à la perte du cœur de ſa femme, déſeſpérant de le regagner, préférant un moyen extrême aux moyens ſimples & naturels, il a ſouhaité d'être délivré d'elle, autant qu'elle déſiroit d'être unie à un autre. Les vœux de tous aſpiroient ainſi à la diſſolution d'un mariage reſpectable.

Mais comment y parvenir? Rien n'étoit plus capable de nuire à l'exécution du funeſte deſſein, que l'incident de la groſſeſſe de madame de Pont. Il n'y avoit que deux voies que l'on eût pu tenter, & toutes deux étoient devenues impratiquables.

En effet, pouvoit-on attaquer le mariage, en intentant contre M. de Pont une de ces accuſations dont tout l'intérêt de la Religion a peine à ſauver l'indécence, une de ces accuſations fondées ſur l'incapacité phyſique du mari? Mais l'exiſtence de l'enfant que portoit dans son sein madame de Pont, formoit une preuve légale de la puissance de son époux.

Au défaut de cette objection, pouvoit-on recourir à celle d'un vice moral contre ce mariage, en soutenant que c'étoit un joug qu'avoient imposé la force & la violence? Mais il est de principe qu'un engagement contracté, même sous l'impression de la contrainte, devient indissoluble, lorsqu'il a été ratifié par un consentement exprès ou tacite, & sur-tout par la consommation. Or la naissance d'un enfant faisoit seule encore une preuve irréfragable de l'accomplissement entier de ce mariage.

On présente ici ces deux points de vue, parce que tous deux ont été envisagés & réunis dans l'intention des Parties. Madame de Pont ne s'en cache pas. Si l'action fondée sur la prétendue violence qu'elle a jugé à propos d'exercer la premiere, ne réussissoit point, l'action d'impuissance est une autre ressource déjà toute préparée. Elle l'a fait entendre, même à l'Audience, en décrivant ces vains & inutiles efforts prétendus faits par M. de Pont dans la couche nuptiale ; en quoi elle ne s'est point apperçue qu'elle se contredisoit étrangement. Si M. de Pont a fait des tentatives, si madame de Pont les a souffertes, les deux époux n'avoient donc point l'un pour l'autre cette haine, cette antipathie dont on a fait des peintures si fortes. Il n'auroit point tenu à madame de Pont que son mariage ne reçût toute sa perfection ; elle auroit donné son consentement, autant qu'il étoit en elle.

Quoi qu'il en soit, pour rompre le lien conjugal qui déplaisoit à tous deux également, il n'y avoit que ces deux moyens, ou plutôt ces deux prétextes de violence ou d'impuissance ; & l'embarras étoit égal dans le choix. La grossesse de madame de Pont formoit un obstacle puissant à l'un comme à l'autre. Que va-t-on donc faire enfin ?

On prendra le parti de dissimuler cette grossesse fatale ; on jettera sur l'état de l'enfant une obscurité qui pourra empêcher de le reconnoître ; & comme il seroit difficile qu'un travestissement pareil réussît dans le lieu habité par madame de Pont, elle s'expatriera, elle viendra se cacher dans une ville étrangere & immense. En même temps son mari la citera à un Tribunal ecclésiastique, pour voir annuller son mariage, comme contracté sans la liberté nécessaire. Madame de Pont, relevée de ses couches, applaudira à la poursuite de son mari; elle joindra sa réclamation à la sienne, & l'instance sera jugée; le mariage sera cassé avant que l'enfant ait pu être connu.

Telle est la trame qui a été ourdie: elle est criminelle, sans doute. Mais le rapport des dates, la réunion des circonstances la manifestent si clairement, qu'il n'est point possible de ne la pas appercevoir.

C'est le 29 Décembre 1759, que M. de Pont présente sa Requête à l'Officialité de Toul, pour la dissolution du mariage.

C'est le 11 Janvier 1760, douze jours après, que madame de Pont accouche à Paris sur la Paroisse de la Magdeleine de la Ville-l'Evêque, & qu'elle y fait baptiser son enfant, sous le nom de *Basile-Amable*, & comme fils *naturel de demoiselle Marie-Louise Alliot, & de Ferdinand-Jérôme, Chevalier de B*..... Ce sont les termes de l'acte baptistaire, au bas duquel se trouve la signature du Chevalier de B....

C'est enfin le 26 Février suivant, que, délivrée de son fils, qu'elle abandonne à Paris, madame de Pont va à Toul, & y tient ce langage : *Si M. de Pont est fondé à demander la nullité de son mariage, pour l'avoir contracté par crainte & sans liberté; à plus forte raison la Requérante l'est-elle à en soutenir également la nullité, puisqu'elle a été encore plus forcée & plus violentée que lui.* Elle demande, en conséquence, *acte de sa déclaration, qu'elle n'empêche point l'effet de la poursuite de son mari*, &, au contraire, elle forme, de son côté, *une demande incidente pour la même fin.*

Certainement cette action en nullité de mariage étoit concertée entre le mari & la femme, puisque leurs demandes & leurs défenses ont été si concordantes. Qui pourroit douter que la suppression de l'état de l'enfant ne fût également déterminée & arrêtée entre eux, puisqu'elle a la même époque que l'action en nullité, & qu'elle étoit nécessaire pour le succès de cette entreprise, à laquelle tendoient leurs vœux mutuels?

Quel va donc être le ſort de Baſile-Amable ? Voilà un fils que ſes pere & mere, ſes protecteurs naturels, s'accordent à trahir & à ſacrifier. Voilà deux Parties qui ſoutiennent, d'intelligence, une même Cauſe, dans un Tribunal où l'on ignore l'intérêt qu'un tiers doit y prendre ; dans un pays où les deux familles, jouiſſant chacune d'un crédit conſidérable, ſont encore plus puiſſantes par leur union. Que va devenir un fils infortuné, qui trouve dans les auteurs de ſes jours, des ennemis & des perſécuteurs ? La Providence a veillé ſur lui.

Les ſecrets que vouloit enſevelir madame de Pont, ont tranſpiré. Des hommes qu'on a oſé blâmer, quand on ne devoit que les louer de leur zele & de leur humanité, ont cherché à réparer les malheurs d'une victime innocente ; ils ſe ſont préſentés au Lieutenant-Civil du Châtelet, en prenant, pour la forme, la qualité d'amis, au défaut de parens, de Baſile-Amable ; & ce Juge a nommé pour tuteur l'un d'eux, Bernard Larralde : en même temps, il l'a aſſujetti à ſe conduire par les avis de Me. *Claude-*

Nicolas Lherminier, Avocat au Parlement, lequel, porte la Sentence, *demeurera Conſeil de tutelle dudit mineur.*

La même Sentence a autoriſé ce tuteur à réclamer le légitime état du mineur, obſcurci par l'énoncé de ſon acte baptiſtaire, à ſe pourvoir par toutes voies de droit, à intervenir en toute inſtance, à former toute demande civile, à rendre toute plainte. On lui a fait prêter ſerment d'exécuter avec ſoin tout ce qu'exigeroit de lui l'intérêt de ce dépôt, que la Juſtice confioit à ſa vigilance.

Ainſi, il ne fera que remplir un devoir ſacré, lorſqu'il s'oppoſera aux injuſtes deſſeins des ennemis de ſon pupille.

Le lieu où d'abord le danger paroiſſoit le plus preſſant, étoit le Prétoire de cette Officialité, où les Parties qui plaidoient, plaidoient d'accord. C'eſt là que Larralde a volé. Il s'eſt mis entre le pere & la mere de ſon mineur; il a fait retentir aux oreilles du Juge d'Egliſe, le nom d'un enfant dont on conſpiroit la perte devant lui, en diſſimulant son existence. Il a combattu avec force les demandes collusoires & du mari & de la femme.

Qui pourroit exprimer la surprise des sieur & dame de Pont, à la vue d'un homme qui paroissoit tout d'un coup au milieu d'eux, qui venoit de si loin déconcerter une ligue formée avec tant de précaution? Mais, rappelant leur courage, ils se sont réunis contre lui; ils l'ont pris pour un ennemi commun, qu'il falloit repousser de concert; ils ont feint de méconnoître le fils dont il s'annonçoit le défenseur.

Larralde n'avoit pas, en effet, dans sa main, un titre qui assurât la qualité de son pupille. Son intervention étoit fondée sur ce que Basile-Amable étoit enfant de M. & de madame de Pont; & l'acte baptistaire disoit qu'il étoit fils naturel de la demoiselle Alliot & du Chevalier de B..... M. & madame de Pont se sont prévalus de ce défaut, qui étoit leur ouvrage & leur crime: ils ont, sous ce prétexte, soutenu que cet enfant étoit sans droit & sans intérêt; ils ont osé demander qu'il fût déclaré non-recevable dans son intervention.

Là-dessus, l'Official a pris un parti

judicieux. Par une Sentence du 16 Avril 1760, il a ſurſis à faire droit ſur le fond de l'affaire pendant deux mois, dans l'eſpace deſquels Larralde ſeroit tenu de faire régler la qualité de l'enfant mineur, & cela devant les Juges qui en devoient connoître.

Lorſque, par l'enchaînement de la procédure dont nous avons fait le récit, le Parlement de Paris fut ſaiſi de l'affaire, on croyoit n'avoir que madame de Pont à combattre. M. le Chevalier de B..... lui-même a donné une intervention, une intervention inouie en pareilles circonſtances. Il a pris les mêmes concluſions que madame de Pont; il s'eſt chargé du même rôle. Larralde n'avoit intenté aucune ſorte d'action contre le Chevalier de B.....; il ne vouloit rien avoir à démêler avec lui. Pourquoi celui-ci vient-il s'offrir, vient-il ſe jeter dans une mêlée périlleuſe, où l'on vouloit éviter de le rencontrer? Heureux de ce que le décret qui eſt tombé ſur madame de Pont, n'a point été juſqu'à lui!... On ſupprime toute réflexion à ſon égard.

On ſe fait une peine auſſi, diſoit M. le Gouvé, de s'expliquer ſur la promeſſe de mariage, arrachée à ſa foibleſſe par madame de Pont : cette promeſſe, qu'elle s'eſt honorée de faire lire publiquement & tant de fois à l'Audience; cette promeſſe non obligatoire, que l'on préſente comme un gage certain de la légitimation future de l'enfant ; cette promeſſe, qui peut-être ſeroit ſeule capable d'opérer un empêchement entre les deux perſonnes qu'elle regarde ; cette promeſſe téméraire, autant que l'intervention à laquelle elle ſert de motif & de fondement ; tout cela eſt trop révoltant, pour qu'on ait aucun effet à en redouter, dans un Tribunal qui eſt le ſoutien des mœurs & de l'honnêteté, comme il eſt l'aſile & le dépôt des Loix.

Larralde n'a donc à diſſiper que les raiſons qu'allegue la dame de Pont à l'appui de l'appel de ſon décret. Elle propoſe deux ſortes d'objections : dans la forme, s'il faut l'en croire, la procédure du tuteur eſt nulle ; au fond, il n'eſt point de délit dans ſa conduite.

Point de délit ! Pourquoi cette mere, dont le nom ſera toujours reſpectable pour ſon fils, ne s'eſt-elle pas contentée de ſe défendre par des moyens de nullité & de forme ? Qu'elle aille jusqu'à se soutenir innocente & pure dans sa conduite, c'est outrer son apologie; & elle n'a pas voulu voir qu'elle imposoit à son fils le plus triste ministere, en le forçant de prouver qu'il a une mere coupable.

Qu'elle ne lui impute donc rien, s'il va répondre à tout son systême.

Et d'abord, quoiqu'il ne s'agisse point aujourd'hui de statuer sur la validité ou l'invalidité du mariage des sieur & dame de Pont, Larralde doit-il négliger d'effacer les impressions qu'auroit pu faire un récit pathétique, où revenoient à chaque instant les termes de violence, de force, d'oppression & de terreur ? Si ces descriptions vives ne persuadent pas, elles touchent du moins. Larralde ne veut laisser aucun avantage à son adversaire.

M. & madame de Pont prétendent qu'ils n'ont pas donné de consentement au mariage qui les lie, ou qu'ils ne l'ont donné que subjugués par le pouvoir de leurs parens. Mais cette contrainte qu'ils assurent avoir subie, à quels traits a-t-elle été marquée? Les principes de cette matiere sont connus.

Il faut que la crainte ſous laquelle on a plié, fût capable d'ébranler une ame conſtante; il faut que la liberté ait été opprimée, par la terreur d'un mal énorme, d'un mal renfermant quelque injuſtice, d'un mal annoncé par des violences extérieures.

Or n'eſt-ce pas confondre toutes les idées, que d'accuſer la mere de M. de Pont, car il n'avoit plus de pere alors, d'avoir accablé ſon fils ſous le poids d'une puiſſance inſurmontable, lorſqu'il eſt certain qu'elle n'a point employé contre lui de mauvais traitemens, & qu'elle n'aura fait que lui perſuader d'épouſer une demoiſelle dont le parti paroiſſoit avantageux? N'eſt-ce pas abuſer des expreſſions, que de donner le nom de tyrannie aux exhortations paternelles, aux ſollicitations, quelque preſſantes qu'on veuille les ſuppoſer, faites à la demoiſelle Alliot, d'accepter un jeune homme dont le mérite, le rang & les richeſſes ne pouvoient avoir rien que de flatteur pour elle? Que de mariages ſeroient rompus, ſi l'on admettoit pour motifs légitimes les conſeils, les ſouhaits & les inſtances des peres, auxquels une fille bien née ſe fait un devoir de céder, même en gênant son inclination, persuadée que ses parens sont plus éclairés qu'elle sur ses vrais intérêts! La plus forte menace que la demoiselle Alliot prétende lui avoir été faite, a été celle de l'obliger à garder la chambre. N'y avoit-il pas de la pusillanimité à s'en effrayer? Elle allegue encore avoir chargé des domestiques de lui acheter du poison; mais ce n'étoit qu'une petite ruse: elle étoit bien certaine qu'ils n'obéiroient ni ne garderoient le silence.

A une foule d'autres circonstances qui démontrent l'impossibilité d'une persécution opiniâtre & cruelle, combinée entre deux familles qui ont toujours eu l'honneur pour base de leur conduite, joignons celles d'une célébration solennelle, de noces pompeuses & éclatantes; celles de l'habitation dans une même maison, de la fréquentation des mêmes compagnies, d'une possession publique de neuf années. Quelle entreprise que celle de M. & de madame de Pont! quel système que le leur! Il seroit heureux que, dès-à-présent, on pût leur fermer la carriere où ils sont si témérairement entrés.

Et, pour faire voir que l'on n'avance rien au hasard, voici les propres aveux de ces deux époux, extraits de leurs interrogatoires à l'Officialité de Toul.

On a demandé à M. de Pont, si la demoiselle Alliot étoit présente à la rédaction du contrat de mariage, si elle l'a signé.

Il a répondu, » qu'il étoit si consterné, qu'il ne se souvient pas bien si elle étoit présente ; qu'il se rappelle seulement qu'alors elle fut conduite dans la chambre de ses pere & mere, où il ne sait pas ce qu'on lui fit faire, mais qu'il ne l'a pas vu signer ; &, lorsqu'on lui apporta, à lui répondant, le même contrat, il ne savoit pas ce qu'il alloit signer, tant il étoit troublé «.

Il signa cependant. Elle signa aussi.

Voilà ce qui a précédé la célébration du mariage. Voici ce qui l'a accompagnée.

M. de Pont a été interrogé, » si, dans le moment de la cérémonie, il ne répondit pas avec un libre consentement au Ministre de l'Eglise, lorsqu'on lui demanda si ce n'étoit pas par contrainte ou par violence de ses parens ou autres, qu'il contractoit ce mariage «.

Il a répondu, » qu'il étoit, dans ce

moment, ſi accablé de tout ce qui avoit précédé la cérémonie, qu'il n'a pas le moindre ſouvenir ni des interrogats qu'on lui faiſoit, ni de ſes réponſes, n'ayant répondu que machinalement «. Il répondit pourtant.

Interrogé, » ſi, au moment qu'on lui a demandé s'il prenoit Marie-Louiſe Alliot pour ſa femme & légitime épouſe, ſelon les paroles du Rituel, il n'a pas répondu librement : *Oui, je la prends pour ma femme & légitime épouſe.*

Il répond, » qu'il ne ſe ſouvient pas des réponſes qu'il fit à cette demande, & que, s'il en fit, elles lui furent ſuggérées ; qu'il ne fit que répéter les paroles du Miniſtre de la cérémonie, ou celles de ſes parens, ſans ſavoir ce qu'il faiſoit «.

Aux mêmes queſtions, madame de Pont a donné les mêmes réponſes.

Interrogée, » ſi, quand on lui a demandé, lors de la célébration du mariage, ſi elle n'étoit pas conduite à épouſer M. de Pont par autorité, par crainte, par menace, ou par force, elle n'a pas répondu que non, & ſi, en cela, elle n'a pas répondu la vérité «.

Elle répond, » qu'elle ne ſe ſouvient

pas de ce qu'elle a répliqué à cette demande, mais que, si elle a dit non, c'étoit contre la vérité & contre son cœur «.

Interrogée, » si, lorsque le Ministre du mariage lui a demandé si elle prenoit M. de Pont pour son unique & légitime époux, elle n'a pas répondu affirmativement : *Oui, je le prends* «.

Elle répond » qu'elle ne s'en souvient pas, tant elle étoit troublée, & qu'elle croit ne l'avoir dit que parce que M. le Primat, qui étoit le Ministre de la célébration, n'aura pas omis de le demander «.

En effet, il n'a pas omis de le demander, & elle n'a point omis de répondre. Sans cela, qui penseroit qu'un Prélat, qu'un Primat auroit formé le lien sacré par la bénédiction nuptiale? Aussi existe-t-il une lettre de M. l'Archevêque de Besançon, qui assure que tout s'est passé dans la plus exacte regle; que toutes les paroles essentielles ont été prononcées, & très-intelligiblement, par les deux époux.

Il ne reste plus qu'à voir, toujours dans les interrogatoires, ce qui a suivi la cérémonie du mariage.

M. de Pont y déclare, *qu'après minuit*, & madame de Pont, *vers trois heures après minuit* (c'eſt une légere différence), la mere de l'épouſe, une de ſes tantes & une dame *Heré* la conduiſirent *dans l'appartement où ils devoient ſe coucher*, comme M. de Pont y fut lui-même accompagné par M. le Préſident *de Lombillon* ſon oncle, & par quelques autres perſonnes, *avec leſquelles il paſſa dans une chambre voiſine, où il devoit ſe déshabiller;* qu'il fallut bien des inſtances auprès de madame de Pont, *pour la déterminer à ſe coucher; que la dame ſa mere ſortit* ſans avoir pu la vaincre; mais *qu'en ſortant, elle la recommanda à la dame Heré, qui, en effet, avec la femme de chambre, la déshabilla & la porta au lit*, où M. de Pont vint la trouver.

Tous deux ajoutent, il eſt vrai, *qu'ils ſe tinrent chacun ſur le bord du lit;* que la dame de Pont n'y demeura *qu'une heure;* que M. de Pont *ſe leva avant le jour.* Mais ce ſont-là de petits myſteres qu'il ne nous eſt pas permis d'approfondir. M. & madame de Pont ont cru, en modifiant leur aveu du fait principal, en affoiblir la conséquence : ils se sont trompés.

Dans la même vûe, en avouant que, logés à Nancy chez la Marchande de modes, ils ont continué d'y habiter ensemble, ils ajoutent que c'étoit parce que cette femme n'avoit que deux lits, & que la mere de madame de Pont en occupoit un.

Vaines restrictions ! subterfuges frivoles ! Tenons-nous-en à la présomption de la Loi. La Loi suit l'ordre de la Nature; elle présume toujours *amplexum corporum* entre un homme & une femme *simul dormientes* ; elle se contente même de cette preuve morale pour la conviction du crime d'adultere : à plus forte raison l'érige-t-elle en présomption *Juris & de Jure* entre des personnes mariées ; & nulle preuve du contraire n'est admissible dans le droit, n'est possible ni praticable dans le fait.

Encore une fois, il n'y auroit point d'union sur la terre qui ne pût devenir le jouet d'un caprice téméraire & sacrilége, si celle de M. & de madame de Pont ne conservoit son indissolubilité premiere.

C'est dans le cours de ce mariage

que Basile-Amable a reçu la naissance. On a donc interverti un ordre inviolable, en le rangeant dans la classe honteuse des bâtards.

Mais ne nous occupons plus que des moyens directs que madame de Pont propose pour sa défense. Les deux parties de son systême, & sur la forme & sur le fond, ne soutiendront pas un bien sérieux examen.

Selon madame de Pont, l'accusateur est ici un homme inconnu, obscur, sans qualité & sans intérêt. Quel est ce Larralde, demande-t-elle ? Un personnage vil, qui ne tient par aucune sorte de lien à la famille dont il vient augmenter le trouble, en osant prendre part aux démêlés qui l'agitent. Etoit-ce à lui de s'ériger en réformateur ?

Il paroît muni d'une Sentence du Châtelet qui l'a nommé tuteur. Mais le Juge du Châtelet, poursuit-on, n'avoit lui-même ni caractere ni pouvoir. Il n'appartient qu'aux Juges du domicile des pere & mere, de déférer la tutelle de l'enfant. M. de Pont, madame de Pont, le Chevalier de B..... lui-même, sont tous domiciliés en Lorraine. C'étoit donc en Lorraine qu'il falloit se pourvoir. La Sentence du Châtelet est nulle, comme incompétemment rendue. Tout ce qui a suivi cette nomination du tuteur, tout ce qui a été élevé sur cette base, est frappé de la même nullité, comme participant au vice de son principe.

Telle est donc la premiere partie de la défense de madame de Pont. Bientôt il n'en restera point de trace dans les esprits.

On ne nie point d'abord que le Châtelet de Paris ne fût compétent pour recevoir la plainte & décerner le décret. Et comment le nieroit-on? L'énoncé de l'acte de baptême de Basile-Amable étoit un faux, & ce faux avoit été commis à Paris. Or c'est une regle générale consacrée par l'article premier de l'Ordonnance de 1670, que *la connoissance des crimes appartient aux Juges des lieux où ils ont été commis.* Aussi madame de Pont, Appelante de son décret, n'a point qualifié sa réclamation par les termes usités d'*appel comme de Juge incompétent*; son appel est pur & simple. Elle a donc reconnu & la compétence du Châtelet,

& celle de la Cour. Il n'en faut pas davantage sur ce point.

Si le Châtelet de Paris a été réguliérement saisi du procès criminel, sa compétence est également certaine pour le procès civil, dont l'objet est la réformation de l'acte baptistaire de Basile-Amable. En effet, la manutention des registres de baptêmes, mariages & sépultures de la ville de Paris, est un objet de discipline appartenant essentiellement au Châtelet de cette ville. C'est le Lieutenant-Civil qui, aux termes de la Déclaration du Roi du 9 Avril 1736, article 2, doit *coter & parapher* chaque feuillet de ces registres. C'est *dans son Greffe* que doit demeurer *déposé*, suivant l'article 17, l'un des *doubles* des registres de chaque année. Quel autre Juge pourroit avoir plus naturellement que lui le pouvoir d'ordonner des changemens dans ces livres publics, tenus sous ses yeux & sous son autorité? Ce n'est pas que d'autres Tribunaux ne le pussent de même, s'ils se trouvoient saisis d'une contestation où la question sur la réformation des registres seroit incidente.

Mais ce ne pourroit jamais être que des Tribunaux de France, & non des Siéges étrangers, ou réputés étrangers, tels que ceux de la Lorraine.

Il ne reste donc plus que l'article de l'établissement du tuteur.

A cet égard, que l'on considere les circonstances. Madame de Pont est une étrangere qui vient accoucher à Paris; elle fait baptiser son enfant comme bâtard. Le bruit s'en répand. On découvre qu'elle est mariée. Des voisins apprennent & révelent à d'autres qu'elle a changé l'état de son enfant, qu'elle l'a retranché d'une famille à qui il appartenoit, qu'elle l'abandonne. Devoient-ils connoître le péril & le malheur de cette victime, & ne point entreprendre sa défense? Ils étoient étrangers & à l'enfant & à la mere: mais étoient-ils étrangers à l'humanité? Ce sont des hommes d'une condition obscure: mais les sentimens ne sont-ils pas de tous les états? L'expérience montre tous les jours que c'est de ces gens, que l'orgueil traite de gens du peuple, que les malheureux tirent souvent le plus de secours. Ces Citoyens ont agi;

ils ſont louables de n'être point demeurés oiſifs.

Que l'on n'objecte point que Larralde ne peut ſe montrer en Lorraine, après les défenſes que lui en a faites l'Arrêt de la Cour de Nancy; & qu'un autre tuteur ſubſtitué à lui y remplira ce qu'il ne lui eſt plus libre d'exécuter.

L'Arrêt de Nancy eſt attaqué au Conſeil des dépêches; & le même motif qui a déjà porté le Roi à donner à Baſile-Amable un gage éclatant de ſa protection, par l'Arrêt proviſoire qu'il lui a accordé, déterminera ſans doute le Souverain à faire diſparoître entiérement les Arrêts de Nancy, ſoit qu'ils puiſſent être caſſés par le Roi, propriétaire de la Lorraine, ſoit qu'il faille le concours des deux Monarques; & alors plus de difficulté, les routes de cette Province ſeront rouvertes au zele de Larralde.

Mais, duſſent les chemins lui en être toujours fermés, du moins ne doit-il pas livrer ſon dépôt à des mains étrangeres, qu'il ne l'ait mis en ſûreté. Sans chercher à offenſer perſonne, le tuteur Lorrain eſt juſtement ſuſpect.

Ouvrage

Ouvrage du choix des ſieur & dame de Pont, établi ſur leur pourſuite, auſſi concordante à Nancy qu'elle l'étoit à Toul, il ſeroit trop à craindre qu'il ne fût l'agent & l'inſtrument docile de leurs volontés. Larralde doit faire, du moins auparavant, pour l'intérêt de ſon pupille, tout ce qui eſt en ſon pouvoir. La France, l'aſile & la patrie de cet enfant, doit lui donner tout ce qu'elle peut lui donner. C'eſt en France que ſon acte de baptême a été falſifié. C'eſt la France qui doit y faire rétablir la vérité altérée. La réformation des regiſtres eſt un préliminaire d'une néceſſité abſolue, & le ſeul praticable.

Pour y parvenir, il faut commencer par confirmer le décret décerné contre madame de Pont, & par ordonner que la procédure extraordinaire ſera ſuivie.

Voilà, dira-t-on peut-être, un parti outré & bien violent. Ce fils, aigri par ſon infortune, ce fils vindicatif veut-il donc mériter le reproche d'avoir tenu long-temps ſa mere dans les liens d'un honteux décret de priſe de corps? Se propoſe-t-il de faire faire le procès à une mere? Non. Loin de lui une intention ſi funeſte & ſi barbare Dès-à-préſent Larralde demanderoit lui-même l'évocation du principal, & que, pour toute peine, les choſes fuſſent remiſes dans l'ordre où elles devoient être ; c'eſt-à-dire, que les regiſtres & l'acte baptiſtaire fuſſent corrigés. Mais deux raiſons y forment un obſtacle invincible. La premiere eſt qu'une information en général, & ſur-tout en matiere d'état, ne fait point une preuve complette, non plus que la confeſſion même de la mere : le récolement & la confrontation peuvent ſeuls donner à ces commencemens de preuve la conſiſtance & le poids néceſſaires. La ſeconde raiſon eſt que la réformation de l'acte baptiſtaire fait la matiere de la procédure civile dirigée au Châtelet, non ſeulement contre madame de Pont, mais encore contre ſon mari : la préſence de ce dernier eſt en effet néceſſaire à cet égard, & il n'eſt point Partie dans la Cauſe actuelle.

Que le temps ſoit donné à Larralde de mettre tout en regle, & il ſera le premier à ſupplier la Juſtice de modérer ſa rigueur.

Il reſte à parcourir quelques objections propoſées par le Chevalier de B....

qui se montra à découvert dans cette Cause, en qualité de Partie intervenante.

Il a élevé des doutes sur la maxime qui attribue au mari l'enfant de la femme. Il s'est élevé contre la regle sacrée, *Pater est quem nuptiæ demonstrant.* Il l'a attaquée, en assurant qu'il la respectoit beaucoup; il l'a attaquée, pour faire penser que M. de Pont n'étoit point le pere de Basile-Amable; &, comme il ne prouvoit pas que le mariage de M. & madame de Pont fût invalide, comme il ne parloit, au contraire, que de l'hypothese de ce mariage subsistant, tout ce qui est résulté de ses raisonnemens, c'est que Basile-Amable se trouveroit dans l'une de ces tristes exceptions, où un enfant jugé être le fruit d'un adultere, est proscrit par toutes les Loix, est réputé digne d'être rejeté par le mari de sa mere, est déclaré incapable d'être légitimé par un mariage subséquent après la mort du mari. On a représenté, en un mot, Basile-Amable comme un bâtard adultérin. C'est le coup le plus cruel qu'on ait porté encore à ce jeune infortuné,

& c'eſt la main de celui qui ſe dit ſon pere naturel, qui le lui lance.

Heureuſement, dans quelque vûe que ce ſyſtême ait été propoſé, il n'eſt point à craindre qu'il triomphe. Les eſprits ſont trop en garde contre toute doctrine qui tend à diminuer l'autorité d'une regle qui eſt le fondement le plus ferme du repos des familles.

Sans doute la Juſtice ne peut jamais, en cette matiere, eſpérer de voir la vérité avec une évidence qui mette, pour ainſi dire, le ſceau de l'infaillibilité à ſes déciſions. La conception d'un enfant eſt couverte de ténebres; mille nuages peuvent obſcurcir ſon origine; les paſſions peuvent y porter leurs fatales influences. Ce qui devroit briller de la clarté la plus pure, l'état des hommes, eſt ce qu'il y a de plus enveloppé d'ombres & de myſteres. Le laiſſera-t-on pour cela incertain? Non, il faut, au milieu de ces obſcurités, ſe fixer à des regles immuables, qui, en maintenant l'honneur des mariages, & en préſumant ce qu'il y a de plus conforme à la pureté des mœurs, font tout à la fois le bonheur des particuliers & la tranquillité générale. Ce ſont ces grands motifs qui porterent les Législateurs Romains à établir la maxime que nos peres ont reçue avec empressement, qu'ont adoptée toutes les Nations policées, cette maxime admirable : *Pater is est quem justæ nuptiæ demonstrant.* L. 5, D. *De in jus voc.* On a voulu même, pour la rendre inébranlable, que la conviction de l'adultere de la mere ne donnât aucune atteinte à la légitimité de l'enfant. *Non utique crimen adulterii quod mulieri objicitur, infanti præjudicat, cùm possit & illa adultera esse, & impubes maritum patrem habuisse.* L. 11, D. §. 9, *ad Leg. Juliam de Adult.* Il n'y a absolument que l'impossibilité physique qui puisse enlever à un enfant le pere que lui montrent la Loi & la Religion. Une longue captivité du mari, son séjour dans des climats lointains, son impuissance, quand il en rapporte des preuves lumineuses & exactes, le déchargent d'une paternité impossible dans l'ordre de la Nature. Mais, hors de là, la Loi reprend tout son empire.

Mais, dit-on, il est deux autres exceptions à la regle ; l'impossibilité morale, & l'indivisibilité du titre de l'enfant.

Cette derniere a lieu, lorſque la même preuve qui établit la maternité exclut la paternité. Tel eſt, dit-on, un acte baptiſtaire où un enfant eſt annoncé comme né d'un autre pere que le mari de la mere.

Ainſi on applique cette exception prétendue à Baſile-Amable. Quel abus de raiſonnement! Ses adverſaires lui oppoſent préciſément ce qu'il leur reproche. C'eſt par leur fait que ſon acte baptiſtaire lui donne un pere étranger; & il a réclamé, à l'inſtant, par la voix de ſon tuteur, contre cette injuſtice. Peuvent-ils donc ſe faire un titre de leur crime?

On argumente encore contre cet enfant, d'une impoſſibilité morale; mais conçoit-on bien la valeur de ce terme, & peut-on en donner une définition un peu claire?

L'impoſſibilité morale doit être un obſtacle invincible, & qui ne ſera pourtant que moral; ce doit être un obſtacle invincible, puiſqu'il forme une impoſſibilité, & il ne ſera cependant invincible que moralement. Y a-t-il rien de moins intelligible? Veut-on que cette ſorte d'impoſſibilité ſoit celle qui ſera jugée telle dans l'eſprit des hommes ſur le fondement de quelques circonſtances ? En ce cas, voilà des préſomptions humaines qui l'emporteront ſur la préſomption de la Loi : & il n'en faudra pas davantage pour anéantir la Loi même, puiſqu'elle a été établie précisément pour ſubjuguer tous les ſentimens particuliers, pour enchaîner tous les ſoupçons, pour faire taire toute conjecture contraire : elle ſavoit trop que les vraiſemblances, quelles qu'elles ſoient, ſont toutes, de leur nature, trompeuſes & équivoques : elle s'en eſt déſiée. Qu'on admette une vague impoſſibilité morale, tout rentrera dans l'arbitraire ; on aura égard aujourd'hui à une raiſon de convenance, demain à une autre. La Loi avoit voulu que tout fût captivé ſous le joug de ſa prudente & politique déciſion, & c'eſt elle qui le cédera à des apparences, à des probabilités, à des ſophiſmes. Rien de plus dangereux au monde, qu'un tel ſyſtême ; rien de plus capable d'effrayer ; rien de plus propre à replonger la Société dans le trouble, dans le déſordre que la ſageſſe des Légiſlateurs a voulu en bannir.

De l'aveu des Adverſaires, on n'a

point d'impoſſibilité phyſique ni abſolue à faire valoir contre Baſile-Amable. C'en eſt aſſez. Mais on prétend qu'il s'en éleve une contre lui dans le ſens moral. La choſe ſeroit indifférente, quand elle ſeroit vraie.

Elle n'eſt d'ailleurs point véritable. Sur quelles circonſtances, en effet, établit-on cette vaine impoſſibilité morale? On n'en releve que deux.

1°. M. de Pont étoit ſéparé de fait de la dame ſon épouſe; l'habitation n'étoit plus commune entre eux depuis long-temps.

Qu'en peut-on conclure? En avoient-ils moins la liberté de ſe voir? Ils ne demeuroient qu'à ſix lieues l'un de l'autre. M. & madame de Pont n'habitoient point enſemble; donc il eſt impoſſible moralement qu'ils ſe ſoient vus. Eſt-ce-là un argument?

2°. M. de Pont a formé ſon action en nullité du mariage, douze jours avant la naiſſance de Baſile-Amable.

Cela eſt vrai; & auſſi eſt-ce une des raiſons qui concourent à faire connoître que l'obſcurciſſement de l'état de cet enfant a été l'effet d'un complot. Les Adverſaires l'interpretent autrement, & ils en inferent que M. de Pont a témoigné par-là qu'il désavouoit ce fils. La singuliere preuve encore! M. de Pont méconnoît son fils : donc il est impossible qu'il soit son pere. Il seroit injuste qu'il le désavouât, s'il étoit son pere : donc il est impossible que M. de Pont fasse une injustice.

On cite deux Arrêts qui ont admis, à ce qu'on allegue, l'impossibilité morale : le premier, de 1701 ; l'autre, de 1745.

Dans l'espece du premier, un mari poursuivoit sa femme comme adultere : elle étoit dans les prisons; elle y devient enceinte; elle se sert de cette circonstance pour supposer une réconciliation avec son mari. On a jugé que c'étoit l'artifice d'une coupable, la ruse d'une prisonniere. Elle ne put point prouver que son mari eût été la voir dans sa prison.

L'espece du second Arrêt n'a pas plus de ressemblance avec celle-ci. L'enfant avoit été baptisé comme fille légitime de Marie le Clerc & de Remi Raillard ; elle avoit été élevée comme telle; elle avoit toujours porté le nom de *Raillard*. Long-temps après, elle prétendit qu'elle étoit fille de Claude Lecourt. Ainsi elle s'élevoit & contre son titre & contre sa possession. Elle succomba justement.

Sont-ce des Arrêts de cette nature dont il est permis d'abuser ? On en objecte deux à Basile-Amable : il pourroit en invoquer trente. Le principe salutaire qui protege ici son état, n'est devenu un axiome connu de tout le monde, que parce qu'il a été consacré par la Jurisprudence de tous les temps & de toutes les Cours. Qu'il lui suffise de citer l'Arrêt du 26 Janvier 1664, rapporté au Journal des Audiences, parce que c'est une occasion d'y joindre les paroles importantes de M. l'Avocat-Général Talon. Ce grand Magistrat dit, que, » quand les héritiers qui plaidoient » pour exclure l'enfant, pourroient pré- » tendre de justifier de l'adultere de la » mere, cela ne donneroit point at- » teinte à l'état de cet enfant, parce qu'il » suffisoit qu'il y eût possibilité que le » mari eût vu sa femme, pour rendre » l'enfant légitime; que les déclarations » des meres ne pouvoient point changer » la naissance des enfans, pour lesquels » la preuve de la légitimation étoit le

» titre du mariage....; que, comme » la preuve de la filiation avoit été » estimée par les Jurisconsultes une chose » presque impossible, ils avoient tous » résolu qu'il suffisoit à un enfant, pour » se dire fils légitime, de prouver qu'il » étoit né pendant le mariage....., à » moins qu'il n'y eût une preuve cer- » taine du contraire, & une impossibi- » lité naturelle & physique que l'en- » fant fût provenu des œuvres de celui » duquel il se prétendoit né «.

Un exemple célebre & très-récent a prouvé bien authentiquement jusqu'à quel point la Cour étoit attachée à ces essentielles maximes. On veut parler de l'Arrêt du 23 Mars 1738, rendu en faveur de la fille d'un Magistrat, & sur lequel on nous a conservé l'excellent Plaidoyer de M. Cochin, t. IV, page 469.

Le pere & la mere vivoient séparés. Ils avoient fait une transaction qui donnoit à la femme le droit de se retirer où elle souhaiteroit. Elle accouche. Sa fille est portée à Saint Sulpice, où elle est baptisée sous le nom de *Michelle*, sans expression d'aucun nom de pere ni de mere. Le même jour, le mari se présente, accompagné de deux Notaires, chez le Curé : il explique qu'il avoit appris qu'on vouloit lui supposer un enfant, & il s'oppose à ce qu'on n'en baptise aucun sous son nom. Voilà exactement les deux circonstances dont on argumente contre Basile-Amable : séparation d'habitation, protestation du mari dans le temps de la naissance. Cependant l'Arrêt déclara la fille légitime; la protestation du pere ne servit qu'à suppléer au silence du registre; &, ce qui est remarquable encore, la mere elle-même désavouoit Michelle; elle-même avoit pris la plume, avoit distribué un Mémoire pour la faire rejeter.

Qu'on cesse donc de menacer Basile-Amable d'un avenir sinistre. Il est incontestablement le fils légitime de M. de Pont, si le mariage, sous la Loi duquel il a reçu le jour, a été revêtu des formes nécessaires. Or nul doute que ce mariage ne soit valide. Il est attaqué cependant par les deux époux; mais c'est au fils à le défendre contre ses pere & mere, & il ne peut le défendre qu'il n'ait un titre en regle. C'est ce que l'Official de Toul a décidé. Rien n'eſt plus juſte, d'ailleurs, puiſque c'eſt à cet enfant que la proviſion eſt due.

On objecte que la Sentence de l'Official a été annullée par un Arrêt de la Cour de Nancy, qui, en même temps, a exclu Larralde de la Lorraine. Mais cet Arrêt eſt attaqué au Conſeil du Roi, qui en a déja donné un proviſoire, portant que les procédures criminelles & civiles de Larralde auront leurs cours en France. Ce tuteur doit donc les continuer; il eſt néceſſaire, en conſéquence, de commencer par confirmer un décret qui a eu pour baſe & pour motif un délit dont la réalité n'eſt que trop manifeſte.

Par Arrêt du 17 Juin 1761, rendu ſur les concluſions de M. Seguier, Avocat-Général, toute la procédure faite au Châtelet & en la Cour, fut déclarée nulle; Larralde fut déclaré être ſans droit & ſans qualité, condamné en trente livres de dommages & intérêts, & aux dépens. Il fut ordonné qu'il ſeroit paſſé outre au Jugement de l'inſtance pendante en l'Officialité de Toul, ſur la validité du mariage. Le Chevalier de B..... hors de Cour ſur ſon intervention, & condamné aux dépens à cet égard.

Les sieur & dame de Pont, conformément à cet Arrêt, poursuivirent, à Toul, la nullité de leur mariage ; mais il fut déclaré bon & valablement contracté.

Fin du Tome premier.

TABLE DES CAUSES

Contenues dans ce premier Volume.

TESTAMENT fait par un homme dont la folie consistoit à passer pour femme, attaqué & cassé, page 1

BATARD adultérin, que son pere veut forcer de quitter son nom, ses armes & sa livrée, 4

DEMANDE en dissolution de mariage, formée par un mari qui accuse sa femme d'impuissance, 10

SÉPARATION de corps entre mari & femme, 43

AFFAIRE de Pinçon, 67

AFFAIRE du sieur Rameau, Musicien, frere du célebre Rameau, contre les Officiers Municipaux de Dijon, 91

INNOCENT condamné, ensuite justifié, 111

RÉHABILITATION du malheureux Hirtzel Levy, mort innocent sur la roue, 147

JEAN BYNG, Amiral d'Angleterre, accusé de n'avoir point empêché la prise de l'Isle de Minorque, & fusillé à Portsmouth, 169

QUESTION D'ETAT.

LES Protestans peuvent-ils faire des testamens en faveur de leurs épouses? Leurs mariages n'étant pas revêtus des formalités prescrites par les Loix du Royaume, doit-on les regarder comme des conjonctions illicites? 192

AFFAIRE de Tavant, 245

ACCUSATION d'impuissance, 280

RÉCLAMATION d'un Sous-Diacre contre son engagement, après les cinq ans, 341

ECOLIER âgé de dix-sept ans, que le Principal de son Collége veut faire fouetter, & qui tue l'homme chargé de lui donner la correction, 363

QUESTION D'ETAT, 398

Fin de la Table du premier Volume.

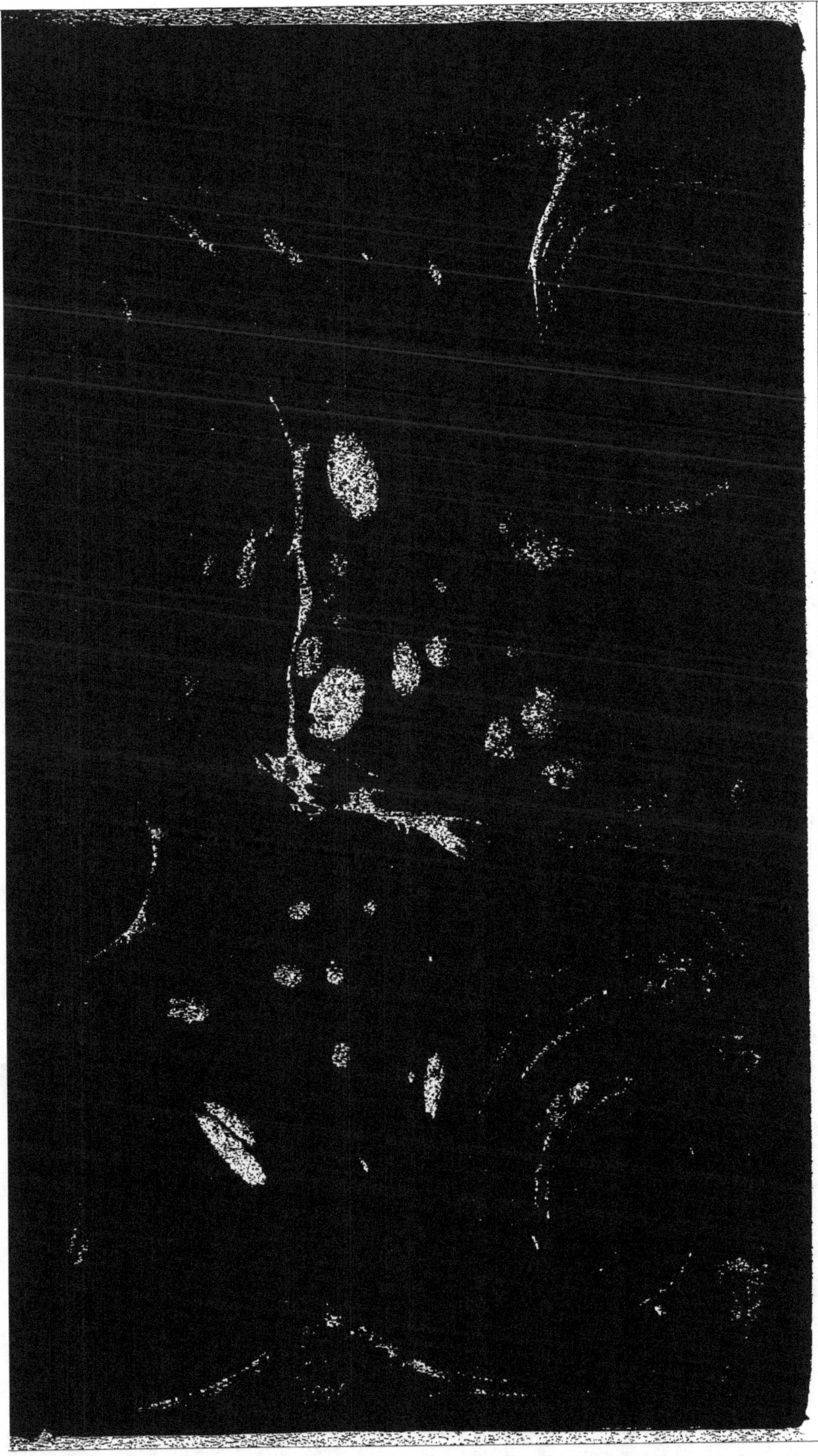